Leon de Winter

Nur weg hier!
Die Abenteuer eines neuen Taugenichts

Roman

*Aus dem Niederländischen
von Alexander und Christiane Pankow*

Aufbau Taschenbuch Verlag

Die Originalausgabe erschien 1978 unter dem Titel
DE (VER)WORDING VAN DE JONGERE DÜRER
bei Uitgeverij In de Knipscheer, Amsterdam
Copyright © Leon de Winter 1978

ISBN 3-7466-1286-1

2. Auflage 1997
Aufbau Taschenbuch Verlag Berlin
© Aufbau-Verlag Berlin und Weimar 1986
Umschlaggestaltung Torsten Lemme
unter Verwendung einer Illustration von Antje Kahl/PEIX
Druck Elsnerdruck GmbH, Berlin
Printed in Germany

Um ein (leider phantastisches) Beispiel zu wählen: die bloße Abwesenheit aller Reklame und aller schulenden Informations- und Unterhaltungsmedien würde das Individuum in eine traumatische Leere stürzen, in der es die Chance hätte, sich zu wundern, nachzudenken, sich (oder vielmehr seine Negativität) und seine Gesellschaft zu erkennen. Seiner falschen Väter, Führer, Freunde und Vertreter beraubt, hätte es wieder sein ABC zu lernen. Aber die Wörter und Sätze, die es bilden würde, könnten völlig anders ausfallen, ebenso seine Wünsche und Ängste.

      Herbert Marcuse,
      „Der eindimensionale Mensch"

NACH DER ENTLASSUNG aus dem Jugendgefängnis Nieuw Vosseveld in V. saß der neunzehnjährige, arbeitslose jüngere Dürer in dem Bus, der in das einige Kilometer entfernte Provinzstädtchen 's-H. fuhr; einen kurzen Augenblick lang war ihm, als setze in seinem Denken ein Stillstand ein – er entdeckte sein Unvermögen, die Dinge, die er sah, mit Worten in Verbindung zu bringen und zu verarbeiten.

Was war geschehen?

Dürer hatte seinen Blick über die Köpfe der Fahrgäste gleiten lassen und – als der Bus an einer Haltestelle hielt – hinausgeschaut, wo er an einer Tankstelle einen jungen Mann und ein Mädchen, beide im Overall, gewahrte; zu seiner Verwunderung legte der junge Mann die Hand auf die Brust des Mädchens, das sich an ihn schmiegte und die Lippen spitzte; in diesem Moment wurde Dürers Aufmerksamkeit durch johlende Soldaten an einem Fußballfeld hinter der Tankstelle abgelenkt. Er sah, wie ein Spieler den aus dem Tor ins Feld zurückrollenden weißen Ball nochmals kraftvoll ins Netz schoß. Der Bus setzte sich wieder in Bewegung; gleichzeitig nahm ein Güterzug Dürer die Sicht auf das Spielfeld; jetzt sah er nur die Gleise, die die Tankstelle vom Fußballfeld trennten; er versuchte, noch einmal einen Blick auf das Pärchen zu werfen, hoffte, daß der Ball auf die Mittellinie gelegt würde, wollte den sich rechtfertigenden Torwart sehen, erschrak beim Anblick des Lokführers, der sein Gesicht dem Bus zuwandte, und erwartete schon das schrille Geräusch sich übereinanderschiebender Waggons, das dumpfe Grollen explodierender Benzintanks ...

Später, als er sich in dem kleinen Bahnhofsrestaurant des Städtchens von seiner Verwirrung zu erholen versuchte, wollte er alles, was er sah, in sich aufnehmen, um sich selbst zu beweisen, daß die Leere in seinem Kopf nur von kurzer Dauer war. Dürer blickte sich um; an der Wand zwischen Garderobe und Telefon hing ein Zeitungshalter. Die Überschrift NZIG PROZENT UM war das einzige, was Dürer von der Zeitung lesen konnte. Die Unvollständigkeit der Wörter beunruhigte ihn. Er las, ehe er die Gaststätte verließ, um auf dem Bahnsteig in den Intercity-Zug nach seiner Heimatstadt A. einzusteigen, mehrmals die Wörter auf dem ungeöffneten Zuckerpäckchen und den Text auf dem Bieruntersatz, der auf dem Stuhl neben ihm lag. Als er zum Bahnsteig ging, wurde ihm bewußt, daß er weder über den Text auf dem Zuckerpäckchen noch auf dem Bieruntersatz nachzudenken brauchte. Was war eigentlich mit ihm geschehen?

Plötzlich glaubte er in jedem Gegenstand, den er wahrnahm, eine Mühseligkeit zu entdecken. Die Tür der Gaststätte, die Straße, die Treppen der Bahnhofshalle – nichts war für ihn selbstverständlich, er spürte eine erschöpfende Angst vor all dem, was ihn umgab. Das Straßenpflaster, auf dem er lief, brannte unter seinen Fußsohlen, die Luft, die er einatmete, verstopfte seine Lungen, die Hitze biß in seine Haut. Er wollte sich doch freuen, dachte Dürer, er hatte erwartet, vor Glück zu zerplatzen.

Die Reklameschilder auf dem Bahnsteig schienen Dürer übergroße Beweise ihrer eigenen Sinnlosigkeit zu sein. Hatten nicht die Menschen um ihn herum Totenköpfe? Wenn sie nur weggingen, wünschte er sich. Er wollte irgendeinen Zug nehmen, nur um fortzukommen. Als letzter stieg er ein. Das eintönige Rattern der Räder entspannte ihn. Er redete sich mit besänftigenden Worten gut zu, und die Verwirrung, die ihn seit der Busfahrt gepackt hielt, ließ nach. Als er seinen Atem unter Kontrolle hatte, versuchte er für sein Verhalten eine Erklärung zu finden. Jede Ursache, die er erwog, schien zutreffend. Die Möglichkeit, daß er plötzlich verrückt geworden war, empfand er als die einleuchtendste. Die Tatsache aber, daß er diese Möglichkeit ernst nahm, machte zugleich wieder alles zunichte, denn ein Verrückter würde sich bestimmt normal finden.

Dem Gespräch, das während der ganzen Fahrt zwei Sitzbänke weiter geführt wurde, konnte Dürer nicht folgen. Was er nur ab und zu zwischen dem Quietschen der Räder und dem Singen des Windes durch das offene Abteilfenster auffing, waren nicht zu deutende Laute ohne Rhythmus und Zusammenhang. Die vorüberziehenden Weiden und der sich langsam verändernde Horizont begleiteten die Geräusche, so daß Dürer in einen Zustand versank, der alle Spannungen löste; er schloß die Augen und ließ seine Wimpern mit der Sonne spielen. Er fühlte sich schrecklich müde, als hätte er eine schwere Kraftanstrengung hinter sich. Später wagte er, sich auf der Bank lang hinzulegen; er zog die Beine an. Er wollte nichts mehr sehen; die Ohnmacht, die er im Bus erfahren hatte, wollte er von sich fortdrängen. Nach einiger Zeit merkte Dürer, daß sich seine Gedanken, seine Gefühle und die Bilder um ihn herum wieder miteinander in Übereinstimmung befanden. Vorsichtig nahm er das Abteil in sich auf; bald jedoch zerstörte der Kellner der „handlichen Intercity-Bar des komfortablen Schlafwagens" (wie Dürer vorher in einem im Gepäcknetz entdeckten Eisenbahnprospekt gelesen hatte) sein Gefühl des Gleichgewichts. Eine *Wahnharmonie*, nannte er es sogleich: Die von ihm wahrgenommenen Bilder und Laute (ein schwitzender Ober mit einem klapprigen, fettigen Teewagen) konnten, mit den Worten des Eisenbahnprospekts benannt, unmöglich dieselben Bilder und Laute bleiben!

Auf halbem Wege, kurz nachdem der Zug den Bahnhof von U. verlassen hatte, nahm ihm gegenüber eine Frau Platz, die ihren großen Labradorrüden in den schmalen Raum zwischen ihren und Dürers Beinen quetschte. Das Tier legte dabei eine Pfote auf Dürers rechten Schuh. Was sollte er jetzt tun? Lächeln, verärgert aufstehen, den Hund streicheln? Was für eine seltsame Empfindung in einer Situation, die offensichtlich belanglos war und keine besondere Reaktion erforderte! Als könnte er nicht mehr akzeptieren, daß die Frau und der Hund ohne besondere Absicht in seiner Nähe waren! Könnte er doch nur alles auseinandernehmen, um den Kern der Dinge zu finden!

Auf der anderen Seite des Gangs setzte sich ein älteres Ehepaar hin; der alte Mann nickte fortwährend mit dem Kopf, die Frau starrte auf den leeren Platz vor sich. Der Mann begann zu husten; sein Gesicht bebte in einem verwaschenen Taschentuch. Die Frau schien darauf nicht zu reagieren; erst als er sich beruhigte, sah sie ihn an. Dürer fühlte, daß er bei diesem Blickwechsel zwischen den beiden Zeuge eines intimen Augenblicks wurde, und wandte sein Gesicht ab. Er erstarrte vor Angst bei dem Gedanken, allein alt werden zu müssen, niemanden zu haben, der ihn an früher erinnern könnte.

Da er aber jetzt lebte, in einer Zeit, die er später sein „Früher" nennen würde, war das Altwerden umsonst! Alles lieber als dieses Heute! In seiner Verzweiflung seufzte er laut; der Hund und die Frau sahen ihn gleichzeitig an. Im WC erbrach er sein Frühstück. Danach fühlte er sich ein bißchen besser. Den Gedanken, daß seine Angst durch das Frühstück, das er vor seiner Entlassung eingenommen hatte, verursacht worden sei, fand er lächerlich. Neben der Abteiltür stehend, beobachtete er eine Weile den Hund; dann nahm er wieder gegenüber der Frau Platz. Dem Anblick der Phrasen in der Zeitschrift, in der die Frau mit an der Unterlippe befeuchtetem Daumen blätterte, suchte er nach Möglichkeit zu entgehen.

Auf dem Hauptbahnhof von A. ließ sich Dürer in den Strom der Menschen aufnehmen, die sich durch die langen Gänge preßten. Draußen blieb er einen Augenblick lang verwirrt stehen; es berührte ihn seltsam, daß sich während seiner Abwesenheit nichts verändert hatte. Als er sich wieder von dem Menschenstrom mitreißen ließ, der vom Bahnhof nach der Innenstadt von A. floß, begriff er, daß seine Verwirrung eigentlich nicht der Unbeweglichkeit dieser Stadt gegolten hatte, sondern seiner eigenen, wie er da auf dem Bahnhofsplatz stand. Glücklicherweise bemerkte er die tanzenden Brüste der an ihm vorbeigehenden Frauen, die des warmen Wetters wegen – Dürer zog seine Jacke aus und stopfte sie in die große Papiertüte, die er bei sich hatte – nur spärlich bekleidet waren. Er spürte jedoch, daß er eine Erektion bekam, und ging langsam mit der Tüte vor dem Bauch an den Schaufenstern der Geschäfte vorbei, bis die Spannung aus seinem Glied verschwunden war.

Auf einem Platz im Stadtzentrum war es so voll und warm, daß er wieder das Gefühl bekam, sich übergeben zu müssen.

In einer modern eingerichteten Bar trank er eine Coca-Cola und dachte plötzlich, ohne besonderen Grund und emotionslos, an seine Mutter.

Wenig später nahm er den Bus nach einem Außenbezirk von A., wo seine Eltern wohnten.

An der Bushaltestelle geschah mit Dürer folgendes: Mehrere Farbige standen um ihn herum; als der Bus eintraf und sich die Türen öffneten, flüchtete Dürer aus dem Grüppchen der in Bewegung geratenen Wartenden. Er wollte nicht mehr wie ein Schaf in der Herde reagieren. Nachdem der Bus ohne ihn abgefahren war, bemerkte er eine in Blau gekleidete Negerin, die, das wußte er genau, ebenfalls auf diese Verbindung gewartet hatte. Der nächste Bus kam bald, und Dürer stieg ein. Er setzte sich ganz nach hinten und konnte beim Abfahren sehen, daß die Negerin noch immer an der Haltestelle stand, als hätte sie den Bus gar nicht wahrgenommen. Als sie aus seinem Blickfeld verschwunden war, wurde ihm bewußt, daß sie auf erstaunliche Weise der Negerin in einem Pornoblatt ähnelte, bei deren Betrachtung er in seiner Zelle mehrmals masturbiert hatte. Dieser Gedanke trieb die Schamröte auf seine Wangen. Nach vorn gebeugt, nestelte er an seinen Schnürsenkeln und dachte, daß er sich wie in einem zeitlosen Traum bewegte, aus dem er nicht erwachen konnte. Was Dürer danach durch das Busfenster wahrnahm, kümmerte ihn nicht mehr.

Er nannte dies sein erstes neues Erlebnis am Wohnort.

In dem Außenbezirk war die Hitze erträglich. Der Wind, der zwischen den Wohnblocks freies Spiel hatte, brachte Dürer Abkühlung, wonach er sich schon am Ende der Busfahrt gesehnt hatte. Im Aufzug versuchte er sich als einen Unbekannten zu betrachten. Er sah in der Fahrt von V. zum Haus seiner Eltern, wo sein Bett stand, etwas Mechanisches. Er fühlte nichts, stellte er fest. Er hatte sich bewegt wie eine eingestellte Maschine.

Seine Mutter begrüßte ihn. Dürer fühlte sich plötzlich ermattet und ließ sie gewähren. Er setzte sich aufs Sofa und blickte hinüber zu dem Damm, der aufgeschüttet war, um eine künftige Metrolinie ins Herz der Stadt zu tragen. Die verschiedenen Fragen der Mutter beantwortete er lustlos. Die Anteilnahme, die ihm entgegengebracht wurde, konnte er unmöglich als selbstverständlich betrachten. Er sah die Mutter lange Zeit an, und ihm wurde bewußt, daß er es zum erstenmal in seinem Leben widerwärtig fand, ein Kind dieses überdrehten, nervösen Geschöpfs zu sein; nie zuvor hatte er einen so großen Abstand zwischen ihr und sich verspürt; er schämte sich, daß es ihn nur durch sie gab, daß er zwischen ihren Oberschenkeln gelegen hatte; das einzig Gemeinsame von ihnen beiden war diese Adresse, dachte er. Dürer sah den Intercity-Zug auf dem Eisenbahndamm vorbeigleiten und konnte sich nicht erinnern, vom Zug aus sein Hochhaus erkannt zu haben. Eigentlich konnte er auch keine Worte für diese Wohnung finden – so nichtssagend waren die Gegenstände, die ihn umgaben; ebensowenig konnte er mit Worten ein präzises Bild von seinem Gesicht schaffen, so nichtssagend fand er seine Augenbrauen und Ohrläppchen. Er konnte nur *über* die Gegenstände sprechen, meinte Dürer, er konnte sie nur benennen. Was er weiter mit ihnen anfangen sollte, war ihm ein Rätsel; so dachte Dürer beim

Anblick des neuen Feuerzeugs auf dem kleinen Wohnzimmertisch, das er im letzten Moment doch nicht in die Hand genommen hatte. Er blätterte im Rundfunkmagazin, dann in mehreren Illustrierten. Unter dem Fernseher fand er eine alte Ausgabe einer Wochenzeitung, die er an dem Pin-up-Girl erkannte, das den Hintern auffallend weit herausstreckte und mit den Händen die Brüste zu wiegen schien; das Datum auf dem Hinterkopf des Mädchens, das einen Tag vor dem Beginn seiner Freiheitsstrafe lag, löste bei ihm ein Lächeln aus, als wäre alles nur seine Einbildung. Absichtlich legte er die Zeitung zuoberst auf den Stapel. Den Kaffee, den seine Mutter mittlerweile gemacht hatte, trank er stehend am Fenster. Am liebsten hätte er ihn bezahlt. Den auf die Untertasse verschütteten Kaffee trank er auch, nachdem er ihn in die Tasse zurückgegossen hatte.

Im Schlafzimmer, das er mit seinem Bruder teilte, sah Dürer auf seinem Bett Sachen liegen, die ihm nicht gehörten. Seine Mutter entschuldigte sich bei ihm und sagte, sie habe nicht damit gerechnet, daß er so früh kommen würde. Der durch Papier, Socken, Oberhemden und Slips hervorgerufene Ekel packte Dürer so heftig, daß er sich auf seinen Bruder gestürzt hätte, wäre dieser in der Wohnung gewesen. Er schickte seine Mutter weg, schüttete den Inhalt seiner Papiertüte auf den Fußboden und schob das Ganze unters Bett. Das Zerreißen der Tüte wirkte beruhigend auf ihn; er vergaß schnell seine Wut. Dürer sah sich, bis Vater, Bruder und Schwester von der Arbeit zurückkehrten, ein Programm des deutschen Fernsehens an, das durch die zentrale Hausantenne empfangen werden konnte. Die gegenseitige Begrüßung war weder kühl noch herzlich; er wußte nicht, ob er zufrieden sein sollte. Später am Abend stellte sich noch der Freund seiner Schwester ein, der ihn betont freundlich begrüßte. Als ob nichts geschehen wäre, dachte Dürer; er ging schnell in die Toilette. Als er zurückkam, waren seine Schwester und ihr Freund nicht mehr da. Sein Vater, der ihn nur einmal im Gefängnis besucht und sich dabei übertrieben erfreut gezeigt hatte über Dürers Arbeit in der Gefängnisbibliothek, mühte sich nun ab, von Zeit zu Zeit etwas zu sagen, doch wußte Dürer nicht, was er antworten sollte, denn auf die allgemeinen Wahrheiten seines Vaters konnte er nur mit einem einfachen Ja oder Nein erwidern. Das Gebäck zum Kaffee und die Salzkekse zum Pils waren ebenso überflüssig wie die Bemerkungen seines Vaters. Er war doch im Gefängnis gewesen, dachte Dürer. Sein Bruder ging früh schlafen. Obwohl Dürer selbst darauf kam, daß sein Bruder zur Frühschicht mußte, wollte er, daß der Bruder es ihm selbst sagte, doch dieser teilte ihm nur mit, er sei am gestrigen Tag zu spät ins Bett gegangen. Im Fernsehen sah sich Dürer zwei Folgen aus amerikanischen Serien an. In der ersten ging es um einen Mann, der Ladenbesitzer, die ihm minderwertige Waren verkauft hatten, erstach; in der zweiten ging es um eine Frauenbande, die Banküberfälle verübte. Im ersten Film wurde man am Anfang auf eine falsche Spur geführt, und die Sache schien schon gelöst zu sein, doch gleich darauf zeigte sich, daß der Verdächtige mit dem tatsächlichen Mörder nicht identisch war und somit gar kein echter Verdächtiger. Der richtige Mörder wurde zum Schluß von einem Polizeiinspektor erschossen. Der Mörder fiel durch den Aufprall der Kugel hintenüber, stürzte durch die Fensterscheibe aus der sechsten Etage eines Gebäudes und wurde auf dem Bürgersteig zerschmettert. In der anderen Serie wurde die Frauenbande unschädlich gemacht, ohne daß den Frauen dabei etwas passierte. Selbst das Unerwartete hatte im Fernsehen all seine Überraschung verloren; daran änderte sich auch nichts, wenn der Mörder zerschmettert auf der Straße lag oder nach vierzehn Jahren in der Zelle dank guter Führung zum erstenmal wieder eine Wiese betrat, denn beide Möglichkeiten hatten sich abgenutzt; er hoffte auf eine Störung oder einen Filmriß.

Als Dürer ins Bett ging, sah er, daß die Sachen seines Bruders bereits weggeräumt waren. Es dauerte lange, bis er einschlafen konnte. Am ruhigen, gleichmäßigen Atem seines Bruders, am klammen Laken, am vertrauten Zimmergeruch, am Muster der Gardinen, an allem fand Dürer etwas Abstoßendes.

Der folgende Tag war ein Freitag. Dürer erwachte mit dem Gefühl, daß sein Körper ihm im Wege war. Lieber wäre er einfach *aufgestanden*; nun mußte er das Laken zurückschlagen, seine Beine über den Bettrand schwingen, sich erheben, zur Toilette laufen, sein Glied halten, seine Augen zukneifen vor dem Morgenlicht und so weiter und so fort. Auch die Brotscheibe, die er in der Küche mit Butter bestrich und mit Käse belegte, erfüllte ihn mit Widerwillen. Dieser stumpfsinnige Magen, dachte er, dieses elende Kauen! Und in großen Brocken schluckte er das Butterbrot herunter. Er verließ die Wohnung, bevor die anderen wach wurden; seinen Bruder hatte er nicht weggehen hören. Es war halb sieben. Draußen war die Luft um diese Zeit noch frisch. Obwohl er es noch nie versucht hatte, fühlte er das Bedürfnis, ein Stück zu rennen. Während er die Gehwegplatten unter sich vorbeihuschen sah, vergaß er die Unzufriedenheit mit seinem Körper. Als er einen Polizeiwagen erblickte, hörte Dürer auf zu laufen und versuchte, seinen beschleunigten Atem dem verlangsamten Schritt anzupassen. In einer kleinen Grünanlage setzte er sich mit

Vergnügen auf eine Bank. Es befriedigte ihn jedoch nicht lange. Jetzt fiel ihm zum erstenmal das Zwitschern der Vögel auf. Unter der Bank entdeckte er eine zusammengeknüllte Zeitung, die er mit dem Fuß nach vorn schob und vorsichtig ausbreitete. Darin lag ein totes Meerschweinchen; Dürer faltete das Papier wieder zusammen und legte es auf den bereits überfüllten Abfallbehälter neben der Bank. Dann folgte er einem schmalen Weg und kam auf eine weite Rasenfläche, über die ein Mann ging, der einen großen Bouvier an der Leine führte. Der Mann schob das Halsband über den Kopf des Hundes und warf ein Stück Holz. Das Tier lief zu der Stelle, wo der Zweig heruntergefallen war, brachte ihn dem Mann zurück und legte sich vor dessen Füße. Das wiederholte sich ununterbrochen. Schließlich war es Dürer überdrüssig, auf dem Rasen zu laufen, ohne einem Hund Befehle zu geben, und kehrte nach Hause zurück. Vater, Mutter und Schwester traf er beim Frühstück an. Dürer erschrak über die Art, wie sie ihm langsam, einem lautlosen Signal folgend, die Köpfe zuwandten, während auf ihren Gesichtern ein Lächeln erschien. Die Schnelligkeit, mit der sie, als sie sich ihrer zu einem Lächeln verzerrten Gesichter bewußt wurden, die Blicke senkten und die Mahlzeit fortsetzten, konnte Dürer nicht darüber hinwegtäuschen, daß er seine Eltern und seine Schwester entlarvt hatte. Danach hörte er eine Weile Radio, um sich von ihren widerwärtigen Fratzen abzulenken; die Nachrichtensendung verdrängte diese Bilder. Er konzentrierte seine Aufmerksamkeit auf den Sprecher und nahm sich vor, bei eventuellen Versprechern das Fernsehstudio anzurufen, um seine Freude darüber zu bekunden, denn allein solche Versprecher konnten die durch das Alter abgeschliffenen Worte in den Nachrichten anhörbar machen. Er stellte aber keinen einzigen Fehler fest und war erleichtert, seinen Zeigefinger nicht in die Wählscheibe stecken zu müssen. Die darauf folgende Musik fand Dürer wenig ansprechend. In der Küche trank er ein Glas Milch und bemerkte zu seiner Erleichterung, daß sein Vater und seine Schwester bereits zur Arbeit gegangen waren; seine Mutter war im Schlafzimmer. Dürer öffnete im Wohnzimmer das Fenster, schob einen Stuhl dicht davor und fing an, in den Zeitschriften der letzten Woche zu blättern. Das Radio stellte er etwas leiser. Wenn er nicht las, blickte er auf den neuen Bahndamm; wenn er nicht auf den neuen Bahndamm blickte, hörte er Radio – das wäre doch auch eine Möglichkeit, überlegte er. Das Lesen machte ihn müde, und er fragte sich, womit seine Mutter beschäftigt sein mochte. Danach sah sich Dürer im Schrank seines Bruders die Sachen an, die dieser sich während seiner Abwesenheit angeschafft hatte. Als Dürer einen Blick auf die Armbanduhr warf, fand er, daß die Zeit schnell verging. Beim Vergleich der Zeit, die seine Uhr anzeigte, mit der der Küchenuhr änderte er aber seine Meinung, denn die Küchenuhr schien ihm schwerfälliger zu sein als seine Armbanduhr. Er rief dann die Zeitansage der Post an. Bis zum Mittagessen lief er noch eine Weile unschlüssig durch die Wohnung. Am Nachmittag machte Dürer für seine Mutter ein paar dringende Besorgungen im nahe liegenden Einkaufszentrum. Er hatte sich vorgenommen, lange wegzubleiben. Dürer erinnerte sich, daß er im Kaufhaus stets das Gefühl hatte, lange nicht dort gewesen zu sein – selbst wenn er zum zweitenmal am selben Tag dort hinging, schien es, als wären bereits Monate seit seinem letzten Besuch verstrichen; von Bedeutung dabei war, nahm Dürer an, die Tatsache, daß die Öffnungszeiten des Einkaufszentrums damals von der Königin festgelegt worden waren. Diese Tatsache löste bei ihm seit seiner Kindheit eine seltsame Erregung aus. Doch plötzlich fühlte sich Dürer betrogen und schüttelte die Erinnerung von sich ab. Der ausgetrocknete, seit der Eröffnung nicht mehr genutzte Teich in der Mitte des Einkaufszentrums machte einen noch verfalleneren Eindruck als einige Zeit zuvor, und als wolle er sich rächen, grinste Dürer breit. Zwei Jungen, die vorbeigingen, grölten ihn an. Das Mädchen im Gemüseladen beachtete ihn nicht. War er denn so nackt, daß jeder durch ihn hindurchsah? Nachdem er das Wechselgeld entgegengenommen hatte, ließ er es wie Wasser durch seine Finger fließen. Obwohl hier Radfahren verboten war, mußte er vor einem kahlköpfigen Mann auf einem alten, verrosteten Fahrrad eiligst beiseite springen. Als träte ihm das Leben in die Fersen, dachte Dürer. Schnell ließ er das Einkaufszentrum hinter sich. In der Ferne sah er das Hochhaus seiner Eltern und versuchte, ihre Wohnung ausfindig zu machen. Er zählte die Stockwerke und die Fenster. Endlich, nachdem er mehrmals wieder von vorn angefangen hatte, meinte er die Wohnung gefunden zu haben, doch konnte er keine Beziehung herstellen zwischen dem, was er jetzt sah, und dem, was er aus dem Fenster gesehen hatte. Bei dem Gedanken an die Möglichkeit, daß er aus der Wohnung sofort die Steinplatten ausfindig machen könnte, auf denen er gerade gegangen war, überlief ihn ein Schaudern. Zu Hause stand er lange unter der Dusche; seine Mutter klopfte energisch an die Tür. Obgleich er sich gerade anschickte, den Hahn abzustellen, blieb er nun noch unter dem Wasserstrahl stehen – bewegungslos, die Fingerzeichnungen auf dem beschlagenen Spiegel ihm gegenüber anstarrend. Die saubere Kleidung, die er anzog, brachte ihn auf den Gedanken, daß er nun neu beginnen könnte – nur wußte er nicht, womit.

Das deutsche Fernsehen strahlte die regionalen Nachrichten aus. Eine Folkloregruppe tanzte auf einem Volksfest in einem Bundesland, ein kleines Orchester spielte die Musik, zu der sich die Tanzgruppe bewegte. Dürers Mutter, die plötzlich hinter ihm stand, sprach, ohne auf die Melodie zu achten, den Text des Liedes. Es kränkte Dürer, daß sie keine Spur von Gefühl in ihre Stimme legte. Nach den Bildern des Festes sprach ein Mann vor einem Bücherregal; Dürer schaltete das Gerät ab. Im Radio wurde ein Gespräch über Jugendarbeitslosigkeit geführt. Dürer drehte den Lautstärkeregler so weit auf, daß seine Mutter erschrocken herzugelaufen kam. Hoffnungslos, dachte Dürer.

Im nächsten Augenblick dachte er wieder an etwas anderes. Das setzte sich bis zum Mittagessen fort, und auch danach.

Den ganzen Abend spukte Dürer die Melodie eines Liedes durch den Kopf; er konnte sie nicht loswerden, bis es ihm gelang, die dazu gehörenden Worte zu finden. Plötzlich war die Melodie verschwunden, und etwas später konnte Dürer den Text hersagen; auch Sätze, wo er sich nicht erinnerte, ob er sie je gehört hatte, stöberte er hervor – sie waren so stark, daß er sie als Untertitel auf dem Bildschirm vor sich sah; sie paßten wunderbar zur Wohnung. Diese Nacht träumte Dürer von der Schule, in die er gegangen war. Während der Pause döste er vor der Schultür in der Sonne. Er schrak zusammen, als sich jemand zwischen ihn und die Sonne stellte. Es war der Lehrer, mit dem Dürer am besten auskam. Dieser aber beschuldigte ihn, ein Taugenichts zu sein. Verwundert sah ihn Dürer an. Er richtete sich auf und entgegnete, daß er für die Schule nicht zu lernen brauche, weil er intelligent sei und einer Ausbildung folgen müsse, die unter seinem Niveau liege. Mit dem geringsten Kraftaufwand könne er seine Pflichten erfüllen. Nichts zu machen, sagte der Lehrer und warf Dürer vom Schulhof. Nur wer arbeitet, zählt, rief er Dürer nach, der über den Kopf des Lehrers in die Luft aufstieg, darauf achtend, daß er außer Reichweite des nach seinen Beinen greifenden Lehrers blieb. Auf einmal gelang es diesem doch, Dürers Beine zu fassen und ihn herunterzuziehen. Dürer stürzte immer weiter und weiter. Schweißgebadet erwachte er. Er lag auf dem Fußboden und nahm die Dunkelheit um sich herum wie eine undurchlässige Materie wahr. Wird denn diese Nacht niemals enden? dachte Dürer. Mit geschlossenen Augen, den ganzen Körper gespannt, stand er auf. Als ob er eine Mauer durchbräche! Das Anschalten des Lichts in der Toilette und das Befeuchten des Gesichts wirkten befreiend auf ihn. Dürer schlief ein, nachdem er versucht hatte, sich an die Melodie eines Liedes zu erinnern, von dem er nur den Text behalten hatte.

Am nächsten Morgen beim Zeitunglesen erinnerte sich Dürer wieder an das Gefühl, das während der Busfahrt von V. nach 's-H. in ihm aufgestiegen war. Ihm war, als wäre ihm damals eine Waffe aus der Hand geschlagen worden und als hätte er wehrlos einer ungreifbaren Gefahr gegenübergestanden; auf der Titelseite stand ein Bericht über Überschwemmungen, die mehr als achtzehn Menschenleben gefordert hatten – auch diese Menschen hatten sich machtlos gefühlt. Er wurde wütend, als er las, daß zwei Spezialeinsatztruppen der Polizei in das betroffene Gebiet entsandt worden waren, um Geschäfte und Supermärkte zu bewachen, von denen man einige schon geplündert hatte. Alle Plünderer sind unschuldig, dachte er. In einem anderen, ferner gelegenen Land waren plötzlich übermäßig auftretenden Niederschlägen mindestens 206 Menschen zum Opfer gefallen. Die Pesetas sollten im Kurs gesunken sein; in Thailand herrschte eine Affenplage. Ein Mann war an Hunger gestorben; der Mann, der zum Zeitpunkt seines Todes keine dreißig Kilo mehr wog, hatte nach dem Tod seines Vaters das Essen verweigert. Die Familie war nicht auf die Idee gekommen, einen Arzt zu rufen, las Dürer. Neben das Datum in der Zeitung schrieb Dürer: Ein Mann, Affenpfleger in einem Tiergarten, begann einen Hungerstreik, nachdem er vom Tod seines spanischen Vaters erfahren hatte, der bei einer Überschwemmung umgekommen war.

Er wollte diese Formulierungen fortsetzen, entschloß sich Dürer; den Hungertod lehnte er ab.

Gegen elf Uhr wurde seine Schwester von ihrem Freund abgeholt, mit dem sie in die Innenstadt von A. einkaufen gehen wollte. Sie war auf der Suche nach einem Rock aus einem bestimmten Stoff und von einer bestimmten Farbe. Ihr Freund erzählte eine alberne Geschichte, die er am Morgen erlebt hatte. Schon nach kurzer Zeit gab es Dürer auf, ihm zuzuhören; er beobachtete ihn aber weiter und sah in seinem Gesicht etwas von Übereinstimmung mit dem Unsinn, den er allen auftischte: Die schnellen Lippenbewegungen, das Hüpfen des Adamsapfels und die hastigen Bewegungen der Hände des Freundes seiner Schwester wurden plötzlich ganz überflüssig, und Dürer wunderte sich, daß er diesen Mann einmal ernst genommen hatte.

Auch am Sonnabend wartete Dürer auf etwas. Es mußte etwas geschehen. Als er hinausblickte, sah alles tatsächlich nach Sonnabend aus; wenn er die Augen schloß, hörte er Geräusche, die er sofort als Sonnabendlaute umschrieben hätte; wenn er dabei die Hände an die Ohren drückte, roch er Sonnabendgerüche. Unten auf dem Parkplatz des Hochhauses stieg gerade seine Schwester in den Wagen ihres Freundes. Dürer überkam Übelkeit, als er sah, wie weit sie dabei die Beine auseinanderspreizte. Ein unbekanntes Mädchen auf einem Fahrrad, das in sein Blickfeld geriet, trug ein so kurzes Röckchen, daß Dürer erregt zusammenzuckte und ihr am liebsten nachgelaufen wäre.

Das Glas Seven-up, das er auf den Tisch gestellt hatte, hinterließ einen feuchten Kreis. Nachdem er den Kreis mit dem Unterarm weggewischt hatte, hörte er sich ein beliebtes Rundfunkprogramm an. Dabei nahm er eine Zeitung und suchte in den vielen kleinen Anzeigen der Sonnabendausgabe nach einem Jaguar. Hin und wieder, wenn ein Wort ihn aufhorchen ließ, hob er den Kopf und lauschte einem der Gespräche des Programms.

Als ihm alles langweilig wurde, legte sich Dürer aufs Bett und begann an seine frühere Freundin zu denken, mit der er sich während ihres ersten und einzigen Besuchs im Gefängnis gezankt hatte. Von ihr wanderten seine Gedanken zu ihrer Schwägerin Joyce, was ihn erregte und ihm gleichzeitig weh tat. Er stellte sich vor, wie Joyce ins Zimmer treten, sich ausziehen und sich neben ihn legen würde.

Eine Stunde später wachte Dürer auf. Er ging hinunter und beobachtete eine Zeitlang die vorbeifahrenden Autos. Er stand an einem Zebrastreifen; ein Volkswagen hielt vor ihm an, obwohl er nicht über die Straße gehen wollte. Als Dürer einen Blick in den Wagen warf, merkte er, daß man nicht seinetwegen angehalten hatte. Der Fahrer suchte etwas im Stadtplan. Beim Überqueren der Straße mußte er sich beeilen, um nicht von einem silberblauen Sportwagen angefahren zu werden, der, ohne die Geschwindigkeit zu verringern, den Zebrastreifen überfahren wollte. Dürer fluchte lautlos auf den Fahrer. Zwei Straßen weiter stoppte ein Volkswagen neben ihm. Der Fahrer fragte nach einer Straße, die Dürer zu seiner eigenen Verwunderung kannte. Das Mädchen auf dem Fahrrad, das er von der Wohnung aus gesehen hatte, fuhr an ihm vorbei. Der Gedanke, daß er ihren Po sehen konnte, verwirrte ihn so sehr, daß er zu gucken vergaß. Der Anblick von zwei sich paarenden Hunden brachte ihm Erleichterung. Lange Zeit verband Dürer alles, was er sah, mit Geschlechtsorganen. Gullys, Laternenpfähle, Türklinken – nichts entging ihm. Als ein Mann an ihm vorbeikam, versuchte Dürer festzustellen, ob der Mann eine Erektion hatte. Bei Frauen achtete er darauf, ob ihre Brustwarzen hart waren. Manchmal fand Dürer es abscheulich, daß all diese Männer und Frauen miteinander ins Bett gingen. Beim Abendbrot aß Dürer wenig; er hatte Angst, daß er, wenn er den Mund öffnete, etwas über die schlaffen Brüste seiner Schwester sagen würde. An seine Eltern wollte er nicht denken; krampfhaft versuchte er, nicht in ihre Richtung zu blicken und ihr Bild aus seinem Geist zu vertreiben. Schnell schaltete er den Fernseher ein und sah sich eine Sportsendung im Zweiten Deutschen Fernsehen an. Die Zeitlupenwiederholung des 100-Meter-Laufs der Damen weckte in ihm den Wunsch, zu verschwinden, aber er blieb sitzen, weil gerade die Zusammenfassung eines Fußballspiels angekündigt wurde. Wie immer beim Anschauen eines Spiels der Bundesliga, fand Dürer auch diesmal, daß dort besser Fußball gespielt werde als in den Niederlanden. Obwohl er keine der beiden Mannschaften bevorzugte, wählte er für sich die Elf, die weiße Hosen und weiße Hemden trug. Das Spiel endete unentschieden, und im nachhinein stellte sich heraus, daß es eine Freundschaftsbegegnung als erstes Training nach der Sommerpause gewesen war. Das darauffolgende Gespräch mit dem Bundestrainer der deutschen Nationalmannschaft unterbrach Dürer, weil er den Mann haßte; er schaltete um auf das Erste Programm der Niederlande. Die Minuten reihen sich aneinander, dachte Dürer, die Bilder wechseln sich ab, Geräusche sterben und ertönen wieder. Selbst die Nachrichtensendung nahm er nicht mehr ernst, weil er so viele Doppelsinnigkeiten entdeckte. Nur noch die Werbespots konnte er als Werbespots sehen. Aber dieser fürchterliche Löwe, dachte er, diese widerlichen Farben, diese lächerlichen Späße! Und danach noch die gnadenlose Abendübersicht, das mitleiderregende Grinsen der Ansagerin, die weinerliche Musik zu Beginn des Unterhaltungsprogramms...

Dürer wollte alles, was ihm in die Hände kam, vernichten. Die Angst, daß er diese Neigung in die Tat umsetzen würde, ließ ihn wie gelähmt auf den Stuhl zurückfallen. Nach einiger Zeit fand er einen Vorwand, die Wohnung zu verlassen. Er irrte ohne ein deutliches Ziel zwischen den Wohnblocks umher. Dank der Sommerzeit konnte er selbst um diese Stunde noch die Sonne genießen, erinnerte sich Dürer, irgendwo gelesen zu haben. Lange Zeit bog Dürer immer nach rechts ab. Dann schwenkte er in jede zweite Querstraße links und in jede dritte Querstraße rechts ein. Davon wurde er so müde, daß er nur noch *zurück*laufen konnte. Es fiel ihm auf, wie blau alles kurz nach dem Sonnenuntergang aussah. Er fand es entspannend, einen leeren Karton zu zertrampeln. Im Zentrum des Neubaugebiets kriegte er mit zwei Jugendlichen Ärger, die mit ihrem Motorrad auf den Bürgersteig fuhren und ihn beinahe streiften. Obwohl er sich vor ihnen nicht fürchtete und es auch nicht nach einer Schlägerei aussah, eilte Dürer nach Hause. Noch im Schlaf, der ihn übermannte, als er gerade seine Schwester ins Bett gehen hörte, lief er weiter, bis er gegen drei Uhr morgens völlig erschöpft wach wurde.

Einige Tage später sah Dürer das Buch wieder, das er während seines Aufenthalts in V. gelesen hatte. „Aus dem Leben eines Taugenichts". Das war eine alte deutsche Erzählung, stand hinten auf dem Umschlag, und Dürer, der wenig Bücher gelesen hatte, verspürte den Reiz, es zu lesen. Das Buch handelte von einem jungen Mann, Taugenichts genannt, der von zu Hause weggeschickt wurde, weil er keine richtige Arbeit zustande brachte, auf Reisen ging und am Ende mit dem Mädchen, in das er sich verliebt hatte, glücklich wurde, so daß der Taugenichts zum Schluß sagen konnte: *Und es war alles, alles gut.*

Dürer erschrak, als er das Buch zwischen den Sachen entdeckte, die er aus dem Gefängnis mitgebracht hatte, und hoffte nur, daß er damals keinen Leihschein ausgefüllt hatte. An der Registriernummer auf dem Rücken des Buches erkannte er, in welches Regal es gehörte. Er las den Morgen und den ganzen Vormittag, nicht einmal beim Mittagessen konnte er es beiseite legen. Nachdem er das Buch aus hatte, ging er ins Bett – genauso wie damals in V. –, obwohl es noch früh am Abend war. Alles, was er sah, bereitete ihm Schmerzen.

Am folgenden Tag steckte Dürer das Buch ein und las auf der Wiese vor dem Haus einige Passagen. Gegen Mittag ging er auf Drängen seiner Mutter zur Personalabteilung eines Betriebs, der über eine Zeitungsanzeige junge, energische Mitarbeiter suchte. Schon in dem Raum, wo Dürer zusammen mit anderen jungen Männern auf ein Gespräch mit einem Vertreter der Personalabteilung wartete, befiel ihn Beklemmung. Die Gesichter der Bewerber schienen ihm stumpfsinnig. Er schlug das Buch auf, aber er konnte nichts in sich aufnehmen, weil er das Gefühl hatte, daß alle mitlesen wollten. Als er die Beine übereinanderschlug, hatte er den Eindruck, die anderen beobachteten ihn. Das einzige, wovon sie keine blasse Ahnung hatten, war das Buch, dachte Dürer und legte es ordentlich auf seinen Schoß, so daß sie alle den Titel lesen und sich über ihre eigene Unwissenheit ärgern konnten. Als das Buch hinunterfiel, blickte niemand auf; in Gedanken schimpfte Dürer sie Heuchler. Er wußte nicht mehr, wie er sich jetzt fühlen sollte: Er konnte sich nicht aufregen, er war nicht gespannt, selbstsicher aber war er genausowenig; was blieb da noch übrig? Die Menschen um ihn herum *benahmen* sich; jeder von ihnen gehörte irgendwohin und konnte also sagen, er fühle sich so oder so, aus diesem oder jenem Grund; Dürer konnte von sich nur sagen, daß er *saß*. Je mehr sich die Zahl der Wartenden verringerte, desto besser ging es Dürer. Die leeren Stühle konnten nur leere Stühle sein – dieser Gedanke erleichterte ihn. Im Buch las er folgende Zeilen: *Die schöne Frau hatte während meines ganzen Liedes die Augen niedergeschlagen und ging nun auch fort und sagte gar nichts. – Mir aber standen die Tränen in den Augen schon, wie ich noch sang, das Herz wollte mir zerspringen von dem Liede vor Scham und vor Schmerz, es fiel mir jetzt auf einmal alles recht ein, wie* sie *so schön ist und ich so arm bin und verspottet und verlassen von der Welt – und als sie alle hinter den Büschen verschwunden waren, da konnt ich mich nicht länger halten, ich warf mich in das Gras hin und weinte bitterlich.*

Dürer überlegte, ob er sich in diesem Raum hinknien könnte. In demselben Moment wurde sein Name aufgerufen. Dürer erhob sich und ging zu dem Mann im Nebenraum. Er sagte dem Mann, Dürer habe sich nicht wohl gefühlt und den Warteraum verlassen. Der Mann nickte, vermerkte etwas in seiner Liste und rief einen anderen Namen auf; im Vorbeigehen sah Dürer einen langen, mageren jungen Mann aufstehen, und er fühlte heftiges Mitleid mit jedem in diesem großen Gebäude – selbst die Möbel hätte er gern getröstet.

AM SONNABENDMITTAG lief Dürer im Einkaufszentrum einem seiner ehemaligen Lehrer in die Arme. Zuerst erkannte er ihn nicht, dann erinnerte er sich auf einmal, daß er diesen breitspurig redenden Mann früher vor einer schwarzen Schultafel hatte stehen sehen; daraufhin fiel ihm sein Name ein. Die einzige Erklärung für die Tatsache, daß der Lehrer ihn erkannt hatte, lag wohl darin, daß er von der Gefängnisstrafe, die Dürer hinter sich hatte und durch die er sich von den meisten ehemaligen Schülern unterschied, wußte. Der Mann hatte etwas für Jugendprobleme übrig. Dürer, der keinen Zusammenhang zwischen dem Gesicht des Mannes und den Worten, die er sprach, finden konnte, nickte hin und wieder. Als der Mann plötzlich eine Pause machte und ihn fragend ansah, sagte Dürer schnell: „Sie haben recht." Und weil es ihm sofort leid tat, daß er dem Mann recht gegeben hatte, ohne dessen Worte aufgenommen zu haben, hörte er dem seiner Antwort folgenden Redestrom zu. Dabei mußte er feststellen, daß er, obwohl er dem Lehrer wirklich recht gab, mit seinen Worten nichts anfangen konnte. „Es ist vielleicht so, wie Sie sagen", unterbrach er den Mann, „aber was habe ich davon, daß Sie die Jugendarbeitslosigkeit so ausgezeichnet in Worte fassen können. Ein Problem formulieren heißt es lösen, habe ich gehört; aber diese These gilt nicht mehr. Setzen Sie doch andere Muskeln in Bewegung als nur die Ihres Kiefers." Der Mann hielt nichts von radikalen Lösungen, Dürer ebensowenig. „Was ist das – radikale Lösungen? Ich kenne einzig und allein Lösungen, die etwas lösen. Die Ergänzungen, die Sie machen, verschleiern nur die Probleme." Der Mann konnte dafür kein Verständnis aufbringen. Dürer, der immer ungeduldiger wurde, schnauzte ihn an: „Ihr aufgeblasener Körper besteht sicherlich aus fünfundneunzig Prozent Wohlwollen und fünf Prozent Wasser. Es ist höchste Zeit, ihn anzustechen." Als der Mann empört wegging, bereute Dürer seine Worte. Er wollte ihm schon nachlaufen, doch im letzten Moment fand er, daß sein Auftreten richtig gewesen sei. Dann wurde alles überflüssig: seine Worte, der Lehrer, das Einkaufszentrum. Als ob jeder ständig über seine Existenz nachdachte und deshalb nicht dazu kam, denkend zu existieren, formulierte Dürer zähneknirschend.

Weil es Sommer war und viele Menschen Urlaub machten, herrschte im Fernsehen *Sauregurkenzeit*. Dürer sah sich viele Filme aus der Pionierzeit des Tonfilms und viele Wiederholungen an. Beinahe jeden Abend geriet er in große Wut. Er hatte das Gefühl, von den Redakteuren des Abendprogramms verschaukelt zu werden. Die dummen, ihre Stiftzähne entblößenden und lüstern blikkenden Ansagerinnen fand er nur fürs Bett tauglich. Am tiefsten waren ihm Filme über Erfolgs-Stories von Musikern verhaßt. Diese Filme veranlaßten ihn, alle fünf Minuten in sentimentale Gerührtheit zu verfallen, doch er ertappte sich sogleich dabei, und ihm wurde bewußt, warum sich ein künstlicher Seufzer aus seiner Kehle löste; daraufhin verwandelte sich sein mitleidiges Stöhnen in ein wütendes Brüllen. Dürer durchschaute die Hintergründigkeit beim Gebrauch des Wortes *Sauregurkenzeit*. Die Menschen, die diese Programme zusammenstellten, beriefen sich auf den Terminus, während Dürer der Meinung war, daß sie durch ihre üblen Programme die *Sauregurkenzeit* selbst erst erzeugten.

Tagsüber saß er stundenlang auf dem Balkon und blätterte in der Geschichte „Aus dem Leben eines Taugenichts". Oft dachte er bei Passagen über die Liebe, die der Taugenichts von fern für eine schöne junge Frau hegte, an Joyce. Er kannte die Gefühle des Taugenichts. Es fiel ihm auf, wie gut einige Beschreibungen zutrafen, besser als die Beschreibungen, die er selbst erdachte, und wie zum Spaß bezeichnete er, was er um sich herum sah, als *Schloß*, *Ritter*, *Kutsche*; und zu seiner Überraschung schienen die von ihm so angesprochenen Dinge sich zu verändern und ihre grauenhafte Monotonie zu verlieren.

An einem Abend sah Dürer im Fernsehen Folgen von zwei amerikanischen Serien, die nacheinander ausgestrahlt wurden – sogar so, daß sie genau aneinander anschlossen. Die erste erzählte die Geschichte eines jungen Negers mit Brille, der von einem korrupten Polizisten für schuldig erklärt wurde. In der zweiten ging es um einen Polizisten, der einen jungen Dieb, ebenfalls einen Neger, niedergeschossen hatte, weil der verdächtigt wurde, ein Verbrechen begangen zu haben. Beim Ansehen des ersten Films hoffte Dürer, daß der korrupte Polizist bestraft werden würde, beim zweiten Film wünschte er, daß der verlogene Neger überführt werden würde; was sich Dürer wünschte, traf ein.

Um sich *zu beschäftigen*, teilte Dürer in den darauffolgenden Tagen die Farbigen, die er sah, in zwei Gruppen ein: entweder wurden sie unschuldig verdächtigt, oder sie trieben durch ihr verlogenes Verhalten ehrliche Polizisten in die Enge. Dadurch, daß er nur wenige farbige Brillenträger sah, waren die meisten Lügner. Die Polizisten waren korrupt oder ehrlich, das hing von ihren Haaren ab; waren sie kahl oder besaßen sie einen üppigen, aber grauen Haarwuchs, dann waren sie ehrlich, hatten sie dagegen dunkle Haare, trugen sie einen Schnurrbart und neigten sie zum Fettansatz, dann waren sie korrupt.

Nachdem er die *Wiederholung* des „*In Memoriam*" von Louis Armstrong gesehen hatte, wurde seine bisherige Einteilung der Neger ungültig; nun nannte Dürer die Neger, denen er begegnete, *swingers*. Nach einem humorvollen Filmkommissar wollte er allen Polizisten, die er sah, einen Witz erzählen, weil sie *Sinn für Humor* besitzen müßten. Dürer ließ *sich gehen*: Ein Film über die Erfolgs-Story eines schwarzen Musikers rührte ihn so, daß er argwöhnisch wurde. Über die Tagesschau lachte er. Der Werbespot für ein bestimmtes Waschmittel ließ ihn Haltung annehmen, als wäre er Zeuge eines historischen Augenblicks – bis bei einer Verfolgungsszene in einer Krimiserie (die Gauner fuhren mit ihrem schnellen Wagen durch aufgestapelte Kisten, flitzten über dichtbefahrene Straßenkreuzungen, über Rasenflächen, bogen in Einbahnstraßen aus der falschen Richtung ein, fuhren durch Zäune und schossen in einer Gasse um sich, bis sie letzten Endes in einem Kanal landeten) das Fernsehgerät versagte; das Bild flackerte und blieb dann völlig weg, der Ton verebbte, Dürer fiel betäubt zurück. Das Spiel ist aus, dachte er; den ganzen folgenden Tag hatte Dürer ständig Angst, daß alles, was er sah, in einen grauen Nebel verschwinden würde.

Dürer wußte nicht, was er für seine Schwester, die in zwei Tagen Geburtstag hatte, kaufen sollte: Sollte es etwas Nützliches sein, etwas Nettes? Die Sachen, die Dürer im Warenhaus sah, schienen nur auf sich selbst zu verweisen; kein einziges Mal wollte er Worte hinzufügen, um die Bedeutung der Gegenstände für sich selbst klarzumachen. Wahnsinn, dachte Dürer: Als hinge er mit dem Kopf nach unten an einem Ast, und die Welt hätte sich vor ihm nicht umgedreht! In jeder neuen Warenabteilung, die er besuchte, steigerte sich mit zunehmender Verschiedenheit von Marken und Gegenständen seine Verwirrung. Manchmal hatte die Qualität nichts mit dem Preis zu tun, manchmal wieder doch. Bei einem Verkäufer hatte dieses bestimmte Merkmale, bei einem anderen jenes dieselben Merkmale. Was für einige der Gipfel der Eleganz war, wurde von anderen in einer anderen Etage als ordinär abgewertet. Aus den Gerüchen auf seinen Händen und Unterarmen konnte er nicht mehr klug werden. Schließlich kaufte er etwas bei einer netten Verkäuferin. Sie konnte sich nicht zwischen zwei Duftnoten entscheiden, mit erschreckend nichtssagenden Worten beschrieb sie sie, und als sie nacheinander an ihnen roch, wurde ihr Sprachvermögen völlig blockiert. Dann sagte sie, die Duftnoten seien völlig gleich, obwohl sie von zwei verschiedenen Herstellern entwickelt worden waren; einen Augenblick später meinte sie, die Duftnoten seien doch unterschiedlich, ohne daß sie den Unterschied beschreiben konnte. Um sie von ihren Leiden zu erlösen, kaufte Dürer beide Parfüms.

Am folgenden Vormittag las Dürer wieder in dem Buch. Die Wanderung des jungen, unterwegs Geige spielenden Taugenichts nach Italien machte Eindruck auf ihn.

Auch Dürer wollte eine Reise machen, vielleicht nicht so sehr, um die weite Welt kennenzulernen, sondern einfach, um *wegzugehen*. Das Buch hatte viele Vorzüge, dachte Dürer: Ein Tal war ein Tal, ein Pferd ein Pferd, Liebe war Liebe, eine junge Frau war eine junge Frau, nie hatte er den geringsten Verdacht, ihm werde etwas aufgezwungen oder es würden Wörter gebraucht, die ihren Inhalt längst verloren hatten. Die junge Frau, von der oft die Rede war, konnte er sich nicht genau vorstellen, ihr Bild blieb in Klängen hängen, obgleich er manchmal Joyce vor sich sah; er war sich aber bewußt, daß sie es nicht sein konnte. Als er gegen Mittag die Wohnung einen *Turm* nannte und das Mädchen, das unten auf dem Fahrrad vorbeifuhr, *schönes Fräulein*, schien alles zu gelingen, alles war so einfach, das Glück lag überall auf der Lauer, bereit, ihm entgegenzuspringen, bis er plötzlich zwischen den radelnden Beinen des Mädchens den Schimmer eines gelben Slips auffing. Warum das nun? fragte er sich verzweifelt, warum konnte dieses Mädchen nicht einfach *radfahren*, ohne auf andere Möglichkeiten ihres Körpers zu verweisen? Sie konnte lieben, weinen, betrügen; die Wohnung konnte einen ersticken, erwürgen. Die Bilder boten Widerstand, rissen sich von seinen Worten los! Verwirrt verbrachte er den restlichen Vormittag, der schleppend und schwer war vor Hitze. Er weigerte sich, einen Einkauf für seine Mutter zu erledigen, ließ ein Glas vom Tisch fallen, ohne hinterher zu wissen, ob er das *aus Versehen* oder *mit Absicht* getan hatte.

Nach dem Essen befriedigte sich Dürer über dem Waschbecken in der Dusche. Um seine Aufmerksamkeit abzulenken, ließ er den Warmwasserhahn laufen, bis der alte Boiler vibrierte. Er wusch sich, aber er fühlte sich immer noch schmutzig. Da das Fernsehgerät noch nicht aus der Reparatur zurückgekommen war, konnte er sich nicht durch eine Sendung ablenken lassen. Er ging hinaus und sah hinter den vielen Fensterscheiben den gleichen Wechsel der Farben auf den Bildschirmen. Hinter dem Parkplatz legte sich Dürer auf eine Rasenfläche. Hinter dem Eisenbahndamm, wo das Land noch nicht bebaut war, berührte die orangefarbene Sonne die Erde. Dürer dachte: *Da träumte mir, ich läge bei meinem Dorfe auf einer einsamen, grünen Wiese, ein warmer Sommerregen sprühte und glänzte in der Sonne, die soeben hinter den Bergen unterging, und wie die Regentropfen auf den Rasen fielen, waren es lauter schöne, bunte Blumen, so daß ich davon ganz überschüttet war.*

Dürer lag auf dem Rücken und blickte sehnsüchtig in den Himmel über ihm. Kein Tropfen fiel, nichts verwandelte sich in eine Blume. Er stand auf und ging zum Eisenbahndamm. In regelmäßigen Abständen hatte man Unterführungen gebaut. Dürer lief einige hundert Meter den Damm entlang und betrat durch eine Öffnung im Zaun eine noch nicht in Betrieb genommene Station der Metro, die genau unter dem Stadtzentrum von A. unterirdisch werden sollte. Auf den grauen Betonwänden fehlten noch die eilig hingeschmierten Sprüche. Er sah keine Werbeplakate, nur die Schilder für den Namen der Station waren schon angebracht; Dürer wurde ruhig. Über eine halbe Stunde, während mehrere Züge vorbeifuhren, saß Dürer auf dem Bahnsteig und dachte über viele Dinge nach. Manchmal legte er sich auf den Rücken, dann stützte er wieder den Kopf in die Hand. Dürer erkannte, daß seine Existenz, die früher nur scheinbar kompliziert gewesen war, weil er hauptsächlich unbewußt gelebt hatte, nun erst wirklich kompliziert geworden war, wo er entdeckt hatte, daß das Unbekannte so nachdrücklich herrschte und er Sätze wie diese bilden konnte. Die Absonderung von seiner Umgebung, die er eine Zeitlang hatte erleiden müssen, und die Arbeit in der Gefängnisbibliothek hatten einen Stillstand in seiner Entwicklung offenbart, worunter er, ohne es selbst zu begreifen, *gelitten* hatte; das vage Gefühl des Unbehagens, das ihn täglich gequält hatte, war die direkte Folge einer bösartigen Unbeweglichkeit seiner Existenz; er war ganz mit dem Staub eines muffigen, jahrelang nicht gelüfteten Raumes bedeckt. Aber welchen Weg sollte er einschlagen, fragte sich Dürer, wo er doch schon die Tür sah, durch die er diesen erdrückenden Raum verlassen konnte? Er hatte wohl sein Problem erkannt, aber noch nicht die Mittel, es zu bewältigen.

Er hörte Stimmen, sah sich um und erblickte seine frühere Freundin und einen jungen Mann, den er vom Sehen kannte; die beiden hatten auch den Eingang zur Metrostation entdeckt. Plötzlich überkam ihn ein Gefühl unheilbarer Verlassenheit. Es wäre unsinnig gewesen, so zu tun, als hätte er sie nicht gesehen. Er stand auf und wartete auf ihre Reaktion. In den Monaten, in denen er und das Mädchen miteinander *gingen*, war wenig gesprochen worden; was noch zu sagen blieb, war überflüssig, dachte Dürer. Er erinnerte sich, daß er verliebt gewesen war, jetzt fühlte er nichts mehr für sie. Was sie bei ihm hervorrief, war das Bewußtsein, daß er allein und sie in Gesellschaft war, obwohl er mit Sicherheit wußte, daß er in diesem Augenblick durch niemanden von dem Gefühl, *allein zu stehen*, befreit werden konnte. Das Mädchen errötete, als es ihn erkannte, der junge Mann wußte nicht, welche Haltung er einnehmen sollte; er zog seine Wangen ein und spitzte die Lippen, dann fuhr er mit der Zunge über die Vorderzähne. Das Mädchen grüßte Dürer mit verlegener Stimme. Sie blickten einander an und wandten erschrocken die Augen ab. Die orangefarbene Sonnenscheibe hing schon zur Hälfte hinter dem Horizont, Dürer wußte nicht, was er sagen sollte. Auf einmal bekam er von dem jungen Mann einen Stoß; dadurch mußte Dürer unbeholfen einige Schritte nach hinten ausweichen, um das Gleichgewicht zu bewahren. Plötzlich schossen Sätze aus dem „Taugenichts" durch Dürers Kopf; er zitierte laut: *„Die Liebe – darüber sind nun alle Gelehrten einig – ist eine der couragiösesten Eigenschaften des menschlichen Herzens, die Bastionen von Rang und Stand schmettert sie mit einem Feuerblicke darnieder, die Welt ist ihr zu eng und die Ewigkeit zu kurz."*

Verwundert hatte Dürer sich selbst zugehört, aber er freute sich, als die Bedeutung der Worte ihn durchdrang, denn er hatte das einzig Richtige gesagt, was gesagt werden konnte. Das Mädchen seufzte tief, und der Junge klopfte einige Male mit der Schuhspitze auf den kahlen Beton.

„Kumpel, du sülzt zuviel", sagte er und sah Dürer mit zusammengekniffenen Augen an.

Dürer antwortete:

„Wohin ich geh und schaue
In Feld und Wald und Tal,
Vom Berg hinab in die Aue:
Vielschöne, hohe Fraue,
Grüß ich dich tausendmal."

Die Faust des jungen Mannes traf Dürer in den Magen. Er kippte vornüber und hatte das Gefühl, bewußtlos zu werden. Er schnappte nach Luft und suchte fieberhaft nach der Logik der Situation, doch das einzige, was er finden konnte, war eine beinahe selbstverständliche, im Fernsehen hundertmal beobachtete Körperreaktion: Aus dieser vornübergebeugten Haltung verpaßte er seinem Gegner schnell einen Tritt in die Geschlechtsteile; der stand ein Stück entfernt in Boxerhaltung, konnte aber nicht rechtzeitig nach hinten ausweichen. Der Junge schlug im Reflex die Hände vors Geschlecht und stöhnte laut. Er taumelte und sank mit fest zugekniffenen Augen auf die Knie.

Die frühere Freundin kreischte auf und beschimpfte Dürer. Er rang noch keuchend nach Atem, während er sie ansah. Sie bewegte böse die Lippen und strich mit Bewegungen, die dem Ausdruck auf ihrem Dürer zugewandten Gesicht widersprachen, dem Jungen übers Haar. Gelassen ertrug Dürer Worte wie *Knastbruder*, *Dieb*, *Unterweltfigur*, *Krimineller*, *Dreckjude*. Er hatte ihr irgendwann erzählt, daß seine Mutter die Tochter einer aus Deutschland geflüchteten Jüdin war, die hier eine Mischehe eingegangen war und so die niederländische Staatsbürgerschaft erworben hatte – er nahm sich vor, das nie wieder, wem auch immer, zu erzählen; ihm wurde übel bei dem Gedanken, daß er einmal seine Hand in ihre Hose gesteckt und an ihren Brustwarzen gesaugt hatte; mit dem Taschentuch, das sie jetzt benutzte, um ihrem Freund die Tränen aus dem Gesicht zu wischen, hatte sie früher das Sperma von Dürers Hose und ihren Händen abgerieben.

Schweigend ging Dürer rückwärts; er wich dem Schuh aus, den das Mädchen nach ihm geworfen hatte. Er versuchte ein freches Lachen, doch das piepsende Geräusch, das er hervorbrachte, war nicht als Lachen erkennbar; er drehte sich um und lief weg.

An der Umzäunung blickte sich Dürer um. Er sah die beiden Silhouetten gegen das letzte Sonnenlicht und versuchte vergebens, die Worte seiner früheren Freundin zu verstehen. Er legte die Hand auf seinen schmerzenden Magen. Er lehnte sich erschöpft gegen den Zaun, die beiden aufmerksam im Auge behaltend. Er murmelte: *„Da überfiel mich auf einmal eine so kuriose grausliche Angst, daß ich mich schnell aufmachte, über den Zaun sprang und, ohne mich umzusehen, immerfort querfeldein lief, daß mir die Geige in der Tasche klang."*

Dürer rannte den Eisenbahndamm entlang, bis er die Rasenfläche hinter dem Parkplatz erreichte. Er nahm den Aufzug nach oben und hielt in der Dusche seinen Kopf lange unter kaltes Wasser, doch die Hitze in seinem Kopf nahm nicht ab.

Als er im Wohnzimmer auf dem Sofa saß und ein Büschel Brusthaar seines mit offenem Mund schlafenden und nach Luft schnappenden Vaters bemerkte, konnte er das plötzlich auftauchende Bild von der Schamgegend seiner früheren Freundin nicht verdrängen, so daß er den faden Geruch deutlich zu riechen glaubte. Sein Magen krampfte sich zusammen, und er biß sich auf die Lippen, um nicht einen Schrei auszustoßen. Er lief schnell aus dem Zimmer und öffnete in der Dusche die Verpackung von einem der beiden Fläschchen, die er seiner Schwester zum Geburtstag schenken wollte. Er hielt sich das Fläschchen so lange unter die Nase, bis er niesen mußte. Doch konnte er damit den Übelkeit hervorrufenden Geruch nicht vertreiben – im Gegenteil, die ganze Wohnung war schon davon erfüllt, es würgte Dürer in der Kehle. Der Brechreiz nahm zu, als er sich, ins Zimmer zurückgekehrt, über die Bemerkungen seiner Mutter und die Schlaffheit seines Vaters zu ärgern begann; er eilte in die Toilette und erbrach unter starken Schmerzen die halbverdaute Mahlzeit in das Toilettenbecken, danach lehnte er sich erschöpft taumelnd gegen die Tür. Vielleicht sollte er sein Inneres nach außen kehren, um zur Ruhe zu kommen, sollte er, jetzt, wo der Magen leer war, auch die Leere auskotzen!

Dürer fiel schnell in Schlaf, hatte mehrere Angstträume, aus denen er zitternd aufschrak, und erwachte am Morgen zu spät, um seiner Schwester, die um neun Uhr zu arbeiten anfing und gegen acht Uhr fünfzehn die Wohnung verließ, zu ihrem dreiundzwanzigsten Geburtstag zu gratulieren.

IN DEN ERSTEN STUNDEN NACH DEM AUFSTEHEN beschäftigte sich Dürer mit diesem und jenem. Er aß etwas und las die Anzeigen in der Zeitung. Gegen Mittag überfiel ihn eine aus den entlegensten Winkeln seines Geistes auftauchende, alles zerfressende Angst: Ein Bericht, den er in der Zeitung las und anschließend im Radio hörte, brachte ihn neben anderen Anzeichen auf den Gedanken, er wäre ein Faschist.

Die Wände der Wohnung schienen ihn zu erdrücken, und Dürer eilte nach draußen, wo er sich einen Platz suchte, der so weit wie möglich von den Hochhäusern entfernt lag. Dann betrachtete er seinen zitternden Körper. Haßte er Neger? Und seine Mutter? Haßte Dürer sich selbst, weil in ihm jüdisches Blut floß? Er wollte doch, daß dieses ganze Viertel mit einem einzigen großen Knall weggefegt würde?

Wie in seinen Kinderjahren flehte Dürer in Gedanken jemanden an, von dem er sich keine Vorstellung machen konnte, den er aber um keinen Preis Gott nennen wollte, diesem schrecklichen Zittern ein Ende zu bereiten. Am liebsten hätte er sich in die Erde verkrochen, um dem grauenhaft blauen, kein Ende kennenden und somit auch keinen Schutz bietenden Himmel zu entkommen. Und der launische, unberechenbare Horizont! Er schloß die Augen, um den Bildern, die nach Worten und Bedeutungen schrien, zu entkommen. Um Himmels willen! dachte er, warum sollte er ein Faschist sein? Das war doch ein Spiel gewesen – den Farbigen einen Namen zu geben. Und eigentlich *liebte* er doch seine Mutter? Und seine frühere Freundin war doch ein *nettes Mädchen* und ihr Freund ein *sympathischer Kerl*? Dürer stand auf, als ihn ein Hund beschnüffelte. Er fühlte sich so müde, daß er sofort ins Bett hätte fallen mögen. Er ging schnell zurück, blickte durch die Wimpern und atmete durch den Mund, um so wenig wie möglich von Kinderwagen, Abfallbehältern, Sonnenbrillen, unterschiedlich riechenden Sonnenölen, Rollern und Hundedreck wahrzunehmen. Und so weiter und so weiter, dachte Dürer, und er saß mit fest zusammengekniffenen Augen und an die Ohren gedrückten Händen im Abstellkeller des Hauses, bis er sich vor dem kleinen Raum und seinem bis in die Ohren klopfenden Herzen zu fürchten begann.

Noch einige Stunden war er verängstigt. Der Gedanke, daß dieser Tag auch enden würde, ebenso wie der nächste Tag und der übernächste Tag, erzeugte in ihm große Verwirrung – nur der Himmel ist unendlich, dachte er; er wandte dem Fenster den Rücken zu und wollte nicht mehr über Endlichkeit und Unendlichkeit nachdenken, er wollte bloß Joyce.

Am Nachmittag klingelte es. Dürer stand auf und legte eine Hand auf die Türklinke, doch er öffnete nicht. Als es das zweitemal klingelte, riß Dürer die Tür mit einem Ruck auf.

Ein Mann von einer religiösen Sekte bat um ein paar Minuten von Dürers Zeit. Dürer wollte den Mann weder eintreten lassen, noch wollte er ihm zuhören, er empfand es lediglich als beruhigend, in das nichtssagende Gesicht des Mannes zu blicken.

Er wurde aber doch dazu verleitet, die Laute aus dem Munde des Mannes als Worte zu begreifen; der Mann wollte Dürer davon überzeugen, daß die Welt verkommen sei und das Heil nur noch vom Herrn erwartet werden könne. Dürer war damit nicht einverstanden. „Ich glaube nur das, was ich sehe", sagte er, „und ich sehe einen Herrn vor mir, der sagt, daß ich von ihm nichts erwarten kann, weil ich, wie dieser Herr vor mir behauptet, allein den Worten eines anderen Herrn vertrauen soll." Der Mann sagte, Dürer bringe die Dinge durcheinander.

„Was sagen Sie da?" entgegnete Dürer, „Sie haben zweimal geklingelt. Ich stehe hier, Sie stehen da. Sie tragen eine schäbige Schultasche in Ihrer linken Hand und in Ihrer rechten ein Exemplar einer Zeitschrift. Ihr Haar ist vor kurzem geschnitten worden. Sie wissen nicht, daß meine Schwester heute Geburtstag hat. Und meine Blase drückt mich."

Dürer schlug die Tür zu, doch fühlte er sich keineswegs von dem Mann befreit. Heftige Wut überwältigte ihn. Er öffnete schnell die Tür, blickte in den Flur und sah den Mann wartend an der nächsten Tür stehen. Er rief ihm mehrere Flüche nach, bis der Mann kopfschüttelnd fortging. Dürer ging auf die Toilette, aber auch danach fühlte er sich nicht erleichtert.

Als Dürer auf dem Sofa saß, fiel ihm auf, wie unbeweglich alles an seinem Platz stand, als wäre es schon immer dort gewesen und nie verrückt worden. Als er seinen

Blick von links nach rechts über die Gegenstände im Zimmer gleiten ließ und dann von rechts nach links, bemerkte er keine einzige Veränderung. Dürers Augenbewegungen und Dürers Denken schienen hier völlig überflüssig. Auch der kleine Tisch, der jetzt Dürers Beine trug, hatte sich nicht gerührt, hätte er doch – nach Dürers Meinung – vor Abscheu zu einem nichtigen Beistelltischchen zusammenschrumpfen müssen. Und das Pferd über der Anrichte hatte sich noch keinen Meter weiterbewegt; der Wandleuchter hatte sich ebensowenig gerührt. Was ließ sich noch mit dem Familienfoto neben dem Obstkörbchen anfangen? „Die ernsthaft vor sich hin blickenden Gesichter zeigen keine Ähnlichkeit mehr mit der Wirklichkeit", murmelte er.

Was sagte er da? erschrak Dürer, welche Ähnlichkeit? Wie denn Wirklichkeit, was für Gesichter?

Stillstand, Stillstand! dachte Dürer, als säße er wieder sprachlos im Bus. Er stand auf und ging zum Fenster. Er drückte seine Handflächen gegen das Glas und atmete tief ein. „Das Leben...", begann Dürer und schnitt sofort den Luftstrom ab, der seiner folgenden Lippenbewegung den Ton geben sollte, denn er begriff, daß er lediglich Klischees ausstoßen würde, die nicht das geringste über seinen Gemütszustand aussagten.

Wie soll das alles nur zueinander passen? fragte sich Dürer, der Parkplatz mit den die grelle Sonne widerspiegelnden Autos, das einladende Gras des Rasens, der von Unkraut überzogene Bahndamm, auf dem die glänzenden Schienen ins Unendliche glitten, das brachliegende Land dahinter, das sich selbst genügte und sich mit seinen Sträuchern und Sandfeldern der Bebauung widersetzte – wie paßten seine Worte zu alldem, wie ließ sich das, was er sah, durch seine Worte ordnen?

Und wer war er früher, fügte Dürer hinzu, vor der Gefängniszeit?

Er erinnerte sich an die Fotos, die ihn als Kleinkind zeigten: auf einer Schaukel, auf einem Schoß, in Badehose. Im Gesicht dieses Jungen hatte er stets eine heftige Abneigung entdeckt; auch auf seinen Schulfotos konnte er dieselbe Abscheu erkennen. Er hatte alle Fotos ganz genau untersucht: die Augen, die Augenbrauen, die Hände – und immer wieder war da diese Abscheu; wovor? Wenn er wirklich alle diese Jungen auf den Fotos gewesen war, dann müßte er eine Vergangenheit haben, doch er sah statt dessen nur ein schmerzendes schwarzes Loch. Er seufzte leise, ging in sein Zimmer und legte sich aufs Bett. Er hörte das Klappern von Tellern und Pfannen in der Küche und etwas später schrille Musik aus dem Radio.

Wenn er Arbeit hätte, dachte Dürer, würde er sich wahrscheinlich nicht mit solchen Gedanken quälen. Aber dann sicherlich nicht infolge des Gleichgewichts, das sich mit Arbeit, Lohn und Freizeit am Sonnabend und Sonntag einstellen würde, sondern infolge des Mangels an Energie und Zeit zum Nachdenken und des Überflusses an tröstlichen materiellen Dingen. Er ahnte, daß das schwarze Loch seiner Vergangenheit nicht zu trennen war von seiner Arbeitslosigkeit und von seinem Leben in diesem Hochhaus, doch war er noch nicht zu klareren Gedanken darüber gelangt; was er wußte, war, daß er alles, was er zwischen neun und siebzehn Uhr jemals geleistet hätte und für das er belohnt worden wäre, aus tiefstem Herzen gehaßt hätte.

Der Taugenichts im Buch führte ein besseres Leben! Wieviel einfacher war damals alles! dachte Dürer. Der Taugenichts verließ das Haus, sogar zu Fuß, und das, wonach er sich sehnte, wußte er schließlich zu erlangen.

Keine geisttötende Arbeit, keine Beistelltischchen! *Ich wickelte mich, gleich einem Igel, in die Stacheln meiner eigenen Gedanken zusammen: vom Schlosse schallte die Tanzmusik nur noch seltner herüber, die Wolken wanderten einsam über den dunkeln Garten weg.*

War es besser so? fragte sich Dürer, war es so erträglicher?

Als der Freund seiner Schwester ihn begrüßen wollte, versteckte Dürer schnell die Hände auf dem Rücken. Bei der Ankunft von Familienmitgliedern und Freundinnen eilte er in sein Zimmer, um dann so harmlos wie möglich das Wohnzimmer zu betreten und die Besucher anzublicken, als wäre er schon stundenlang mit ihnen im Gespräch gewesen, und alles wäre zwischen ihnen schon gesagt. Er hielt sich abseits, reichte hin und wieder eine Tasse weiter und senkte die Lider, wenn er in einem Auge die Mischung von Neugierde, Angst und Scham las, die durch den Anblick eines Exsträflings in der Familie hervorgerufen wurden. Er versuchte seine Aufmerksamkeit auf die Musik zu lenken, die aus zwei Lautsprechern ins Zimmer schallte. Alles andere – nur keine widerwärtige Unterhaltung mit einem alten Bekannten! dachte Dürer. Bei dem leisesten Versuch, sich ihm anzunähern, verließ Dürer das Zimmer; wenn er zurückkam, setzte er sich auf einen anderen Stuhl. Er empfand einen in diesem Maße früher nicht gekannten Ärger. Seine Schwester grinste wie ein geschlachtetes Ferkel, dachte Dürer, sein Vater blickte wie ein geschlagener Hund, seine Mutter besaß die Wandelbarkeit eines Chamäleons, sein Bruder soff wie ein Loch; und der Rest war Requisit. Dem Kerl da müßte man die Zähne aus dem Maul schlagen und diesem Weib gegenüber ein Messer durch den Leib bohren.

„Wie geht es dir?" fragte ihn ein älterer Cousin, ein Bankangestellter, dem Dürer nur zu Geburtstagen begegnete und dem er früher hatte *Respekt* erweisen müssen, weil der Mann etwas *erreicht* hatte. Als Antwort brummte Dürer etwas Unverständliches.

„Was machst du jetzt?"

Halt suchend sah sich Dürer um. Er mühte sich fieberhaft um einen Satz, mit dem er die Unterhaltung resolut beenden konnte.

„Ich sehe mich um", sagte er.

„Pläne für die Zukunft?"

Natürlich, dachte Dürer, die Zukunft! Er sollte dieser ekelhaften Gegend den Rücken kehren und losziehen – in die Zukunft!

„Eine Weltreise", sagte Dürer.

„Die habe ich auch schon immer machen wollen", meinte der Cousin.

Dürer wurde übel. Gerade der von allen Anwesenden respektierte Cousin mußte sich so nachdrücklich und verständnisvoll mit dem lendenlahmsten Familienmitglied beschäftigen! Das von einem Lächeln verzerrte Gesicht des Cousins triefte vor geheucheltem Interesse.

„Nun ja", fuhr der Cousin fort, „du weißt, wie es so geht. Verpflichtungen, Arbeit, die Frau. Du hast noch eine Chance, die mußt du nutzen."

Dürer wollte die Chancen seines Cousins nicht. Nicht mehr jedenfalls; früher hatte er sie vielleicht gewollt. Jetzt sah er keinen Unterschied zwischen seinem früheren, unbeweglichen Leben und der sogenannten erfüllten, im wesentlichen aber stupiden und bald zur totalen *Denkimpotenz* führenden Existenz eines Bankangestellten.

„Ich will nach Italien", sagte Dürer, „ich will hier weg. Ich gehe nach Italien. Das Leben hier ist so flach. Man kann sich bewegen, wie man will, man wird doch nie wirklich hochkommen. Ich ziehe bald los nach Italien. Denn dort gibt es noch ein Gemeinschaftsleben, einer unterstützt den anderen. Wenn hier jemand in diesem Augenblick einen Schlaganfall erlitte, würde niemand für ihn einen Finger rühren."

Der Cousin lächelte noch breiter.

„Und in Italien, denkst du, würden sie die Finger rühren?"

„Bestimmt", antwortete Dürer, sich bezwingend, mit abgewendetem Gesicht.

„Ich habe da so meine Zweifel", sagte der Cousin.

„Ich nicht", entgegnete Dürer schroff.

„Du bist deiner Sache ganz schön sicher."

Dürer sah ihn an. Der Cousin bestand aus Teilen, die er nur mit Klischees beschreiben konnte. War das der Mittelpunkt des Familienrespekts? Er fühlte, wie ihm das Blut in den Kopf stieg.

„Es kommt darauf an, wie man die Prioritäten setzt", begann Dürer so beherrscht wie möglich, „wenn du in einer Wohnung wie dieser unterkriechen willst – bitte sehr, ich bestimme meine Aussicht lieber selbst. Wenn eure Sorte Mensch denkt, daß wir uns mit *Fußgängerzonen* im Zentrum, mit abgelegenen *Gartenstädten*, *Erholungsgebieten*, *umgebauten Bauernhöfen* und der Idiotie der *Quizmaster* zufriedengeben, dann irrt ihr euch. Deine ins Absurde gesteigerte Redlichkeit hat mich lange genug angewidert. Ich will ein Taugenichts sein, ohne deine übelriechenden Werturteile. Ich will tagelang in einer Baumkrone sitzen können, ohne daß du mit der Stoppuhr dastehst, um eine neue Höchstleistung zu messen. Ich will einen Jaguar fahren, ohne damit bei jemandem Neid erregen zu wollen. Ich will Geige spielen, um anderen und mir selbst eine Freude zu machen. Ich stelle mich nur ans Fließband, wenn der Personalchef und der

Leiter der Absatzabteilung das auch tun. Ich will mir etwas anschaffen, ohne dabei von deiner mürbe machenden Werbung angetrieben zu werden. Deine Art zu leben ist mit einer dünnen Schicht Redlichkeit überzogen und verziert. Ekel dringt aus meinen Poren!"

Dürer hörte sich schreien und hielt plötzlich den Mund. Er sah die auf ihn gerichteten erschrockenen Blicke, schluckte mühsam, stand gleichzeitig mit seinem Vater auf und verließ die Wohnung, die Worte seines Vaters mit einer Gebärde abwehrend.

Dürer ging geradeaus, dann in Kreisen, Ovalen und Trapezen. Manchmal blickte er zum obersten Stockwerk der nach einem einheitlichen Schema hochgezogenen Wohnhäuser, dann wieder versuchte er in der Anordnung der Gehwegplatten ein Muster zu entdecken. Er bemühte sich zu ergründen, warum ein ganz bestimmter Abstand zwischen zwei Laternenpfählen eingehalten wurde, oder er schätzte die Breite eines Zebrastreifens. Eine Zeitlang saß er am Rand des Bürgersteigs und beobachtete zwei Kinder beim Spiel, das aus dem Werfen eines Balls an die gegenüberliegende Gehwegkante bestand, so daß der Ball, wenn er exakt geworfen wurde, zurückprallte und gefangen werden konnte, worauf er aufs neue geworfen wurde, immer wieder neu, bis er die Gehwegkante verfehlte, also nicht zurückprallte und nicht gefangen wurde und das andere Kind an die Reihe kam.

Dürer sah zu, bis es so dunkel wurde, daß die Kinder – obwohl sie das Spiel bereits ins Licht zweier Laternen verlegt hatten, die sich durch einen Fehler beim Aufstellen direkt gegenüberstanden – ständig danebenwarfen und fortwährend nacheinander an der Reihe waren, was dem Spiel die Spannung nahm und schließlich dazu führte, daß die Kinder fast gleichzeitig riefen, sie wollten aufhören, worauf sie, einander noch den Ball zuwerfend, hüpfend zwischen den Häusern verschwanden.

Wie gern hätte Dürer sich selbst in der Finsternis zwischen den Wohnblocks verschwinden sehen! Kaum hatte sich dieser Wunsch in seinem Kopf geformt, sah sich Dürer laufen, beinahe schwebend bewegte er sich über den Gehweg zur gegenüberliegenden Straßenseite! Er sah, wie er sich langsam und federnd im gelben Straßenlicht der Nacht auflöste, wie er von den schwarzen Löchern zwischen den unzähligen Lichtern zweier Hochhäuser aufgesaugt wurde.

Schnell stand er auf, um mit klopfendem Herzen noch einen Schimmer von sich selbst aufzufangen. Dann verbarg er, an den Laternenpfahl gelehnt, das Gesicht in den Händen – und er weinte bitterlich, dachte Dürer.

Ein wenig später, während er über die Frage nachdachte, ob er die Welt schon jetzt verwerfen oder damit noch warten solle, erreichte Dürer das nächste Haus, wo sich eine Gruppe Jugendlicher um ein Motorrad versammelt hatte. Aus einigem Abstand beobachtete er die Gruppe. Ein magerer Junge, der einen großen Helm unter dem Arm hielt, war der einzige, der sprach; ab und zu klopfte er anerkennend auf sein Motorrad. Er reichte einem der Jungen seine Armbanduhr, setzte sehr umständlich den Helm auf, schwang ein Bein über den Sattel und raste nach einem plötzlichen Start von der Gruppe fort.

Dort jagt der Reiter davon, dachte Dürer, sein ungestümes Roß bezwingend, die zitternden Muskeln des warmen Tieres unter sich fühlend, die Augen nur noch auf den Weg gerichtet, der sich vor ihm erstreckt. Der Reiter zügelt das schnaubende Pferd, das einen Augenblick lang stocksteif in der Luft zu hängen scheint, und preßt ihm dann die Sporen in die Flanken; das entflammte Pferd schießt wie ein Pfeil davon; der Reiter beugt sich über den Hals des Tieres, er galoppiert in die Welt hinein, den aufstiebenden Sand hinter sich lassend.

Er brauchte sich nicht mehr zu ängstigen, dachte Dürer erleichtert. Es gab Sätze, mit denen er die Welt bezwingen konnte. Beruhigt ging er nach Hause, überzeugt, daß er eine Waffe gefunden hatte, die mächtiger war als der Beton der Hochhäuser: *Worte.*

In der Diele lauschte Dürer einige Zeit auf die Stimmen im Wohnzimmer. In dem Wirrwarr der Laute entdeckte er einen Klang, der ihn aus der Fassung brachte. Er wollte dem drohenden Gefühl der Unbeweglichkeit zuvorkommen; so trat er ein und suchte im schnell still werdenden Zimmer die blauen Augen von Joyce; er sah sie neben seiner Schwester auf dem Sofa sitzen; sie blickte hoch und lächelte ihn an.

Wie immer beim Anblick von Joyce geriet Dürer in Panik. Was sollte er nur tun, mit dem Wellenschlag in seiner Brust, der ihm den Atem abschnitt? Wie sollte er sie ansehen? Reagierte er wie immer? Hielten seine Augen zu lange ihre Brüste fest? Hatte er vielleicht zu auffällig die Linie ihrer Beine verfolgt? In der Küche wusch er sein Gesicht mit kaltem Wasser. Auf seine vorsichtige Frage antwortete die Mutter nach einem langen Schweigen, daß Joyce wie seine Schwester in einem Warenhaus in der Innenstadt arbeite. Auch das noch, dachte Dürer, bei seiner Schwester! Wem konnte er nun in die Augen blicken, wenn es aus seinem ganzen Körper sprach, daß er in Joyce hineinkriechen wollte?

In seinem Zimmer öffnete er das Fenster und atmete tief ein. Er spürte einen Schmerz, der ihn an das Gefühl erinnerte, das er empfand, wenn er beim Masturbieren an

Joyce dachte. Er übte mehrere Male das Ins-Zimmer-Treten und betrachtete sich im Taschenspiegel seines Bruders, den er auf dessen Bett fand. Würde er sich verraten? Konnte man ihm etwas ansehen? Er stellte sich vor, daß er ihr, wenn sie ginge, folgen und sie mit in den Keller hinunternehmen würde, wo sie ihm dann erzählen würde, daß sie schon lange nach ihm verrückt sei, und ihn an sich ziehen und leidenschaftlich küssen und alles mit sich machen lassen würde.

Dürer setzte sich aufs Bett, beugte sich vornüber und schloß die Augen. Ruhig, dachte er, du mußt dich beruhigen! Er zwang sich, einige Minuten lang in dieser Haltung zu verharren, doch schließlich konnte er sich nicht mehr beherrschen; er stand auf. Es waren bereits einige Gäste nach Hause gegangen, sah Dürer, als er ins Zimmer trat; auch Joyce war verschwunden – sein Herz krampfte sich zusammen, das Zimmer drehte sich in schwindelerregendem Tempo um seine Achse. Mit Mühe ließ er sich auf den frei gewordenen Platz neben seiner Schwester auf dem Sofa fallen. Joyce' Körper hatte das Kissen erwärmt – dieser Gedanke verwirrte ihn, der Schmerz, der überall in seinem Körper steckte, sprang auf die Gegenstände um ihn herum über: Das Glas, das er in die Hand genommen hatte, biß in seine Finger, der kleine Tisch strahlte sengende Hitze aus, das Pferd über der Anrichte stürzte bedrohlich auf ihn zu; er lief, sich vorwärts tastend, in sein Zimmer, legte sich aufs Bett, drückte das Kissen gegen sein Gesicht und schrie lautlos.

Dürer träumte, daß er auf das Hochhaus zulief und Joyce auf dem Balkon stehen sah. Sie winkte ihm zu. Jetzt ist alles gut, dachte Dürer. Er wollte die Tür des Treppenhauses öffnen, entdeckte aber, daß sie fest zugenagelt war. Er eilte um das Haus herum und fand alle

Eingänge verschlossen; das beunruhigte ihn. Er blickte hinauf und sah wieder Joyce' Gestalt, die ihm überschwenglich zuwinkte. Er rief, daß er nicht hineinkönne; sie reagierte nicht und winkte weiter. Er rief nochmals, die aufkommende Besorgnis unterdrückend, daß er zu ihr kommen wolle, daß aber alle Eingänge zugenagelt seien. Und wieder antwortete sie nicht; Dürer überkam das Gefühl, sie hätte ihm gar nicht zugewinkt; er drehte sich um, aber er war allein auf dem Parkplatz; es fehlten sogar die Autos. Wohin sollte er jetzt? Was sollte er tun?

Dürer fühlte sich ängstlich und verlassen, er rief nach Joyce, die unerschütterlich fortfuhr zu winken. In seiner Ratlosigkeit verlor Dürer jede Beherrschung; er ließ sich auf die Knie fallen und kroch wie ein Maulwurf unter den Asphalt des Parkplatzes, schrie ihren Namen und schluchzte laut. Nach einiger Zeit war er so erschöpft, daß er nicht mehr die Kraft fand, sich aufzurichten und wegzugehen. Mühsam hob er den Blick auf zum Balkon. Da sah er es: Joyce war eine Puppe, und hinter ihr entdeckte er den Freier seiner früheren Freundin, der grinsend an einer Leine zog, die an ihre Hände und Ellbogen gebunden war – Dürer schrie, daß er wach werden wolle.

Er schlug die Augen auf und rang schluchzend nach Atem. Langsam kam er zur Ruhe. Später nahm er wieder Geräusche wahr: Das Atmen seines Bruders, das Starten eines Wagens, weit weg das tiefe Dröhnen eines Flugzeugs.

Plötzlich packte ihn die Angst, er wäre gelähmt; kräftig bewegte er seine Glieder, krümmte Finger und Zehen. Dann lag er regungslos.

Das erste Morgenlicht kroch durch die Gardinen. Dürer hörte das Gezwitscher der Vögel. Sonst war es still. Der Gedanke, daß es in diesem Moment niemanden gab, der ihm zuhören könnte, während er an diesem atemlosen Morgen meinte, alles in Worte fassen zu können, was er je gefühlt hatte, rührte ihn zutiefst. Danach schlief er entspannt ein und erwachte mit feuchten Augen. Er verfolgte mit einem Blick durch die Wimpern die Bewegungen seines sich ankleidenden Bruders mit der Gier eines Kindes, das, wenn es einmal etwas entdeckt hat, jedes Teilchen davon auch von innen sehen will. Dürer freute sich über seine neue Art des Sehens; fortan würde er nicht mehr nur mit der Oberfläche zufrieden sein.

So war auch diese Nacht wieder vorbei. Dürer schlief noch ein Stündchen und stand dann auf. Das Wetter war unverändert warm, das Wasser aus der Leitung wie immer lau.

Es würde wieder ein schwerer Tag werden, stellte Dürer schon bald fest. Vielerlei Gedanken und Gefühle, die immerfort vor der *Wahrheit* zu stehen schienen, wurden später anderen Gedanken und Gefühlen entgegengestellt, die ebenfalls die Wahrheit für sich beanspruchten. Genug mit der Wahrheit für heute! dachte Dürer einmal, doch schon wenige Sekunden später wollte er diesen Gedanken zurückrufen. Mehrmals verließ er in größter Hast die Wohnung aus Angst, nie wieder den blauen Himmel über sich sehen zu können. Wenige Augenblicke später trieb es ihn wieder in die Wohnung zurück, denn er hatte das beklemmende Bild vor sich, daß er verdammt sei, ewig auf dem Parkplatz herumzuirren. Dann wieder begann er in so schnellem Tempo zu sprechen, daß sich seine Zunge und seine Lippen ineinander verfingen, was sein Zittern noch verstärkte, weil er sah, daß er die Furcht doch nicht aus seinen Worten vertreiben konnte. Gegen Mittag hielt er eine Viertelstunde lang den Mund krampfhaft geschlossen; nichts taugt mehr, dachte er.

Die Natur! schoß es Dürer plötzlich durch den Kopf. Er ging hinaus. Die kleine Rasenfläche hinter dem Parkplatz nannte er eine *Oase der Ruhe*. Er müßte die Welt übersichtlich ordnen, dachte Dürer; aus den Grashalmen würde er das Dasein erklären wollen: den Mond, die Sonne, die Wolken. Am liebsten würde er heiraten, Kinder kriegen und dick werden, murmelte er; zugleich aber wußte er, daß er einen vorgekauten Satz ausgesprochen hatte, der ihm nur als Klang vertraut war; über den Inhalt versuchte er so laut wie möglich zu lachen. Die Heirat würde er lieben, Krieger kindern und das Werden dicken, verdrehte er aus Spaß den Satz, aber er konnte nicht mehr lachen.
  Wieder war es genug – und er stand auf.

Dürer sah einen alten, gekrümmt dahinschlurfenden Mann. Dürer holte ihn ein und ging einige Sekunden mit angehaltenem Atem nebenher, beschleunigte dann seinen Schritt und betrachtete von einer Bank aus den Alten, der nun einige Meter von ihm entfernt war und nur noch auf seine trägen Beine zu achten schien.
  Nun, wo er das zerfurchte Gesicht und die grauen Haare darüber ungehindert betrachten konnte, beneidete er den alten Mann um *die Vergangenheit*, die sich hinter seinen Runzeln verbarg. Welche Ängste der Alte auch durchgestanden hatte, jetzt waren sie im Nebel von

gestern aufgelöst. Es blieb nur der beruhigende, träge Rhythmus der schwachen Beine, dachte Dürer; wenn er das Alter des Mannes hätte stehlen können, wäre er sofort damit geflohen – außer Atem, eine Stütze suchend für seinen zerbröckelnden Körper.

Dürer begann, schnell zu laufen. Während des Laufens schoß ihm durch den Kopf, daß er als Kind immer gedacht hatte, er könnte *fliegen*; wenn er nur genug Anlauf nähme, würde er vom Boden loskommen und mit Leichtigkeit über seine Klassenkameraden aufsteigen. Das merkwürdige war, erinnerte er sich, daß er diese Erfahrung gekannt hatte! Als Kind war er geflogen! Es tat nichts zur Sache, daß er dies damals nur geträumt hatte: Die Erfahrung, das Gefühl hatte sich tief in seinem Innern erhalten und hatte sich nun wieder geregt. Welch ein Glück! Er raste in den Park und rannte mit wilden Sprüngen über die große Wiese, wo zwei Hunde kläffend ein Stück mit ihm mitliefen, bis sie von einer Stimme zurückgerufen wurden. Keuchend setzte sich Dürer auf die Bank. Schwindel überkam ihn, er schloß die Augen. Die Natur, die Natur, dachte er, in der Natur müssen Antworten liegen!

Er hatte sich die Worte des Taugenichts eingeprägt:

Wer in die Ferne will wandern,
Der muß mit der Liebsten gehn,
Es jubeln und lassen die andern
Den Fremden alleine stehn.

Was wisset ihr, dunkele Wipfel,
Von der alten, schönen Zeit?
Ach, die Heimat hinter den Gipfeln,
Wie liegt sie von hier so weit!

*Am liebsten betracht ich die Sterne,
Die schienen, wenn ich ging zu ihr,
Die Nachtigall hör ich so gerne,
Sie sang vor der Liebsten Tür.*

*Der Morgen, das ist meine Freude!
Da steig ich in stiller Stund
Auf den höchsten Berg in die Weite,
Grüß dich, Deutschland, aus Herzensgrund!*

Dürer stand auf und entfernte sich schnell von der Bank, als könnte er damit die Worte des Taugenichts hinter sich lassen; denn sie trafen ihn so tief und drückten so schwer auf seine Wunden, daß seine Gedanken sie besser nicht berührt hätten. Als der Abstand groß genug war und er mehrmals tief eingeatmet hatte, wagte er, sie wieder zurückzurufen, aber er gab ihnen jetzt einen negativen Inhalt und versuchte sie zu verspotten, um sie zu vertreiben. Verlangen bedeutet Schmerz empfinden, formulierte er, obwohl das Verlangen gerade das *Glück* sucht! Und darum fand er das Gedicht *lächerlich*; wenig später war es schon *unmenschlich*; nach einiger Zeit fand er es *dumm*; doch konnte er es nicht loswerden. Dürer wehrte sich einzugestehen, daß in den Worten des Taugenichts viel *Wahrheit* steckte: Wollte er denn nicht auch ins Ausland, suchte er nicht Joyce' Bild an jedem Fenster?

Ein neuer Versuch: Er wollte intensiv an das Gedicht denken und suchte bereits ein Stöckchen, um im Sand neben dem Weg die Wörter Buchstabe für Buchstabe hinzuschreiben – da hatte er plötzlich alles vergessen. Dann wurde er erneut von der Sehnsucht nach dem Gedicht gequält. Wohin gehöre ich! rief er verzweifelt.

Dann unternahm Dürer den Versuch, in den Erscheinungen, die er wahrnahm, wie in vom Wind fortgetriebenen Papierfetzen oder dem sich kräuselnden Wasser eines Teiches, Bedeutungen zu suchen, Bedeutungen, die in einem direkten Zusammenhang mit seinen Gedanken und Gefühlen standen. So ein Baum war in diesem Moment nicht dabei; mit jeder Form verband er Wörter und damit eine Bedeutung. Zugleich wuchs sein Mißtrauen; er begann heimliche Bewegungen hinter seinem Rücken zu vermuten, wünschte sich Augen im Hinterkopf, blickte sich ständig suchend um und verfluchte die *sogenannte* Unbeweglichkeit; er war völlig erschöpft.

Wann blieb alles stehen, wenn er sich abwandte? fragte er sich; dieser verräterische Stillstand, der ihn überwältigte, wenn das alles auf seine Netzhaut fiel, widersprach den feindseligen Geräuschen hinter seinem Rücken! Alles muß sich entkleiden! rief er. Die Hochhäuser sollen zeigen, was sie eigentlich sind! Wenn jemand nur die Rinde von den Stämmen herunterreißen würde! Keine Verpackung mehr! Die Wege werden endlich aufgebrochen!

Dürer rannte plötzlich schnell weg, er wollte sich selbst zurücklassen, hielt dann abrupt an, doch aus Angst, sich selbst zu verlieren, rannte er weiter. Er muß die Welt kennenlernen, erst dann kann Dürer *er selbst* sein.

Er sah sich um. Wo blieb nur die Kutsche mit den traumhaft schönen Frauen, die den Weg des Taugenichts kreuzten? Dürer verfluchte seinen Vater; wie gern hätte er, genau wie der Taugenichts, einen Müller zum Vater gehabt, der zu ihm sagen könnte: *Der Frühling ist vor der Tür, geh auch einmal hinaus in die Welt und erwirb dir selber dein Brot!*

Dürer erstarrte, als ihn jemand nach der genauen Zeit fragte. Er antwortete nicht, lief weg und wollte so schnell wie möglich den Park verlassen.

Draußen, zwischen den Hochhäusern, gestand er sich ein, daß er gern leben wollte, aber nicht wußte, wie.

Also dann, geradeaus! Er fixierte seine Augen nicht auf ein Ziel in der Ferne, sondern setzte einfach ein Bein vor das andere und ließ sich so vom Zufall leiten. Kein Ziel mehr! Kein Weggehen! Kein Ankommen! Was zählte, war die beständige Bewegung, redete sich Dürer ein. Einige Zeit hatte er das Gefühl, sich auf einem in die entgegengesetzte Richtung laufenden Band fortzubewegen, denn er konnte nur das Bild eines Hochhauses mit einem Parkplatz wahrnehmen.

Am Ende des Weges, wo der Asphalt in Steinpflaster überging, schloß sich eine große Fläche an, die bebaut wurde. Die meisten Wohnungen waren fast fertig; die Türen und Fenster, die hinter durchsichtigen Plastikfolien aufgereiht standen, fehlten noch. Die Arbeit ruhte, denn es waren Ferien im Baugewerbe.

Die Unfertigkeit der Wohnungen gefiel Dürer, und er wünschte, daß sie sich für immer in diesem Zustand befinden würden, der ihr Bewohnen verhinderte. Kein Stillstand mehr! Kein Verfall! Er lief am Zaun entlang um die Baustelle herum. Auf einer großen Tafel las er die Namen der Betriebe, die diese Arbeit ausführten; unter der Tafel pinkelte ein weißer Pudel, etwas weiter stand ein Mädchen mit einer Hundeleine in der Hand.

Dürer steckte die Finger durch das Gitter, das den Bau umzäunte. Sofort dachte er: Die einzig richtige Haltung für einen ehemaligen Sträfling. Zugleich schien er wie am Boden festgenagelt.

Er war zurück auf der Erde, dachte Dürer, während er in der Annahme gelebt hatte, das letzte Sandkörnchen ausgespuckt zu haben! Der Pudel kam schwanzwedelnd auf ihn zu, doch Dürer graute vor dem sabbernden Vieh. Er stampfte kräftig mit dem Fuß auf; das Mädchen stieß einen empörten Schrei aus und beugte sich über das erschrocken zurückweichende Tier. Sie sah Dürer an, der schnell den Blick niederschlug und sich aus dem Staub machte. Wen man einen Halunken nannte, der konnte sich auch wie ein Halunke benehmen!

Als er zum Essen nach Hause kam, ertappte sich Dürer dabei, daß er die Absicht, die er unterwegs gehegt hatte, inzwischen begraben hatte; er hatte seiner Mutter anbieten wollen, ihr beim Kochen zu helfen.

Er sah seine Mutter am Küchentisch sitzen und forderte von sich, daß er das Bedürfnis verspüre, sie kennenzulernen; er wußte, daß er sie nach allem fragen konnte. Würde er doch nur so heftig danach verlangen, daß er keinen Widerstand leisten könnte!

Wie war es möglich, beinahe unbeweglich auf dem Sofa zu sitzen, die nichtssagenden Gegenstände im Zimmer zu betrachten und ruhig zu atmen, ohne den Drang zu verspüren, aufzuspringen und mit befreienden Gebärden die elende Eintönigkeit der Wohnung in eine hoffnungsvolle Scheiße zu verwandeln? Hatten seine Eltern denn nie etwas anderes gefühlt als Müdigkeit und Ergebenheit? Er öffnete weit das Fenster, denn er fürchtete in dem plötzlich mit bleischwerer Luft gefüllten Zimmer zu ersticken. Die Gardinen bauschten sich auf, Dürer fühlte den Luftstrom über sein Gesicht streichen, und in diesem Moment fiel ihm ein, daß er bisher noch nicht *gelebt* hatte, nichts *erlebt* hatte, und die Sonne hatte auf-

und untergehen sehen, ohne einen einzigen wirklichen Schritt getan zu haben. Auf dem Eisenbahndamm brauste ein Zug vorbei, dahinter entdeckte er in einer heideähnlichen Landschaft eine Anzahl spielender Kinder; er wollte die Wohnung verlassen und hatte zugleich Angst, dazu nicht imstande zu sein; seine Beine schienen sich plötzlich mit Blei zu füllen, er sah sein Leben hinter dem staubigen Fenster dieses Hochhauses unveränderlich dahingleiten, mit der Aussicht auf eine langsam verfallende Metrostrecke. Er wollte weg, aber er konnte seinen Körper nicht bewegen – und erneut haßte er den Taugenichts; der hatte eine Welt kennengelernt, die mit allen ihren Verlockungen für Dürer unerreichbar war und dadurch noch mehr Schmerz verursachte und die Hochhäuser und Metrostrecken noch unsinniger wirken ließ. Die Wahl schien so einfach, doch seine Füße waren festgekettet, und seine Zunge war herausgerissen – sprachlos sah er sich an.

AM ABEND FAND DÜRER GENUG KRAFT, die Wohnung zu verlassen. Er wollte weggehen, aber wußte nicht, wohin; er tat einige Schritte in eine bestimmte Richtung, und sofort wurde ihm seine Ohnmacht bewußt, ein Ziel zu wählen, er schauderte vor sich selbst und kehrte zum Eingang des Hochhauses zurück, wo ihn Abscheu vor diesem Betonklotz überkam.

Auf dem Parkplatz begegnete er dem jungen Mann, mit dem er damals ein Taxi gestohlen und zu Schrott gefahren hatte. Dürer war zu zwei Monaten Gefängnis verurteilt worden und der andere, der Peter hieß, zu einer etwas längeren Strafe, weil er vier Jahre älter war und schon früher eine Gefängnisstrafe verbüßt hatte.

Obwohl sich Dürer vorgenommen hatte, kein Wort mehr mit Peter zu wechseln, grüßte er ihn und hörte sich einen Bericht über seine Gefängniserfahrungen an. Peter lenkte Dürers Interesse auf Dinge, die dieser auch hatte sagen wollen, aber noch nicht formuliert hatte. Hinter Dürers erzwungener Isolierung ließ Peter Phänomene und Begriffe auftauchen, die Dürer bis dahin nur *gefühlsmäßig* erfahren hatte.

Die Seite, die Peter jetzt von sich zeigte, hatte Dürer früher nie an ihm bemerkt; er hatte ihn eigentlich nur ein paarmal getroffen, und er war einmal bei ihm zu Hause gewesen. Vor den sogenannten persönlichen Gesprächen, die er seine Schwester mit ihrem Freund führen hörte, graute ihm jedesmal; Peters Worte dagegen schienen von einer übergreifend persönlichen Art, als ob er nicht nur für sich selbst, sondern auch für Dürer spräche.

Sie beschlossen, ein Stück neben der Metrolinie zu laufen, und Peters langsamer Gang wirkte auf Dürer ansteckend; bei jedem Schritt, den er tat, verlor er etwas von der Machtlosigkeit, die seinen Körper beherrschte. Es fiel ihm nun schwer, sich vorzustellen, daß er noch vor kurzem mit Tränen in den Augen unbeweglich am Fenster gestanden hatte. Während einer längeren Pause, die Peter machte, brach Dürer doch wieder der Angstschweiß aus: Von ihm wurde nun auch etwas erwartet! Er erzählte schnell einen Traum, den er unlängst durchlebt hatte, und beruhigte sich, als Peter ebenfalls einen Traum erzählte und er selbst fortwährend Peters Erlebnisse bestätigen konnte; am liebsten hätte sich Dürer in ein Ohr verwandelt.

Peter erzählte, daß er lange Zeit Träume gehabt habe, in denen er die Ärmel seines Oberhemds aufkrempelte; aber die Ärmel wurden immer länger, und je schneller er sie aufkrempelte, desto rascher wuchsen sie; Träume, in denen er seine beschmutzten Hände waschen wollte, aber sie nicht sauber bekam: Wie heftig er sie auch schrubbte, die Hände blieben schmutzig und stinkig; Träume, in denen er sich aus einer gebeugten Haltung aufrichten wollte, aber seinen Rücken nicht gerade bekam – im Gegenteil, er wurde immer mehr in die Knie gedrückt und erwachte schließlich halb bewußtlos, nach Atem ringend; Träume, aus denen er oft mit starken Muskelschmerzen und einer tiefsitzenden Erschöpfung in der Brustgegend hochschreckte. Damals hoffte er noch, in der Arbeit Lebensfreude zu finden, und er war davon überzeugt, daß es so etwas gab. In anderen Träumen sah er sich selbst in einer Fabrik an einem Fließband, das ihn zwang, in hohem Tempo einige wenige Bewegungen auszuführen. Oft wiederholte er dann am Tag diese Bewegungen aus seinen Träumen, um wenigstens das Gefühl zu bekommen, daß er existierte; allein in der Arbeit lag das Wesen des Lebens, hatte er damals gedacht. Selbst Büroarbeit drang in seine Traumwelt ein. Er saß dann nackt, nur mit ledernen Ellbogenschützern, an einem Tisch und schrieb Zahlenlisten; dabei unterliefen ihm fortwährend Irrtümer, weil er abgelenkt wurde durch die Angst, entlassen zu werden. Die selbstzerstörerischen Träume verfehlten nicht ihre Wirkung: Er konnte an keinem Stellenvermittlungsbüro vorbeigehen, ohne die Stellenangebote in den Schaufenstern sorgfältig zu lesen; die Bekanntgabe der Arbeitslosenrate im Radio brachte ihn völlig aus der Fassung, auf dem Arbeitsamt wagte er nur mit Mütze und Sonnenbrille zu erscheinen. Er war nicht in der Lage, die Erfahrungen, die er während der kurzen Perioden, wo er arbeitete, erwarb, in die Moral einzuordnen, die mit Arbeit in Verbindung zu bringen man ihn gelehrt hatte. Auf welche

Weise die meisten Menschen ihr Brot verdienen, dieser *Wahrheit* stand er allein in seinen Träumen Auge in Auge gegenüber; und die war, wie er feststellen mußte, *grauenhaft*. Er dachte, daß die Fehler bei ihm lagen und nicht bei der Arbeit, den anderen Menschen, den Fabriken, der Gesellschaft.

Es brach eine Periode an, in der er sich fortwährend dazu zwang, Abstand zu halten von etwas, was er *Festlegung* nannte. Mit dem Gebrauch dieses Wortes veränderte sich seine Einstellung. Nach wie vor sah er die Notwendigkeit der Arbeit ein, denn eine Welt ohne Arbeit konnte er sich unmöglich vorstellen. Doch während der Begriff *Arbeit* für ihn selbst nach und nach bedeutungslos wurde, setzte ein Prozeß ein, der ihn langsam, aber sicher von den gängigen Auffassungen über Arbeit entfernte und ihn bewog, eine Haltung einzunehmen, die er *objektiv* nannte: Er war der Meinung, daß es besser sei, arbeitslos zu sein, als stupide Arbeit zu verrichten, die dem Arbeitenden, abgesehen von der Entlohnung, nichts mehr bedeutete. Trotzdem mußte er am eigenen Leibe erfahren, wie schwer es war, arbeitslos zu sein in einer Gesellschaft, die eingerichtet war für Arbeitende. Selbst die Gewerkschaften, denen er früher sein Vertrauen geschenkt hatte, kämpften um eine Senkung der Arbeitslosenzahl, was ihn tief betrübte, denn damit bewiesen die Gewerkschaften doch zugleich, daß sie die Mißstände dieser Welt aufrechterhalten wollten; sie existierten gerade durch die stupide Arbeit und die ungleichmäßige Entlohnung der Massen, denn verschwänden diese Mißstände, verschwänden auch die Gewerkschaften.

Nun schlug er sich mit dem Problem herum, wie er am besten der Gesellschaft fernbleiben konnte, an der er keinen Anteil mehr haben wollte. Die Hochhäuser hatte er schon immer gehaßt, aber in diesem Augenblick haßte er sie vor allem deswegen, weil sie ein typisches Resultat der Massenproduktion waren, die er als die wichtigste Quelle des Elends betrachtete. Mit anderen *Errungenschaften* dieser Zeit, wie Fernsehen und Radio, wollte er nichts mehr zu schaffen haben, weil ihr Gebrauch in ihm Abneigung hervorrief. Er versuchte innerhalb der Grenzen seines Lebens alles zu verändern; Peter seufzte und schwieg.

Dürer erschrak über die plötzliche Stille und wandte errötend den Kopf ab. Er schämte sich der Ohnmacht, über seine Lage ebenfalls so ausführlich sprechen zu können. Er war erleichtert, als ein Zug vorbeidonnerte, bekam dann aber Angst, daß er nie wieder über sich selbst würde etwas sagen können, wenn er jetzt nichts sagte; am liebsten wäre er weggelaufen, hätte er sich in Luft aufgelöst. Er hoffte, daß Peter die Stille zerbrechen würde, aber er wollte es sich nicht anmerken lassen. Lieber schweigen als Unverständnis wecken, dachte Dürer.

Manchmal sinke ihm sein Herz in die Hosentasche, fuhr Peter plötzlich fort, denn dann begreife er, wie gering der Raum für Alternativen sei. Dürer hielt den Atem an und setzte beim Gehen die Füße vorsichtig auf die Erde, um Peter nicht zu stören. Alles, was er verändert habe, sagte Peter, gehöre faktisch noch in den Machtbereich dieser Gesellschaft; darum wolle er weg. Oft wage er nicht zu sprechen aus Angst, daß alles, was er sagte, die Form einer Ideologie bekäme, während doch gerade durch Ideologien das Elend verursacht werde. Er fragte, ob Dürer schon Marlies getroffen habe. Ja, sagte Dürer. Dann wußte Dürer also, daß Marlies ebenso dachte wie er, setzte Peter fort, aber sie hatte ihn trotzdem verlassen, weil er, wie sie meinte, für sie unverständlich wurde. Er dachte, daß er nun gerade verständlicher würde, auch für sich selbst. Die Gefängnisstrafe, die er hinter sich hatte, betrachtete er als eine Zurechtweisung durch die Gesellschaft, Marlies dagegen sprach von einem „lächerlichen Versehen eines verspätet Pubertierenden". Er hatte ihr erklärt, daß dieses Auto, das Dürer und er nur gestohlen hatten, um ihr Verlangen nach Spaß zu befriedigen, von ihm als Zubehör dieser durchgedrehten Gesellschaft betrachtet wurde, nicht als Auto im Sinne eines Beförderungsmittels, sondern als Taxi im Sinne eines Produktionsmittels; ihre Tat war in Wahrheit zu rechtfertigen. Sie hatte ihn ausgelacht und erwidert, es sei unrealistisch, so darüber zu urteilen: er würde in dieser Gesellschaft mit solchen Auffassungen nicht leben können, und dann fügte sie hinzu, sie könne mit jemandem, der solche Auffassungen hege, auch nicht leben.

Die vergangene Nacht, die erste Nacht nach seiner Entlassung, hatte Peter ganz allein in seiner Wohnung verbracht. Er konnte sich nicht erinnern, sich jemals so verlassen gefühlt zu haben. Er wollte nicht zurück in die Wohnung, denn Marlies' Abwesenheit verstärkte nur den Strom der Erinnerungen an sie. Doch er mußte zurück, um zu packen: Er hatte den Entschluß gefaßt, das Land zu verlassen und nach Auroville, einem Meditationszentrum in Indien, zu gehen. Schon bevor Marlies ihn verließ, hatte er sich von der Welt absondern wollen. Als er sich gestern morgen nach seiner Entlassung eine Zeitung gekauft und einen Artikel über westdeutsche Terroristen gelesen hatte, hatte er plötzlich erschrocken erkannt, daß er sich nicht mit *der unschuldigen Öffentlichkeit* – wie es so schön im Artikel hieß und zu der er sich früher auch immer gezählt hatte – identifizierte, so stark haßte er diese Gesellschaft. Dieses Ereignis hatte ihn nochmals in seinem Verlangen nach einer anderen Lebensweise bestärkt, nur die Liebe zu Marlies hatte ihn bisher von diesem Schritt abgehalten.

Er fragte Dürer, ob dieser in seine Wohnung mitkommen würde, weil er Angst habe, allein hinzugehen. Dürer stimmte zu und half Peter beim Packen. Sie wuschen ab, und Peter faßte jeden Gegenstand in der Wohnung an. Er bat Dürer, still zu sitzen, weil seine Schritte ihn unruhig machten. „Sogar hier hängt ihr Geruch", rief er aus der Toilette. Er gab Dürer seine Platten, die Bücher, die er nicht mitnehmen konnte, und ein Stilett. „Wenn man nicht fliehen kann, muß man sich bewaffnen", sagte er zu Dürer, der nichts zu antworten wußte, als daß er nach Italien wolle. Sie banden den Seesack fest zu und saßen einander lange Zeit still gegenüber. Dürer hörte leise Gewehrschüsse aus dem Fernseher in der Nachbarwohnung.

„Schon als Kind habe ich die Dinge durchschaut", sagte Peter. „Niemals konnte ich sorglos auf einer Wiese Fußball oder Verstecken spielen. Das Bewußtsein, daß es Gebote gab, die ich entweder einhielt oder übertrat, nahm mir selbst als Kind den ganzen Spaß. Wenn ich etwas beginnen wollte, wurde ich schon völlig mutlos bei dem Gedanken, daß ich damit bald wieder würde aufhören müssen, so daß ich lieber gar nicht erst anfing und alles ließ, wie es war. Die Gebote und Verbote, die mich umgaben, setzten unerbittliche Grenzen. Daher kommt es auch, daß ich mich nie bei meinen Eltern geborgen fühlte, im Gegenteil, ich hatte immer das Bedürfnis, sie zu beschützen, weil sie dem Ende bereits so viel näher standen. Ihre unwissende Hilflosigkeit hat mich immer gerührt und zugleich bestürzt. Wie war es möglich, daß ich so viel mehr wußte als sie? Dieselbe Sinnlosigkeit begann ich allmählich in der gesellschaftlichen Entwicklung zu bemerken. Hatte ich mich manchmal zur Übernahme bestimmter Phrasen verführen lassen und versuchte ich selbst, diese Phrasen zur *Wahrheit* in Beziehung zu setzen, so entdeckte ich später andere Phrasen, die den früheren Phrasen widersprachen und ebenso wahr zu sein schienen. Das ging so weiter, bis ich im Laufe der Zeit begriff, daß ich die Sicherheit, die mir selbst fehlte, außerhalb von mir suchte. Jede Ideologie ist für mich ein Surrogat geworden. Ich will fortan nur noch über *Freiheit* sprechen, auch über die Freiheit, mich elend zu fühlen. Ich leide Schmerzen, aber jeden Propheten betrachte ich als Scharlatan."

Peter wandte das Gesicht ab. Dürer, der sich keinen Rat wußte hinsichtlich seiner Haltung, folgte seinem Beispiel. Peter stand auf und ging zum Fenster. Mit dem Rücken zu Dürer – dessen Verwirrung ständig zunahm – sagte er, er hoffe, denn er wolle seiner Komplexsammlung nicht noch einen neuen Schuldkomplex hinzufügen, daß Dürer ihm das Abenteuer, in das er ihn hineingezogen habe, vergeben könne.

„Solange du keine persönlichen Gedanken hinzufügen kannst, sitzt du mit einer Erfahrung fest, mit der du unter den heutigen Möglichkeiten nichts anfangen kannst. Es tut mir leid."

Er bat Dürer, nun zu gehen. Still verließ Dürer die Wohnung. Er hätte gern mit ein paar tröstenden Worten reagiert, aber sein Kopf schien völlig leer zu sein. Er sah Peter am Fenster stehen und winkte; Peter reagierte nicht; erschrocken ließ Dürer die Hand sinken. Über ihm glitt eine Wolke vor den Mond. Mit gesenktem Kopf eilte Dürer nach Hause ins Bett.

Am nächsten Morgen fuhr seine Mutter das erstemal zu ihrer Arbeit in der Innenstadt. Sie hatte eine Halbtagsstelle in der Kantine einer Bankzentrale gefunden. Dürer fing gerade an zu frühstücken, als sie losging; danach saß er lange Zeit auf einem Hocker in einer Küchenecke. Er prägte sich den Platz jedes Gegenstands genau ein, aber er vergaß ihn, sobald er einen neuen Gegenstand betrachtete. Er hörte den Regen zum erstenmal seit Wochen wieder gegen die Fensterscheiben trommeln. In der Diele schloß er die Augen und versuchte tastend die Türklinke zu finden. Er öffnete die Tür zum Zimmer seiner Schwester, wich vor dem Parfümduft zurück, ließ sich auf das Sofa fallen und starrte an die Decke. In der Heizung ertönte in regelmäßigen Abständen ein Klikken; er stand auf, öffnete das Ventil eines Heizkörpers und drehte es sofort mit aller Kraft wieder zu. Er blätterte in den Büchern von Peter, legte eine Platte auf, spielte mit dem Stilett und tat noch dieses und jenes – bis ein sachtes Sausen in seinem Kopf zu einem ohrenbetäubenden Orkan anschwoll und er zu seinem Bett rannte und sein Gesicht ins Kissen drückte, um den in seinem Rückgrat nach oben ausholenden Schmerz, der sich bis in sein Gehirn zu bohren drohte, in einem Schrei zu ersticken; er trat wild mit den Beinen um sich und fühlte sich nach ein paar Minuten völlig erschöpft.

Als er wieder bei Kräften war, nahm er den Bus in die Innenstadt. Es regnete sacht; dabei war es unangenehm warm.

Gleich nach seiner Ankunft steckte er einen Gulden in eine Sammelbüchse, die ihm jemand hinhielt. Im Schaufenster eines Geschäfts waren Verstärker aufeinandergestapelt; Dürer drängte sich zwischen den ungewöhnlich vielen Betrachtern hindurch und versuchte aus den Knöpfchen, Zeigern und Pfeilen hinter dem Glas schlau zu werden. Er verfolgte noch ein Gespräch von Umstehenden über Verstärker und ging dann fort. Er hörte eine Sirene und blieb stehen; eine halbe Minute später erschien ein Krankenwagen, der mit großer Geschwindigkeit vorbeifuhr; in den Schaufensterscheiben spiegelte sich das Blaulicht wider. Obwohl es regnete, trugen nur wenige Menschen Regenbekleidung. Irgendwo las er die Kurse fremder Währungen, als hätte er die Absicht, für eine Auslandsreise Geld zu wechseln. Feine Wassertröpfchen bedeckten sein Gesicht. Er zuckte zusammen, als er einen Schrei hörte, und sah sich um. Zwei Männer halfen einer Frau, die ausgerutscht war. Eine Passantin bückte sich, um ein Päckchen aufzuheben, das aus der umgefallenen Tasche vor ihre Füße gerollt war, einer der beiden Männer half ihr, die Tasche wieder einzuräumen, der andere Mann stützte die Frau, die ihre Knie betastete und mühsam lächelte; so endete alles noch gut, dachte Dürer.

In irgendeinem Café, das als Namen die Hausnummer trug, nahm er am Fenster Platz. Am Nachbartisch saßen Ausländer; Dürer verstand nichts. Er saß auf seinem Stuhl und sah hinaus, im Gegensatz zu dem Gewimmel auf der Straße bewegte er sich nicht; auch später, nachdem er das Café verlassen hatte und auf dem glitzernden Bürgersteig an den Geschäften vorbeiging, hatte er das Gefühl, sich nur scheinbar zu bewegen, obwohl er immerfort ein Bein vor das andere setzte.

In den Geschäften entdeckte er nun *scheinbare* Unterschiede; die verschieden gefärbten und verschieden geformten Stiefel in einem Regal vor dem Eingang eines Schuhgeschäfts glichen einander in den Worten *zum Mitnehmen*. Die Mäntel in einem Bekleidungsgeschäft waren nicht lang oder kurz oder unterschiedlich in Qualität und Preis, sondern *alle* Mäntel waren *tragbar* und *warm*. Die Eßwaren in einem Supermarkt waren nicht verschieden verpackt, nicht verschieden im Geschmack, sondern waren da, um *gegessen* zu werden.

Es lag eine Kluft zwischen dem Erwägen von Möglichkeiten und ihrer Verwirklichung – im Fernsehen hatte er einmal jemanden nach einem Gegenstand greifen sehen, der ungreifbar für die Hand blieb, sosehr sich auch die Finger bemühten, den Gegenstand zu fassen. Dürer blieb plötzlich stocksteif vor dem Schaufenster eines Buchladens stehen. Sich nicht mehr rühren! dachte er, laß nur das Ende kommen! Er fühlte, wie er sich versteifte, wurde sich seines Körpers deutlich bewußt. Plötzlich fühlte er die Socken an seinen Füßen, den Druck seiner Unterhose. Diese Erniedrigung, ein Gehender und doch lahm zu sein, hatte er lange genug ertragen! Dann erst gar nicht gehen, er sollte sich einfach fallen lassen, keinen Schritt mehr tun! Sein Blick fiel auf eine teure deutsche Ausgabe von „Aus dem Leben eines Taugenichts" („mit 80 Illustrationen") im Schaufenster des Buchladens. Erschrocken trat er zurück, lief weg. Bald würde er losziehen nach Italien, nichts zwang ihn zu bleiben, sagte er sich, weg mit der Erstarrung und dem Griff um seine Kehle. Freiheit! klang es im Kopf des neunzehnjährigen arbeitslosen jüngeren Dürer.

Dürer las in der Zeitung einen Artikel über die italienische kommunistische Partei, in dem bekanntgegeben wurde, daß sie die Bande mit Moskau durchtrennt habe; das bestärkte Dürer in seinem Entschluß, nach dem Süden zu gehen; denn je mehr Bande dort durchtrennt waren, desto freier konnte er atmen, dachte er.

Er begriff, daß die Angst, die manchmal seine Muskeln lähmte, ein Überbleibsel alter, nun langsam absterbender Gefühle und Auffassungen war. Unter den alten Gefühlen und alten Auffassungen konnte er sich wenig vorstellen, was ihn beruhigte, denn das wies auf eine Entwicklung hin, die er durchgemacht hatte: Die Ohnmacht und die Ratlosigkeit von früher hatten sich in ihr Gegenteil verkehrt. Auch den Sinngehalt der Zeitungen konnte er immer weniger erfassen, nur die Bedeutung der Wörter *Befreiung, Freiheit, Aufstand* konnte er sofort mit einem Gefühl für sich selbst lebendig machen. *Tinte und billiges Papier* nannte er die Zeitung plötzlich, weil er begriff, wie seltsam es klingen würde, wenn er vorgäbe, daß die Sätze, die er las, wirklich auf die Welt verwiesen, in der er lebte. Zwischen dem, was er bisher als *gewöhnliche Berichterstattung* und als *Werbung* bezeichnet hatte, konnte Dürer nicht den geringsten Unterschied feststellen.

Er las: „Die Welt bewegt sich am Rande eines Krieges." Und: „Mit Hilfe eines speziellen Zusatzteils können Sie Ihr Gerät fernbedienen."

Nochmals las er den Bericht über die italienische kommunistische Partei. „Der Satz über *die Diktatur des Proletariats* wurde gestrichen." Und weiter: „Der Eurokommunismus nahm klare Gestalt an." Dürer wußte nicht genau, was er bei diesen Worten empfinden sollte, jedenfalls bedrohten sie nicht das Bild, das er von Italien hatte; dort lebten Menschen, die eine Diktatur ablehnten und irgendeiner Sache Gestalt gaben. Die Hoffnungslosigkeit, die er in Peters Augen gelesen hatte und die diesem jede Tatkraft nahm, war ihm vom Gefängnis her vertraut, wo er viele Jugendliche mit diesem Blick gesehen hatte. Er aber kannte dank dem Taugenichts noch eine andere, warme Welt, ihm blieb noch eine Möglichkeit, die Einförmigkeit dieses Stadtviertels und die Leere seiner Wohnung mit einer Wirklichkeit zu vertauschen, wo seine Gefühle nicht auf verrosteten Begriffen stranden mußten. Peter war in sich selbst hineingeflüchtet, Dürer entschied sich für das Leben eines Taugenichts, für das, was Diktatur ausschloß: Freiheit.

Er warf die Zeitung weg und kuschelte sich behaglich ins Sofa; er stellte sich das Auto oder, noch besser, die Kutsche vor, die ihn nach dem Süden bringen würde, mit Joyce an seiner Seite. Es kostete ihn wenig Mühe, sie sich an dem Fenster vorzustellen, hinter dem das flache Land langsam hügelig wurde. Sie schaute hinaus; ihre Brüste bebten leicht im Takt der schaukelnden Kutsche; er glaubte sogar ihren Duft wahrzunehmen. Dürer wollte, daß sie nach ihm Verlangen hatte. Sie wandte ihm das Gesicht zu und sah ihn so an, wie sich Dürer vorstellte, daß sie ihn ansehen würde, wenn sie nach ihm Verlangen hätte.

Er konnte nichts dagegen tun: Seine Hand glitt über ihre Beine bis zu den Oberschenkeln, sie legte ihren Kopf auf seine Schulter und strich langsam mit ihrer Hand über sein geschwollenes Glied. Diese Bilder krampfhaft festhaltend, stand er auf, ging in die Toilette und ließ seine Hose auf die Schuhe rutschen. Er preßte Joyce an seinen Körper, streichelte ihre Brüste; er befriedigte sich mit ihrer Hand. Als alles vorbei war, stand er wieder in der Toilette, an die Tür gelehnt, und fühlte in seinem ganzen Körper einen aus der Betäubung erwachenden Schmerz. Die behagliche Selbstsicherheit von vorhin war völlig verschwunden. Je stärker die Fliesen und das Toilettenbecken in sein Bewußtsein drangen, desto heftiger wurde der Ekel vor sich selbst wegen der unabänderlichen Ohnmacht, Joyce leiblich zu lieben. Dürer haßte das Papier, mit dem er sein Glied säuberte, er haßte das Waschbecken, er haßte den Riegel an der Tür; alles deutete auf die Grenzen, die Joyce unerreichbar machten. Er fühlte sich müde und leistete verzweifelt Widerstand gegen den Unwillen, der langsam in ihm aufstieg. Er lag, bis er hörte, wie sich ein Schlüssel im Schloß der Wohnungstür drehte und er die Stimme seiner Mutter erkannte, zusammengerollt auf seinem Bett, der Welt den Rücken kehrend. Er suchte nach einem Wort, das ihn trösten könnte, doch schon bei dem Gedanken an ein unschuldiges Wort wie *Schnauben* brannte ihm die Lunge beim Ein- und Ausatmen – jedes Wort verursachte körperliche Schmerzen. Noch nie war er sich in diesem Maße seiner Sprache bewußt gewesen.

Am Abend – sein Bruder arbeitete diese Woche in der Nachtschicht – schaute Dürer, bevor er ins Bett ging, noch hinaus; dabei sah er den letzten Intercity-Zug in Richtung U. in die Dunkelheit rasen. Er drückte sich gegen das Fenster, öffnete es schnell, doch die roten Rücklichter lösten sich unwiderruflich in der Nacht auf. In Unterhosen legte er sich aufs Bett, ohne sich zuzudecken; die Luft war warm und feucht. Er erinnerte sich wieder an die Verwirrung und die Beklemmung, die ihn in dem Bus ergriffen hatten, in dem er seine erste Fahrt nach der Entlassung aus dem Gefängnis gemacht hatte. Das war ein Moment gewesen, der ihn vor etwas erschrecken ließ, was er als das *Zerbrechen der Worte* umschrieb, als ob die Sprache, die er sprach, auf einmal völlig unbrauchbar würde. Er knipste das Licht an und suchte nach Papier und Schreibgerät, um das zu tun, was er, wie er erst jetzt begriff, schon im Bus hätte tun sollen. Er schrieb:

„Zwischen den Eisenbahnschienen und der Straße, auf der der Bus entlangfuhr, befand sich eine Tankstelle, die in diesem Augenblick der Ort war für einen Jungen und ein Mädchen, um einander zu lieben. Oder: Zwischen dem Fußballfeld und der Tankstelle befanden sich Eisenbahnschienen, über die gerade in dem Augenblick, als einer der Soldaten während eines kleinen Fußballspiels, das zugleich Morgengymnastik war, den Ball ins Tor schoß, ein Güterzug rollte, der wenige Minuten zuvor den nahe gelegenen, aus zwei Bahnsteigen bestehenden und nur von trägen Personenzügen benutzten Bahnhof verlassen und daher noch nicht die volle Geschwindigkeit erreicht hatte. Oder: Zwischen dem Bus, der nur zweimal in der Stunde zwischen V. und 's-H. verkehrte, und dem Feld vor der Kaserne, die der Stadt 's-H. das Prädikat *Garnisonstadt* verlieh, befanden sich parallel zur Straße Eisenbahnschienen, vorsorglich an beiden Seiten durch Gräben begrenzt, und eine Tankstelle, die einen günstigen Standort hatte, weil in der Nähe eine Auffahrt zu der vielbenutzten Autobahn lag, die die Garnison- und Provinzstadt 's-H. mit der wichtigen Industriestadt E. verband. Es geschahen gleichzeitig verschiedene Dinge: Ein Soldat schoß ein Tor, ein Güterzug fuhr vorbei, ein Junge berührte die Brust eines Mädchens. Jemand blickte durch das staubige Busfenster. Hatte der Soldat von dem Lärm des sich langsam nähernden Güterzugs profitiert, weil dadurch die Gegenspieler abgelenkt wurden, so daß er mit einem guten Schuß ein Tor erzielen konnte? Hatten der Junge und das Mädchen im Glaskäfig der Tankstelle nur auf den Augenblick gewartet, daß Bus und Zug gleichzeitig vorbeifuhren, um einander zu liebkosen? Wie lauteten die Absprachen zwischen Zugführer und Busfahrer? Hatte ein Taxifahrer vor einigen Monaten seinen Wagen absichtlich schlecht verschlossen, damit zwei Jugendliche, die von der Langenweile zwischen den grauen Betonhäusern genug hatten, in diesen Wagen stiegen und ihn zu Schrott fuhren, wonach sie beide, noch in benommenem Zustand, ergriffen und schließlich, unter Berücksichtigung der Rückfälligkeit, verurteilt wurden – und später einer von ihnen am Vormittag seiner Entlassung allerlei Dinge geschehen sah und so krampfhaft nach ihrer Bedeutung suchte, daß alle Wörter auf einmal wie angenagelt in der Luft hingen und plötzlich vor seinen Augen durch den Güterzug zerschmettert wurden?"

Er faltete das Papier sorgfältig zusammen und steckte es in seine Hosentasche in der Überzeugung, daß er im Begriff war, auf alle Fragen, die er eben gestellt hatte, und auf die Fragen, die er noch nicht formuliert hatte, eine Antwort zu finden. Doch auch diese Zuversicht reichte nicht aus, um schnell in Schlaf zu sinken; er wälzte sich unruhig von einer Seite auf die andere. Wörter und Sätze überschlugen sich in seinem Kopf, und er hatte schlechte Träume; gegen Morgen träumte er dann etwas Angenehmes, doch als er schon begann, sich dabei glücklich zu fühlen, wurde ihm bewußt, daß er träumte; darauf erwachte er, und während er auf den Augenblick wartete, wo sein Bruder ins Bett gehen würde, versuchte er, sich Joyce nackt vorzustellen.

In der Morgendämmerung sah er dann durch halbgeöffnete Augen, wie sein Bruder sich mit trägen Bewegungen auszog. Bald hörte er ihn schnarchen.

Dürer blickte auf die unordentlich über dem Stuhl hängenden Kleidungsstücke des Bruders, auf den halbgeöffneten Schrank, aus dem Sachen herausquollen, auf das von einer großen Armbanduhr bedeckte Handgelenk, das der Bruder gegen das Kinn gedrückt hielt –

und plötzlich glaubte Dürer, nicht wirklich zu existieren. Er stellte Schreckliches fest: *Seine Leere* mußte er mit dem *Sein* gleichsetzen, und es wurde dadurch ungültig, nicht-existent, denn er existierte nicht!

Ein Beweis! dachte er, er mußte einen Beweis finden! Er zog sich geräuschlos an, betrat die stille, feuchte Galerie, lief schnell hinunter. Es regnete nicht mehr. Er ging spazieren, er war allein. Bei jedem Schritt dachte er darüber nach, daß für ihn nichts mehr selbstverständlich war, auch seine Fingernägel verwunderten ihn. Er blieb stehen, als ein Wagen mit defektem Auspuff an ihm vorbeifuhr, der den stillen Morgen in Stücke riß. Er wußte nichts mehr, er hatte nur noch das Gefühl, sich von etwas lösen zu müssen, fühlte sich von unzähligen Händen festgehalten. Er konnte seine Beine nicht mehr bewegen, es schien, als wäre er an einen schweren Güterzug angekoppelt. Er wußte nicht mehr, ob er schreien oder böse werden sollte. Dann holte er das Stilett aus der Hosentasche, klappte die Klinge auf und spannte alle Muskeln seines Körpers an. Er riß sich los, aber er fühlte sich keineswegs erleichtert, im Gegenteil, er wurde wütend, hieb mit dem Stilett wild um sich, ohne den leeren Raum um sich herum wahrzunehmen. Er stach in Körper und schlitzte sie auf. Als ihm schwindlig wurde, beugte er sich mit geschlossenen Augen nach vorn.

Zu Hause stellte er eine Liste von Sachen zusammen, die er mitnehmen wollte. Seinen Paß und den „Taugenichts" steckte er vorläufig in die Jackentasche.

Das Wetter wurde besser; alsbald brach die Sonne durch.

Seine Mutter hatte einen Sammelfahrschein für die öffentlichen Verkehrsmittel auf den Küchentisch gelegt, weil Dürer an diesem Morgen zum Sozialamt gehen wollte, so hatte er versprochen, um eine Unterstützung zu beantragen. Seine Anwesenheit zu Hause, die er nicht mit wöchentlichen Beiträgen kompensierte, drücke, so hatte sie ihm versichert, schwer aufs Haushaltsgeld, ihre Beschäftigung anderswo habe sie nicht zu ihrem Vergnügen.

Dürer ging tatsächlich in das Gebäude, wo sich das Sozialamt befand, doch stellte er keinen Antrag. Er machte nur, wie er es nannte, eine „Runde" an den Wartenden vorbei und ging wieder fort; nachdem er eine Nummer genommen hatte, wanderte er in tödlicher Ruhe an der Reihe der ringsherum an der Wand aufgestellten Stühle entlang, betrachtete die Wartenden, lauschte dem gedämpften Gemurmel, „sah die hoffnungslosen, erloschenen Blicke der *Verlorenen* um mich herum, die es schon seit Jahren aufgegeben hatten, das *Verlorene* wiederzuerlangen, und die durch das System des abstumpfenden Arbeitsverhaltens, des durch Schlafmittel traumlos gewordenen und auf diese Weise nicht mehr mit echtem Verlangen konfrontierten Schlafverhaltens und des gehetzten, auf abstrakten Faktoren beruhenden Kaufverhaltens das Bewußtsein des Verlorenen *verloren* hatten, und ich sah voraus, daß ich in meiner Schlacht einen Schritt zurück tun würde, wenn ich jetzt den zu Passivität verurteilenden Unterhalt durch die Gesellschaft in Anspruch nähme, die mir nicht gestattet, für meinen Unterhalt selbst zu sorgen, ohne dabei ihre erstickenden Errungenschaften zu akzeptieren. Man arbeitete schnell: Die Nummer, die ich genommen hatte, wurde aufgerufen, erschien auf dem über den Schaltern angebrachten, für alle Wartenden sichtbaren *Nummernautomaten*. Ich wußte es nun genau. Ich zerknüllte das Kärtchen, bis daraus eine kleine Kugel wurde, und warf es weg. Ich stieß die Drehtür auf und fühlte die nächste Nummer aus dem Lautsprecher machtlos an meinem Rücken zerschellen. Ich fühlte mich neu geboren, die Worte waren plötzlich wieder da."

Draußen sah sich Dürer um; die lähmende Angst, die ihn hinter jedem Objekt hervor angrinste, schien wieder aufzutauchen, doch er verlor diesmal nicht seine Selbstbeherrschung. Dort lag die sich selbst vernichtende, sogenannte wohlhabende Welt! Nichts mehr konnte ihn aufhalten! Arrivederci! Es war, als ob alles im Zeichen des endgültigen Abschieds von seiner früheren Unwissenheit stand. Er sah die Wohnblocks als abbröckelnde Ruinen, die Passanten als halbverweste Skelette, die Autos als verrostete Wracks, doch es berührte ihn nicht, *weil er sie durchschaute*. Nichts, nichts hatte er noch mit dieser Welt gemein. Er konnte für sie nur noch Abscheu empfinden; und obwohl er der Meinung war, daß Haß eigentlich eine zu kostbare Emotion war für die Leere, die Inhaltlosigkeit, die Blindheit, den Machtmißbrauch, die Anonymität, die bedrückenden Wohnverhältnisse, die abstumpfende Geschäftigkeit, das gedankenlose Vergnügen, die verdummenden Unterrichtsmethoden, die Spießermentalität, die Polarisation und Depolarisation der politischen Parteien, die geistlos genutzten und in ihr Gegenteil verkehrten Errungenschaften der Welt, die er gegen *sich selbst* eintauschen würde, konnte er alles, was er sah, trotz seiner heutigen Munterkeit, mit aller Energie, die in ihm war, zertreten, zerreißen, verstümmeln, vernichten, um den ratlosen, unbestimmten Schmerz und die machtlose, *sprachlose* Wut, die er in dieser schmerzlosen, mit ohrenbetäubenden Worten vollgestopften Welt erfahren hatte, für immer unschädlich zu machen.

Es war ungewöhnlich klar in seinem Kopf. Sein Blick schien alles scharf zu durchschneiden, seine Ohren hörten mehr als bloße Laute – an diesem Mittag machte er die besondere Erfahrung, mit sich selbst im reinen zu sein, zu wissen, was zu tun war und was die auszuführenden Handlungen beinhalteten und bedeuteten. Keine Angst, keine dröhnende Leere kam auf, als er an sich selbst und seine Zukunft dachte.

Beim Abendessen regte sich Dürer nicht mehr über die Mischung von unwissender Ergebenheit und kleinbürgerlicher Hoffnung seines Vaters auf; er lachte ihn offen aus, doch der Mann reagierte nicht, weil er nicht begriff, warum gelacht wurde. Sein Vater lächelte für den Bruchteil einer Sekunde, verschanzte sich aber sofort wieder hinter seiner Maske, als ihm bewußt wurde – so nahm Dürer an –, daß er dazu nicht durch einen bekannten Komiker und dessen ergebene Lachmaschine verleitet worden war.

Die Wahrheit hatte sich zur Gänze offenbart, fand Dürer, das abscheuliche, monströse Wesen der Gesellschaft hatte sich ihm in vollem Umfang offenbart: Innerhalb dieses Systems war kein Glück möglich. Er hatte es durchschaut: In dieser Gesellschaft war das Problem des Hungers gelöst und das Problem des Glücks annektiert worden – er hatte keinen Hunger mehr und mußte sich auf eine bestimmte Art glücklich fühlen, was er dann in nichtssagenden, unpersönlichen Sätzen zum Ausdruck bringen sollte.

Die Welt, in die er jetzt aufbrach, so dachte Dürer, mußte frei sein vom Mißbrauch seiner Gefühle und Gedanken. Peter wollte nach sich selbst suchen unter den Hungernden in Indien, Dürer wußte, daß er dazu nie fähig wäre: „In meiner Welt darf es keinen Hunger geben, in meiner Welt bin ich erst dann glücklich, wenn der Schrei des Schmerzes und der Unfreiheit nicht mehr ertönt." Dürer betrachtete sein Fortgehen nicht als Flucht: In Indien war den Hungernden ihr Hunger bewußt, während hier, in dieser Welt, die er vorhatte zu verlassen, die Manipulierten und Ausgebeuteten sich gar nicht manipuliert und ausgebeutet fühlten. Das letztere war wohl ein Ergebnis ihrer ununterbrochenen Gehirnspülung, aber Dürer stand dem machtlos gegenüber, so wie er auch sich selbst immer machtlos gegenübergestanden hatte. Wenn er das Wort *Flucht* gebrauchen müßte, würde er hinzufügen: „Vor den reichen, wohlgenährten, in einem unübersehbaren Strom von Gegenständen erstickenden, an vollkommener Passivität leidenden und diese Passivität zu Aktivität erklärt habenden, mit verdorrten Händen nach sich selbst suchenden Menschen, die – so auch meine in ihrer blinden Unwissenheit bedauernswerten Eltern – darauf fixiert sind, noch mehr zusammenzuscharren, indem sie sich *beherrschen*, was ihre Sehnsüchte betrifft, solange sie ihre unabwendbare, geisttötende Arbeit verrichten, indem sie sich *beherrschen*, was ihre Sehnsüchte betrifft, solange sie abends von ihrer unabwendbaren, geisttötenden Arbeit ausruhen, damit sie am folgenden Tag ihre unabwendbare, geisttötende Arbeit mit *frischem Mut* wieder aufnehmen können, indem sie sich nur am Wochenende *gehen lassen*, was ihre durch allerlei Gegenstände und Mittelchen, durch Alkohol und Gewalt verschleierte *Abkehr* von ihrer Existenz betrifft."

Dürer saß auf dem Sofa neben seinem Vater und sah die erste Fernsehsendung an diesem Abend. In der Küche waren Mutter und Schwester mit dem Abwasch beschäftigt. Dürer graute vor den Bemerkungen, Blicken und gezwungenen Scherzen dieser Sendereihe, die als „beliebtes Familienprogramm" zu Buche stand. Nicht nur die fade Beleuchtung und die nichtssagende Bildabfolge, sondern auch die von Heulen nicht zu unterscheidenden, für die Kameras und somit für das *Volk* inszenierten Lachanfälle des Publikums im *Forum*, das Fragen beantworten mußte, die mit wirklichen Fragen nur noch das Fragezeichen gemeinsam hatten, ließen ihn verkrampft auf der Sofakante sitzen, erfüllt von Ekel gegenüber diesen Menschen, die ihre letzte Faser Menschlichkeit, ihre bei der Geburt erworbene Würde, ihr Vermögen, Sinn von Unsinn zu unterscheiden, ihr Bedürfnis, das Echte über das Unechte zu stellen, um die richtige Wahl in ihrer Existenz als soziale Wesen treffen zu können, die alles, was das Verständnis des *Volkes* für sich selbst vertiefen könnte, um den Preis unterdrückender Errungenschaften verkauft hatten, wie das – der gezüchteten Eitelkeit schmeichelnde – Berühmtsein, das aus einem tief verwurzelten Minderwertigkeitskomplex des Volkes herrührte, wie die lächerlich hohe, in keiner Beziehung zur Leistung stehende Entlohnung, welche direkt auf die ungleichen Verhältnisse verwies, die bestimmte Gruppen begünstigten (so daß sie ihre Vorteile schützten und sicherstellten) und andere Gruppen benachteiligten (so daß diese ihre Blicke neidvoll auf die Begünstigten richteten, aber nicht danach strebten, die Begünstigten zu bekämpfen, sondern selbst zu ihnen aufsteigen wollten), wie die sich ständig fortsetzende, durch nichts behinderte und vom Volk selbst bezahlte Rädelsführerei vor aller Augen, wobei Aussagen gemacht wurden, die das *Bestehende* stärkten, das *Vergangene* verklärten und das *Künftige* festlegten, um letztlich die Macht den Machthabenden, den Besitz den Besitzern, die Unwissenheit den Unwissenden, die ablenkenden Medien und die abstumpfenden Arbeitsbedingungen den Schwachen, Besitzlosen und Dummen zu sichern, die, so beängstigend das auch klingen mag, glaubten – die Tag und Nacht andauernde, Augen und Ohren mißbrauchende, nichts schonende und alle Möglichkeiten der Technik gebrauchende Rädelsführerei vor Augen –, stark zu sein, etwas zu besitzen und die Wahrheit gepachtet zu haben.

Noch vor den Acht-Uhr-Nachrichten kam jemand zu Besuch, den Dürer seit Monaten, vielleicht schon seit einem Jahr, nicht mehr gesehen hatte, jedoch erhielt dieser wiederhergestellte Kontakt einen unangenehmen Beigeschmack, den Dürer auf seine plötzlich all ihren nichtssagenden Charme aufbietenden' und durch Verschleiß angefressene, *gutgemeinte* Bemerkungen stammelnden, entsetzlich freundlichen Eltern zurückführte.

Paul war sein Schulfreund gewesen, jemand, bei dem sich Dürer *ruhig*, *unbedroht* und *verstanden* gefühlt hatte. Paul war ein empfindsamer, von der vergifteten häuslichen Atmosphäre gequälter Schüler gewesen, der damals – anders als die meisten seiner Kameraden, die unter solchen Umständen ihren eigenen Weg suchen mußten und von ihren Eltern lediglich Schläge, Taschengeld und die Anleitung zum Gebrauch des Fernsehapparats erhielten – noch ständig auf der Suche nach Zuneigung und Verständnis war und dadurch eine Zielscheibe für seine Mitschüler bildete, die ihre verlorenen Hoffnungen und emotionalen Gebrechen bereits durch Lautstärke, Rücksichtslosigkeit, Brutalität, Trunksucht, Joints und eine an Wahnsinn grenzende Besessenheit nach dem Erwerb von *materiellem Besitz* getarnt hatten. Dürer hatte sich von diesem Jungen, der sich genau wie er in der Schule deplaziert vorkam, stark angezogen gefühlt. Nicht, daß Dürer das alles damals in diesem Maße bewußt gewesen wäre (wahrscheinlich war die Anziehungskraft, die Paul auf ihn ausgeübt hatte, mehr emotionaler Art gewesen), doch konnte er jetzt alle früheren Eindrücke wie ein Puzzle zusammensetzen. Dürer wunderte sich sehr über die lächerliche Scheineinsicht, die seine Eltern zu erkennen gaben, indem sie ausgerechnet Paul baten, vorbeizukommen, um ihn mit dem lieben Sohn über Arbeit und Mädchen sprechen zu lassen. Dürer dachte an den elenden Blick Pauls, nachdem dieser seine Arbeit auf der Werft aufgenommen hatte, die er sich hatte suchen müssen, weil sein Vater ihm nicht erlaubt hatte, mit der nächsten Phase seiner Ausbildung zu beginnen. Im Gegensatz zu Dürer – der mehr dank der alle Existenzbereiche berührenden Einfältigkeit seiner Eltern als dank ihrer Einsicht in die Bedürfnisse eines heranwachsenden Menschen den einjährigen Zusatzkurs besuchen durfte – mußte Paul mit Jugendlichen arbeiten, die bereits so vergiftet waren, daß sie, was ihre Zukunftserwartungen und ihre Auffassungen betraf, sich selbst nicht mehr von ihren Eltern unterscheiden konnten und mit einer unvorstellbar starken Sehnsucht jeden Arbeitstag durchflochten mit den Erinnerungen an das vergangene und der Vorfreude auf das kommende Wochenende, wo man sich regelmäßig mit Alkohol vollpumpte (Geld war nun reichlich vorhanden), um jeden Gedanken an den Alltag aus dem Bewußtsein zu verdrängen.

Mit unwahrscheinlicher Kraftanstrengung hatte sich Paul gegen die brutale Gewalt der Schichtarbeit gewehrt. Und er hatte dafür seinen Zoll bezahlt. Sogar Dürer, der damals noch blind sich selbst und die Einsicht in die ihn umgebende Welt gesucht hatte, erfaßte schon intuitiv den Sterbeprozeß der Gefühle, die Paul für ihn so ganz besonders gemacht hatten. Allmählich verschwand die Zerrüttung aus Pauls Augen, Leere trat an ihre Stelle, und jetzt, nach einer Zeit, die Dürer wie eine Ewigkeit vorkam, war diese irreführende, ekelerregende Munterkeit hineingekrochen, die Dürer von seinem Cousin und dem Freund seiner Schwester kannte. Hier saß ihm jemand gegenüber, für den er zwar nicht die Gefühle empfunden hatte, die er jetzt für Joyce empfand, vor dem er sich aber niemals geschämt hatte, mit all seinen verkrüppelten Sätzen sein Verlangen nach Liebe auszudrücken und es mit seinem geschlagenen, doch noch nicht völlig zertretenen Recht auf Glück zu vergleichen.

Paul erzählte, und sein Blick sprang zwischen Dürer und den Beinen seiner Schwester hin und her. Dürer hatte das unangenehme Gefühl, daß Paul nicht richtig hinschaute, sondern höchstens Umrisse sah, die er nicht ausfüllen konnte. Was Paul erzählte, lenkte ihn lediglich von der sonst so grausig träge vergehenden Zeit ab. Dürers Eltern versuchten, ihn mit unbeholfenen Bemerkungen ins Gespräch einzubeziehen, doch Dürer weigerte sich, auf Pauls Ausführungen über die Arbeit im allgemeinen, das Leben im allgemeinen, die Ehe im allgemeinen einzugehen; sie waren so stumpfsinnig, daß Dürer seinen Ohren mißtraute und sich entrüstet fragte, wie es möglich war, daß aus dem Paul, den er gekannt hatte, der Paul geworden war, der nun ihm gegenüber Meinungen vertrat, die Dürer eigentlich viel älteren Menschen, wie seinen Eltern, zuschrieb, weil sie schon durch alle Filter der Gesellschaft gegangen waren und diese Filter nun selbst in ihrem eigenen Kopf mit herumschleppten. Früher, bevor er Peter im Sozialamt begegnet war und bevor er „Aus dem Leben eines Taugenichts" und noch ein paar andere Bücher in der Gefängnisbibliothek gelesen hatte, waren Dürers Vorstellungen von der Welt um ihn herum nur recht vage gewesen, und um seine Unsicherheit zu verbergen, hatte er dann auch stets geschwiegen, wenn jemand in seiner Umgebung – seine Eltern oder jemand im Betrieb, in dem er ungefähr ein halbes Jahr gearbeitet hatte – Klischees wiederkäute, die er irgendwo, in der Zeitung oder im Fernsehen, einmal aufgeschnappt hatte. Dürer hatte geschwiegen und war lieber sprachlos allein mit seinen schmerzlichen Gefühlen. Ihm grauste bei dem Gedanken, Wörter aussprechen zu müssen, nur um die Aufmerksamkeit anderer auf sich zu lenken, die ihm nichts bedeuteten, denn sie drückten, so wußte er instinktiv, doch nicht das aus, was in ihm lebte.

Und nun, da Dürer Worte gefunden hatte, die tatsächlich seinen Gefühlen Ausdruck gaben, mußte er sich zurückhalten. Wie gern würde er nicht aufstehen und allen Anwesenden im Zimmer Worte ins Gesicht schleudern! Wie würde er sie erschrecken! Aber was war dann mit dem beklagenswerten Paul, den seine Eltern hatten kommen lassen, damit er ihrem Sohn als Vorbild diene? Wie sollte Dürer Paul entgegentreten? Er wollte ihn nicht vor den Kopf stoßen, weil er mit dem Jungen, der vor ihm saß, einmal befreundet gewesen war; Paul hatte etliche Jahre lang mehr von Dürer begriffen als seine Eltern in ihrem ganzen Leben. Dürer erinnerte sich an Stimmungen, die mit dem Sich-unverstanden-Fühlen zu tun hatten, mit Machtlosigkeit, Aufsässigkeit gegen Schule und Eltern, mit der bitteren Suche nach Ausdrucksmitteln. Die ganze Klasse krümmte sich unter den zermürbenden, von Lehrern und Eltern akzeptierten *Zuständen* zu Hause, unter der nach einem Ausweg suchenden Sehnsucht, zu trösten und getröstet zu werden, unter der Unmöglichkeit, sich auf geistiger Ebene mit sich selbst und der Welt um sich herum auseinanderzusetzen, doch hatte dies bei den meisten Schülern nur zur Folge, daß sie sich ein Verhalten anmaßten, das nichts, aber auch gar nichts zu tun hatte mit ihrem Bedürfnis, angehört, geliebkost und von den Nächsten unentbehrlich gefunden zu werden. Paul und Dürer gehörten zu jenem kleinen Grüppchen von Schülern, das stets mit Stummheit geschlagen war, wenn es von den Taten der anderen erfuhr, die diese, um sich zu bestätigen, aus Jux, um die Langeweile zu vertreiben, um zu imponieren, in ihrer Freizeit vollführt hatten, aber keiner von ihnen beiden konnte seine Fassungslosigkeit zum Ausdruck bringen, weil ihm die Mittel dazu niemals beigebracht worden waren.

Er versuchte, sich an einer armseligen Erinnerung festzuklammern, so hielt Dürer sich vor, an einer verlorengegangenen Freundschaft zu jemandem, der nicht mehr existierte. O armer Paul! O armer Dürer! stöhnte es in seinem Kopf; Paul war verstümmelt, und Dürer suchte vergebens nach der ursprünglichen Gestalt seines nicht mehr existierenden, zwischen den Zahnrädern des Fließbands zerbrochenen Freundes.

„Der Arbeiterjunge, der jetzt vor mir saß, war eines der unzähligen Opfer des schlechten Bildungswesens, der zerstörerischen Schichtarbeit und irregeleiteter Eltern – o arme Eltern, dachte ich, wie beklagenswert war ihre Existenz und wie aussichtslos, nun, da sie sich selbst ihre Träume vom Fernsehen und von Valiumfläschchen vorschreiben ließen! Tränen schossen mir in die Augen; Paul reagierte hierauf, indem er seine Zigarette ausmachte. ‚Er raucht schon seit Monaten nicht mehr', sagte meine Mutter, ,und trinken seh ich ihn auch nicht mehr, nicht wahr, mein Junge?' Sie sah mich an, ich schlug schnell die Augen nieder, und mir schauderte vor ihrer Einfältigkeit. Ich wollte so gern etwas sagen! Aber das Betragen meiner Eltern lähmte mich, es herrschte stets das Unverständnis, das jetzt auch Paul ergriffen hatte. Meine Mutter seufzte, mein Vater holte sich noch ein Fläschchen Pils unter dem Tisch hervor, Paul beobachtete von seinem Stuhl aus die Einrichtung des Zimmers, meine Schwester spülte in der Toilette; diese erschreckende Leere in ihrer Existenz, dachte ich; gerade jetzt, wo es allerhöchste Zeit war, sich von den erstickenden, alle Freude zerstörenden Forderungen, Pflichten und Rechten ihres täglichen Lebens zu befreien, hingen sie unbeweglich in ihrer Haut – es war fast zu spät, das wußte ich. Ich straffte mich und sagte: ‚Als ich nach meiner Entlassung auf dem Weg zum Bahnhof war, um von dort den Zug nach Hause zu nehmen, hatte ich ein besonderes Sinneserlebnis.' Ich hielt inne und wartete gespannt ab. Ja? Sprich weiter! hoffte ich zu hören; aber niemand reagierte. Paul sah mich nur an, verwundert. Mein Vater öffnete ein Fläschchen Bier, das offenbar durchgeschüttelt war; der Inhalt schoß mit Wucht über den Tisch. Erschrocken drückte er seine Handfläche auf die Flaschenöffnung, fluchte. Meine Mutter stand auf, sagte, sie gehe einen Lappen holen. Paul lächelte mir verlegen zu, dann blickte er mich ernst an und wandte die Augen ab, um sich so aufmerksam wie möglich das Pferd über der Anrichte anzusehen. Eine nagende Schwermut ergriff mich. Was wollte ich eigentlich in dieser Wohnung? Selbst das Mitleid, das ich fühlte, war ein unsinniges, lächerliches Gefühl inmitten dieser Menschen und Gegenstände. ‚Ich brauche ein bißchen frische Luft', sagte ich schließlich."

Nur keine plötzliche Bewegung machen! dachte Dürer, den Mund fest geschlossen halten! Vorsichtig zur Tür gehen, als wäre nichts geschehen, als ginge jemand zur Tür, der nicht das Verlangen verspürte, wegzulaufen und alle Türen krachend hinter sich ins Schloß zu werfen! Beherrschung beim Betreten der Diele! Nicht auf die Mutter reagieren, die ihm nachrief, ob er genug Geld bei sich habe! Nicht auf den ihm hinterherlaufenden Paul reagieren! Nicht schluchzen auf der Galerie! Sieh dich nicht um! Niemand durfte die Chance bekommen, *Wehmut* bei ihm auszulösen, *Mitleid*, *Verständnis*, *trübe Erinnerungen*, die darum flehten, *gehegt* zu werden!

Schweigend standen sie vor dem Haus. Dürer verfluchte seine Eltern, daß sie ihm einen gebrochenen Freund geschickt hatten, der durch den Kontrast zu früher nur Verdruß bei ihm hervorrief. Paul brach die Stille. Er habe vor kurzem einen fast neuen Gebrauchtwagen gekauft, einen Opel Kadett. Er zeigte zum Parkplatz. Dürer könne sich den Wagen gern mal ansehen. Sie gingen zum überfüllten Parkplatz. „Das ist mein Auto", sagte Paul und legte eine Hand auf die Kühlerhaube. Dürer nickte, ließ Wörter wie Zubehör, Fernstrahler und Nebelrücklichter über sich ergehen. Paul lud Dürer zu einer kleinen Fahrt ein. Dürer stieg ein und dachte sofort, daß es das erste Mal nach seiner Entlassung war, daß er wieder in einem Pkw saß. Das letzte Mal war es ein Volkswagen von der Polizei gewesen. Zusammen mit Peter, gefesselt, hatte er auf dem Rücksitz gesessen und sich, als die Benommenheit nachließ, die der Aufprall mit dem Taxi verursacht hatte, grenzenlos erniedrigt gefühlt. Peter hatte die Polizisten lauthals beschimpft und Gefühle in Worte gekleidet, die auch Dürer empfand. Dürer quälte die Scham, die nicht er selbst, sondern seine Eltern fühlen mußten. Unterwegs machten die Polizisten den Versuch, Peter zum Schweigen zu bringen, doch dieser begann nach jeder Drohung noch lauter zu schreien. Er erzählte später, als sie sich schon in Erwartung des Prozesses auf *freiem Fuß* befanden, daß man ihn auf dem Revier auf den Mund geschlagen habe, wodurch seine Lippen schmerzhaft angeschwollen seien und er nur noch Gestammel habe hervorbringen können.

Dürer blickte Paul an, der ausgelassen sprach und dabei hinter dem Steuer eine Haltung angenommen hatte, die man – Dürer sah den passenden Werbetext sogleich vor sich – als „sportliche, bei all ihrer Entspannung konzentrierte Nonchalance" hätte beschreiben können, die ihn jedoch nur verkrampfte, lächerlich machte und in Gefahr brachte. Es war bezeichnend für Paul, dachte Dürer, daß er von der Voraussetzung ausging, er müsse genau auf diese Manier einen Wagen fahren. Das Auto erhielt dadurch für Paul eine Bedeutung, die, so urteilte Dürer, einem Auto eigentlich gar nicht verliehen werden durfte. Dieses übertriebene Bemühen um ein Transportmittel wies auf definitiv gewordene Störungen hin, die Paul – der nicht erkannte, daß er darunter litt, sondern sich sogar normal wähnte – dazu brachten, seine Existenz als Teil eines mit allem erhältlichen Zubehör ausgerüsteten Opel Kadetts zu sehen. Eine Hand auf dem mit weißem Kunstfell bezogenen Lenkrad, nach hinten an den mit Schaffell bezogenen Sitz gelehnt, den Kopf auf der ledernen Kopfstütze, erzählte Paul von seinem Hobby. Für jedes Einzelteil, mit dem er seinen Wagen ausgestattet hatte, nannte er den Preis, den er dann mit seinem Stundenlohn verglich, was wieder mit einer bestimmten Anzahl von Handgriffen verbunden wurde.

Er hatte es nach seiner Anpassung schon weit gebracht: Mit seinen neunzehn Jahren besuchte er bereits einen Ausbildungskurs für Schichtleiter, seine Aussichten waren gut, und obwohl er eine unzureichende Bildung genossen hatte, konnte er es bis zum Leiter der Abteilung bringen, in der er jetzt arbeitete. Im Augenblick sparte er für einige Gegenstände, die in seinem Auto noch fehlten. Dürer stöhnte bei jedem Wort. Wie niederschmetternd war es, neben einem jungen Mann zu sitzen, dessen menschliche Bedürfnisse durch den künstlich erzeugten Drang nach Gegenständen vernichtet wurden. Gegenstände, mit denen er seine Sehnsüchte befriedigen konnte – dieser Trick hatte bei Dürer nicht gewirkt, nichts hatte das Ziel seiner Bedürfnisse in einen *Konsummarkt* umformen können. Dürer war sich dessen nie bewußt gewesen, aber der Schmerz und die Unruhe, die ihn gequält hatten, waren Symptome seines unterschwelligen Kampfes gegen die Aushöhlung.

„Laß mich raus", sagte Dürer. Dieses Entgegenkommen einem ehemaligen Freund gegenüber hatte lange genug gedauert.

Paul runzelte die Stirn, sah Dürer erstaunt an und fragte, was er denn meine. Dürer wiederholte, er wolle aussteigen. Paul richtete sich auf und legte auch die andere Hand auf das Steuer. Er sagte, daß er das nicht begreife. Dürer antwortete, daß es keinen Sinn habe, noch länger in diesem Auto zu sitzen, er wolle, daß Paul anhalte. Dieser sah starr vor sich hin, warf schnell einen Blick auf Dürer, nickte und sagte, daß er ihn zu Hause absetzen würde, worauf Dürer antwortete, Paul solle schon hier anhalten. Er könne nicht länger im Auto bleiben, er habe das Gefühl, daß der ganze Mist, mit dem Paul seinen Wagen vollgestopft habe, ihn ersticke. Er brauche Luft. Pauls Gesicht verriet keine Emotion, er lenkte den Wagen an die Bordkante und hielt. Dann atmete er tief ein, wandte sich zu Dürer um und fragte, was mit ihm los sei. Fühlte er sich manchmal nicht gut? War er krank? Warum tat er das? Erneut verspürte Dürer ein Gefühl des Mitleids, seine Zehen krümmten sich in den Schuhen. Aber er durfte sich nicht einschüchtern lassen, nichts durfte ihn von dem Vorhaben abhalten, mit seinem früheren Leben endgültig zu brechen. Er wandte seine Augen von Paul ab und blickte durch die Frontscheibe auf die unzähligen, auf jeder Hochhausgalerie an derselben Stelle angebrachten Leuchtkörper. „Mein lieber Paul", sagte er, „seit kurzem weiß ich, daß ich hier nicht mehr zu Hause bin. Ich gehe weg. Ich ziehe nach Italien – so wie der Taugenichts dorthin gezogen ist –, um mein Glück zu suchen. Du bleibst hier, natürlich, und ich gehe weg, ich steige aus aus dieser lächerlichen, nur von Zwängen regierten Welt. Geh du deinen Weg. In all dem verblendenden Luxus wirst du die Gewalt über das Steuer verlieren und dich kaputtfahren. Lebe wohl, verlorener Freund. Ich hoffe, daß du auch noch einmal die Türklinke findest." Er stieg aus und warf die Tür mit aller Kraft zu.

(Paul: „Ja, er schien ganz aus dem Häuschen zu sein. Er sprach lauter unsinniges Zeug und schlug die Tür verdammt noch mal fast aus den Scharnieren. Dafür opfert man dann auch noch seinen freien Abend.")

Der Abend hatte eigentlich gerade erst begonnen, Dürer schätzte, daß es nicht später als elf Uhr war. Der Opel raste davon, er sah dem Auto nach, bis die beiden Rücklichter zu einem Punkt zusammenflossen. Es war ein leiser Abend.

Dürer blieb einen Augenblick unschlüssig auf der Treppe stehen, legte die Hand auf die hintere Hosentasche, wo sein Paß und der „Taugenichts" steckten. Erneut ließ er sich verführen; eine unangebrachte Wehmut befiel ihn, doch dann wurde er sich bewußt, daß es in seiner Jugend nichts gab, was diese Wehmut rechtfertigte, begreiflich machte.

Eigentlich müßten bei einem Abschied Erwartungen, Sehnsüchte, Träume vorherrschen! Er lief an den Wohnblocks vorbei, und mit jedem Schritt ließ er die Wehmut hinter sich und saugte Hoffnung auf. Das war gut so! Das war ein Anfang, wie seine Reise anfangen mußte!

Dürer dachte, gut, dieses Land war nun einmal so, wie es war, dagegen konnte er nicht an. Er ging in die weite Welt hinein, auf die Suche nach seinem Glück.

AN DIESEM ABEND LIEF DÜRER UMHER, ohne von den Begriffen und den mit ihnen untrennbar zusammenhängenden Mißständen, die er erst kürzlich hinter Dingen und Menschen entdeckt hatte, schmerzlich getroffen zu werden. Die Meterzahl der Abstände zwischen zwei Laternenpfählen erschien ihm nun als ein bizarres Rätsel, die Oberfläche eines Gullydeckels belanglos. Bilder, vor denen ihm am Morgen noch schauderte, hatten ihre bedrohliche Gestalt verloren und waren jetzt, im Licht seiner bevorstehenden Abreise, ungefährlich geworden. Dürer hatte seinen Ängsten einen Namen gegeben und seiner Ohnmacht selbst hier eine sinnvolle Zukunft zu geben verstanden; er verließ die Stadt, das Geräusch seiner Schritte klang ihm wie Himmelsmusik in den Ohren.

„Meine Schritte waren weder groß noch klein; hin und wieder verspürte ich den Drang, bei jedem Schritt eine Gehwegplatte einfach zu überspringen und meine Füße sodann auf eine Weise niederzusetzen, daß die Schuhsohlen keine andere Platte berührten als diejenige, auf die meine Hacken drückten, doch erkannte ich diesem Drang keine andere Bedeutung zu als die eines Spiels, bei dem das Übertreten oder Nichtbeachten der Regeln ohne Konsequenzen blieb."

Eigentlich hätte er ein Dichter sein sollen, überlegte Dürer, dann würde er mit wenigen, sorgfältig ausgewählten Worten seiner Freude Ausdruck geben. Er fühlte sich stark und unbesiegbar, denn er konnte jetzt die Welt, in der er lebte, die Gefühle, die er fühlte, in Worte fassen. Vorher hatte er nur die kahlen Objekte angeblickt, die ihn zur Sprachlosigkeit verurteilt hatten, weil aus den Objekten – genau wie aus seinen Eltern – kein Wort herauskam, sie waren stumm. Seine Existenz war nun lebendig geworden, war der wortlosen Leere und den kahlen, bedrückenden Klischees seiner Vergangenheit entronnen; die stillen Wohnblocks wurden zu Gefängnissen, die hypnotisierenden Fernsehgeräte zu Geisttötern, die Fabriken zu Menschenschlachthäusern – allen Dingen gab er einen zweiten, *eigentlichen* Namen. Die Tage und Jahre, die seinem Besuch im Sozialamt an diesem Morgen vorangingen, konnte er von nun ab seine *Jugend* nennen; wie vergeblich und verzweifelt hatte er nächtelang nach Mitteln gesucht, sich auszudrücken! Früher hatte er unter der Ohnmacht gelitten, seine Fragen richtig zu formulieren; solange es Fragen blieben, gab es kein Entkommen. Jetzt war er auf dem Weg, der Taugenichts wies ihm die Richtung.

Als Dürer am Klubhaus im Zentrum seines Stadtviertels vorbeiging, warf er einen Blick hinein; was er dort sah, schockierte ihn.

Er erblickte zwei Burschen, die auf einen sich nicht im geringsten wehrenden Jungen einschlugen. Alle drei waren, schätzte Dürer, etwas jünger als er und trugen sehr kurz geschnittenes Haar. Der Geschlagene weinte lautlos, das nahm Dürer zumindest an, denn er verstand nichts durch den heftigen Lärm – er hörte Schreie, die man als Beifall und Mißbilligung zugleich auffassen konnte – eines halben Dutzends um die Hinrichtungsstätte versammelter junger Leute, von denen einige lachten und sich benahmen, als wären sie Zuschauer einer Theateraufführung. Eine junge Frau versuchte vergeblich, die beiden Schläger zurückzuhalten.

Dürer begriff, daß hier keine Rede sein konnte von Theater, obwohl die Zuschauer die Tritte und die stumpfen, gedämpften Schläge in den Rücken des zusammengerollten, auf dem Boden liegenden Opfers sichtlich genossen; hier wurde *abreagiert*, *abgerechnet*. Er begriff die Situation, in der sich wahrscheinlich alle drei befanden, so hielt er sich vor, aber da er lange Zeit selbst das willkürliche *Opfer* in einem System willkürlicher *Henker* gewesen war, hatte er genug von Opfern, die einzig Opfer waren, weil sie ihre Henker nicht peinigen wollten. Feiger Hund! schoß es ihm durch den Kopf, jeder Fußtritt, den der Junge empfing, ließ ihn an die Vergangenheit denken. Er regte sich maßlos über die Schlägerei auf, drehte sich weg vom Fenster, um von dieser abstoßenden Aufführung so schnell wie möglich Abstand zu gewinnen. Aber nach ein paar Schritten sah er sich selbst zusammengekrümmt auf der Erde liegen und sah auch, wie ergeben er sich schlagen *ließ*. Er rannte hinein, drängelte sich mit dem Stilett in der Hand zu den Kämpfenden durch und trieb sie schreiend mit Fußtritten auseinander – wenige Augenblicke später lag das Klubhaus wie verlassen.

Die junge Frau hatte Dürers Auftreten atemlos verfolgt, sie sah ihn nun aus geröteten Augen an. Keuchend lief Dürer umher. Noch lange fühlte er den Drang, blindlings um sich zu schlagen.

Sie hieß Karina, sie fragte ihn nach seinem Namen und ferner, ob er bleiben würde, weil sie Angst habe, daß die Burschen zurückkämen, um Rache zu nehmen. Danach führte sie mit einem Zettel in der Hand, auf dem stand, was sie noch zu tun hatte, eine Anzahl kleiner Arbeiten aus: Sie kontrollierte die Fenster, stellte die Stühle hoch, kehrte den Fußboden. Sie versuchte mehrfach, ihre langen Haare mit Hilfe von drei Nadeln hochzustecken, aber jedesmal fielen die Locken wieder auf ihre Schultern zurück. Sie trug ein zu kleines T-Shirt; Dürer konnte die Augen nicht von ihren Brüsten abwenden. Sie sagte zu ihm, es sei ihr unmöglich – wie heute abend –, mit physischer Kraft einzugreifen. Sie sprach auch über eine Anzahl anderer Dinge. Dürer sah, wie sich ihre Brust bei jeder Bewegung auf dieselbe Art bewegte. Ohne daß es dafür einen Anlaß gab, fing sie plötzlich an zu weinen. Sie wandte sich ab und verbarg ihr Gesicht bebend in den Händen. Dann atmete sie einige Male tief ein und verschwand in die Toilette, aus der sie bald, gezwungen lächelnd, mit trockenen Wangen wieder herauskam. Während der kurzen Zeit, die sie auf der Toilette verbrachte, hätte Dürer verschwinden können – aber er war geblieben. Warum? Darüber schweigt er.

Sie kamen ins Gespräch. Karina betrachtete es als die normalste Sache von der Welt, ihn ernst zu nehmen, sie wartete mit Selbstverständlichkeit auf seine Antworten und hörte sich seine Meinung an, ohne bereits mit Sätzen beschäftigt zu sein, die sie noch auszusprechen beabsichtigte. Ihr Benehmen verwirrte Dürer, denn sie schien ihn zu akzeptieren, wie er war. Auf die Frage, ob er noch bei ihr zu Hause etwas trinken wolle, nickte er bestätigend.

Auf dem Weg zu ihrer Wohnung redete sie ununterbrochen. Die aufgedrehte Art zu sprechen, die Dürer als eine Folge der Schlägerei betrachtet hatte, schien ihr normales Verhalten zu sein. Nichts an ihr erinnerte noch an die Panik, von der sie eine Stunde zuvor ergriffen worden war. Mit ihrer freien Hand machte sie lebhafte Gebärden. Irgendwo in der Nähe des Einkaufszentrums schob sie ihre Hand unter Dürers Arm, der seine Hände bis dahin schüchtern auf dem Rücken gehalten hatte, und von diesem Augenblick an begleitete sie ihre Worte mit Bewegungen der an ihrer anderen Hand hängenden Tasche, die dann heftig schleuderte. Dürer geriet in Verlegenheit und wollte sich zuerst von ihrem Arm losreißen, um Abstand von ihrem Körper zu gewinnen, aber dann fand er es angenehm und staunte über die Tatsache, daß er noch nie mit einem Mädchen auf diese Weise gegangen war.

Ihre Wohnung ähnelte der von Peter, war aber ordentlicher. Sie machte Kaffee, und danach tranken sie etwas Erfrischendes, wobei Karina auf eine solche Art ihr Glas hielt, ihre Beine übereinanderschlug und mit einer Kopfbewegung eine Haarlocke aus dem Gesicht schleuderte, daß Dürer mehrmals den sich plötzlich in seinem Mund sammelnden Speichel herunterschlucken mußte. Etwas später hatte Dürer eine Erektion und versuchte sie zu verbergen, indem er eine Zeitung auf seinen Schoß legte. Er zwang sich, einen Bericht zu lesen, doch die Buchstaben ließen sich nicht zu Wörtern zwingen, sein Glied stand quer in seiner Hose, er fühlte sich angespannt und ertappt. Karina fragte ihn verschiedenes, auf das Dürer, ohne viel nachzudenken, antwortete. Karina geriet allmählich ins Schwärmen. Dürer hatte Angst, daß er auf diese Weise bald klarkommen würde. Er begann zu zittern, stand ungeschickt auf und ging in die Toilette, wo er wartete, bis sein Glied wieder schlaff wurde. Er dachte an die Entwicklungsphasen, die er durchmachte. Er konnte nicht mehr Schritt halten. Manche Dinge liefen rasend schnell ab, andere blieben zurück. Er mußte auf sich selbst noch mehr achtgeben und verhindern, daß er sich gehenließ. Er spülte das WC.

Ins Zimmer zurückgekehrt, redete er sich damit heraus, er hätte einen plötzlichen, unerträglichen Druck auf die Blase verspürt; zugleich schämte er sich und suchte nach Wendungen, die eine klischeehafte und ungefährliche Unterhaltung einleiten konnten. Er wich ihren Blicken aus und versuchte sich auf einen Abschnitt aus dem „Taugenichts" zu konzentrieren. Karina fragte ihn, ob er nicht noch mehr von sich erzählen wolle, er habe sie wahnsinnig neugierig gemacht. Die Ansichten und Auffassungen, die er an den Tag legte, fand sie sehr ungewöhnlich. Noch nie hatte sie Derartiges aus dem Mund eines Menschen seines Alters mit seinem Hintergrund und seiner Bildung gehört.

Dürer erzählte dieses und jenes, ertappte sich dabei, daß er wieder an seine Absicht dachte fortzugehen. Es verwunderte ihn, daß er mit Leichtigkeit weiterreden und zugleich an ganz andere Dinge denken konnte. Er hörte sich selbst wie einen Fremden, lauschte auf seine eigene Stimme wie auf eine Stimme im Radio; er nannte das *Gespaltenheit* und schwieg plötzlich mitten im Satz.

Karina, die ihm aufmerksam zugehört hatte, fragte nach kurzem Schweigen, warum er nicht weitersprechen wolle.

„Das ist falsch", sagte Dürer, ohne sie anzusehen. Sie fragte, ob er damit meine, daß er das Taxi, von dem er gerade erzählt hatte, jetzt stehenlassen würde. Das stritt Dürer ab. „Ich meinte eigentlich mein Benehmen hier in diesem Zimmer. Weil ich mich dabei ertappte, daß ich wie eine Maschine redete. Vielleicht klang das, was ich sagte, gut gemeint, und wahrscheinlich meinte ich auch, was ich sagte, aber ich muß gestehen, daß die meisten Laute, die eben aus meinem Mund zu hören waren, nicht zu meinem Bewußtsein durchgedrungen sind. Ich dachte an ganz andere Dinge. Weißt du, bevor ich am Klubhaus vorbeiging und den Lärm dort hörte, hatte ich beschlossen wegzugehen. Ich will nach Italien. Der ganze Sinn meiner Existenz hängt davon ab. Ich will weg aus diesem Land, auch jetzt noch. Ich habe angefangen, Dinge einzusehen und zu begreifen, die ich vorher nur vage ahnte. Du verwirrst mich, weil du dich von den meisten Menschen hier sehr unterscheidest, von Menschen, mit denen ich nichts mehr zu tun haben möchte. Läßt du mich an meinen Auffassungen über die Menschen zweifeln und bedrohst du damit meine endlich gefundene Sicherheit, oder machst du mich gerade auf Gefühle aufmerksam, die ich hier niemals kennengelernt habe, und bestätigst so diese Misere? In jedem Fall zögere ich in diesem Augenblick, wegzugehen, und das seltsame daran ist, daß ich das nicht schlimm finde."

Karina wandte die Augen ab. Dürer hatte Angst, daß er nicht genügend verständlich gewesen sei. Sie sagte, sie habe sich gefreut, ihn kennenzulernen, er sei der Beweis dafür, daß ihre Arbeit noch einen Sinn habe. Sie erzählte über die Aussichtslosigkeit ihrer Arbeit, die unmittelbar verbunden war mit den blockierten Zukunftserwartungen der Jugendlichen, mit denen sie heute abend zu reden versucht hatte. Das Klubhaus funktionierte im Grunde genommen nicht, es hatte bestenfalls eine verhüllende Wirkung: Man fing die Jugendlichen auf, hielt sie mit Getränken, Platten und allerhand Spielchen beschäftigt, und am Schluß des Abends schickte man sie müde nach Hause. An ihre eigentlichen Probleme kam sie nicht heran. Wie konnte sie auch? sagte sie verzweifelt. Wirklichen Einfluß hatte sie nicht; sowohl beim Sozialamt als auch bei den Jugendlichen war sie auf *guten Willen*, *Mitwirkung* und *Sympathie* angewiesen. Sie verfügte nicht über die Mittel, mit denen sie die aussichtslosen Lebensumstände der jungen Menschen *strukturell* hätte verändern können. Sie fühlte sich wie jemand, der eine Koppel aufgehetzter Hunde mit sanft geflüsterten Worten beruhigen mußte: „Ruhig, Jungs, es wird alles wieder gut, seid artig." Sie hatte sich schon genug Schrammen und Bisse geholt. Und als normale Reaktion hatte sie langsam, aber sicher immer mehr Abstand von ihrer Arbeit genommen; indessen konnte sie an Abenden wie diesem keinen Abstand mehr nehmen: Sie selbst fühlte sich als Mensch dazugehörig. Anfangs hatte sie sich mit ihrer Arbeit zu intensiv auseinandergesetzt und schon bald eine schwere Krise durchgemacht. Sie mußte lernen, daß die Ergebnisse viel weniger rosig waren, als sie es sich während ihrer Ausbildung vorgestellt hatte. Ihre stürmischen Versuche, die Gesellschaft durch den Briefwechsel mit Behörden zu verändern, endeten im Papierkorb. Doch wollte sie mit ihrer Arbeit nicht aufhören. Sie hoffte, daß die Informationen, die sie den Jugendlichen so zwischen Tür und Angel vermittelte, begriffen und gebraucht würden, denn das Gefühl, in sich selbst eingeschlossen zu sein, das bei den meisten Jugendlichen vorherrschte, wurde durch das neue Wissen teilweise verdrängt. Genau, dachte Dürer, er hatte den Zugang zu sich selbst gefunden, er hatte Worte entdeckt. Die Jugendlichen, die Karina zu erreichen versuchte, hatten oft dieselben Probleme. Als Beispiel nannte sie mangelhafte Schulbildung, den durch Eltern stimulierten Drang nach zermürbender Arbeit, die auch noch schwer zu finden war, Unmündigkeit, die bekannten Pubertätsgefahren – all diese Probleme verstärkten sich gegenseitig, und Lösungen wurden dadurch immer seltener. Alles war ineinander verflochten, hatte sie festgestellt, sie konnte das eine vom anderen nicht mehr isolieren, eventuelle Lösungen wurden dadurch äußerst kompliziert. Sie war aber, wie sie sagte, ein „abgehärteter Idealist, der, was sein Zukunftsbild betrifft, keine Kompromisse eingehen will".

Dürer unterbrach sie und fragte, ob sie schon einmal von der Geschichte „Aus dem Leben eines Taugenichts" gehört habe. Sie bejahte, hatte das Büchlein selbst aber noch nie gelesen. Er erzählte, daß er auch durch dieses Buch zu sich selbst gefunden habe, er empfahl es sehr und meinte, sie solle das Büchlein unter den Jugendlichen verteilen. Sie schüttelte lächelnd den Kopf, sah ihn lange schweigend an, küßte ihn dann vorsichtig auf den Mund – diese Reaktion war der Beginn von Dürers Unruhe. Sie öffnete eine Flasche Wein, dann ging alles sehr schnell.

Dürer las ihr die Fragen über den Fußballer, den Lokführer und das verliebte Pärchen vor, sie redeten darüber, aber Karina wußte darauf keine Antwort. „Vielleicht sind es ganz persönliche Fragen", sagte sie zu ihm, „und du mußt selbst die Antworten finden." Dürer bestritt dies, er wußte mit Sicherheit, daß, was er gesehen hatte, allgemeine Gültigkeit besaß und auf etwas verwies, das für ihn und andere wichtig sein mußte.

Dürer wurde bewußt, daß er sich noch niemals mit jemand so vernünftig unterhalten hatte, ab und zu dachte er sogar, er träume, weil er die Situation nicht als wirklich erfassen konnte, es war zu schön, und er schätzte sich glücklich, Karina kennengelernt zu haben. Im nächsten Moment sah er sich selbst aus großem Abstand, ermahnte sich, aufzustehen und zu gehen, weil ihm dann wieder bewußt wurde, daß sie ihn nur vorübergehend in diesem Gemütszustand halten konnte; der Fernseher in der Ecke, das Hochhaus gegenüber beschworen zu viel bei ihm herauf. Sein Kopf wurde ganz schwer. War das ein Traum oder ein Spiel? Alles wurde undeutlich – vielleicht war es besser, sofort zu gehen und auch diese Tür hinter sich zu schließen.

Im Schlafzimmer zogen sie sich aus. Ihre Brüste fielen aus dem BH, sie waren schwer und weich. Keinerlei sinnliche Erregung packte ihn, im Gegenteil, das ganze Geschehen quälte ihn, machte ihn unsicher – er fürchtete, mit den Zähnen zu klappern. Es war viel weniger, als er erwartet hatte. Er war übernervös und hoffte, daß er nicht zu schnell fertig würde. Er streichelte sie, weil er meinte, daß dies zu seinem Betragen gehöre. Alles war so schrecklich gezwungen und aufgesetzt. Er mußte nach Italien! dachte er verzweifelt. Er hatte sich in die Arme von jemandem hineinmanövriert, den er eigentlich überhaupt nicht kannte und der sich bemühte, etwas zu retten, was gar nicht mehr gerettet werden wollte. Er hatte sich bereits gelöst von dem Elend! Er wollte sich nicht mehr durch sie befreien *lassen*! Er brauchte nicht mehr sich seiner selbst bewußt gemacht zu *werden*. Er hatte kein Bedürfnis nach Dankbarkeitsbezeugungen wegen seines Eingreifens im Klubhaus! Er wollte mit starken Worten diese Situation entscheidend verändern; er sprach ihr leise ins Ohr: *"Denn auf dem grünen Platze am Schwanenteich, recht vom Abendrot beschienen, saß die schöne gnädige Frau, in einem prächtigen Kleide und einem Kranz von weißen und roten Rosen in dem schwarzen Haar, mit niedergeschlagenen Augen auf einer Steinbank und spielte während des Liedes mit ihrer Reitgerte vor sich auf dem Rasen, geradeso wie damals auf dem Kahne, da ich ihr das Lied von der schönen Frau vorsingen mußte."*

Karina lachte und bat ihn weiterzuerzählen.

"Ihr gegenüber saß eine andre junge Dame, die hatte den weißen runden Nacken voll brauner Locken gegen mich gewendet und sang zur Gitarre, während die Schwäne auf dem stillen Weiher langsam im Kreise herumschwammen. – Da hob die schöne Frau auf einmal die Augen und schrie laut auf, da sie mich erblickte. Die andere Dame wandte sich rasch nach mir herum, daß ihr die Locken ins Gesicht flogen, und da sie mich recht ansah, brach sie in ein unmäßiges Lachen aus, sprang dann von der Bank und klatschte dreimal mit den Händchen. In demselben Augenblick kam eine große Menge kleiner Mädchen in blütenweißen, kurzen Kleidchen mit grünen und roten Schleifen zwischen den Rosensträuchern hervorgeschlüpft, so daß ich gar nicht begreifen konnte, wo sie alle gesteckt hatten. Sie hielten eine lange Blumengirlande in den Händen, schlossen schnell einen Kreis um mich, tanzten um mich herum und sangen dabei:

*Wir bringen dir den Jungfernkranz
Mit veilchenblauer Seide,
Wir führen dich zu Lust und Tanz,
Zu neuer Hochzeitsfreude.
Schöner, grüner Jungfernkranz,
Veilchenblaue Seide."*

Mitten in der Nacht wurde Dürer wach. Er fuhr zusammen, als er Karinas Körper fühlte. Sofort schossen Bilder vom vergangenen Abend durch seinen Kopf. Fast wagte er nicht zu atmen, Karina hatte allzuviel Unsinn aus seinem Mund gehört.

Er hätte sich vor den Kopf schlagen können! Warum war er so unbeherrscht gewesen, ins Klubhaus hineinzurennen! Jetzt, wo er endlich zum Fortgehen bereit war, schob er seine Reise wieder hinaus! – So lag er eine Zeit und machte sich Vorwürfe, schämte sich.

Langsam bekamen im Dunkel des Schlafzimmers die Gegenstände ihre Konturen zurück. Bei jedem Wiedererkennen schloß er die Augen, weil der Gegenstand ihm weh tat. Aber auch in seinen Gedanken begann er das Schlafzimmer und die Gegenstände zu sehen. Nirgends war er vor ihnen sicher.

Die Unruhe, die er für immer abgeschüttelt zu haben geglaubt hatte, ließ sich wieder am Fußende des Bettes sehen. Je mehr Dürer seine Beine anzog, desto näher kroch sie über das Laken ihm entgegen. Von neuem bekam er Angst, rief er lautlos nach Joyce.

Dürer versuchte zu schlafen, doch ständig drangen Sätze zu ihm, die ihn schmerzten. Er wurde zwischen Extremen hin und her geschleudert, klammerte sich verzweifelt an seinem Entschluß fest, wegzugehen. Die Finsternis um ihn herum, der fremde Körper neben ihm im Bett, der unbekannte Geruch im Zimmer – vor alldem wollte er sich verschließen, um in Gedanken zu Joyce zu fliegen. Aber nicht nur seine Glieder, sondern auch sein Gehirn schien jetzt den Dingen, die ihm Angst einflößten, ausgeliefert zu sein.

Dann wieder hielt er ängstlich den Atem an, um gespannt nach vermeintlichen Lauten in Küche und Wohnzimmer zu lauschen. Manchmal holte er seufzend Luft, um seinen hämmernden Brustkorb zur Ruhe zu bringen. Er drehte sich fortwährend von einer Seite auf die andere. Mehrmals glaubte er, es sei noch jemand im Schlafzimmer anwesend. Kurz nach eins fiel er erschöpft in Schlaf.

Er stolperte am Rand einer Schlucht, fiel nach vorn und stürzte hinab – auf halbem Wege merkte er, daß er fliegen konnte, und mit dem größten Vergnügen, bis in die Zehenspitzen glücklich, schwebte er aufwärts, die bizarren Schluchtwände rasten an ihm vorbei, und er flog nach oben, dem hohen Himmel entgegen.

Kurz nach Sonnenaufgang wurde Dürer wieder wach. Er schlich leise in die Toilette, trank in der Küche ein Glas Wasser. Die feuchte Kälte des Linoleumfußbodens stieg durch die Füße in seinen Nacken. Das Küchenfenster blickte auf die Etagengalerie, hinter dem Geländer konnte Dürer am Hochhaus auf der anderen Seite eine Rasenfläche sehen, auf der eine von Rosen umrankte Pergola stand. Es war ihm, als ob die Zeit plötzlich erstarrte und greifbar würde. Nichts bewegte sich hinter den Fenstern auf der gegenüberliegenden Seite, unten auf dem Rasen fehlte noch jede Spur von Hundebesuch, alles lag in tiefer Ruhe. Über den Hochhäusern spannte sich ein tiefblauer Himmel, nicht der kleinste Windhauch bewegte die reglos hängenden Zweige der sich um die grauen Eisenpfeiler der Pergola windenden Rosensträucher. Er entdeckte an einer Stelle des Rasens ein Stück Stanniolpapier, dicht am Hochhaus lag eine aufgeblätterte Zeitung. Vor ihm auf dem Geländer hüpfte ein grauer Spatz. Dürer drückte eine Wange an das kühle Glas des Fensters, dann seine Lippen und versuchte, sich den Gesichtsausdruck vorzustellen, wenn er draußen auf der Galerie vorbeigehen und plattgedrückte Lippen und eine plattgedrückte Nase hinter dem Küchenfenster sehen würde. In der Nachbarwohnung eine Etage höher oder tiefer spülte jemand die Toilette, das Rauschen in der Wasserleitung und in den Abflußrohren ließ langsam nach, und er hörte wieder seinen Atem. Er erblickte nun auch verschiedene Gardinen in den Fenstern auf der anderen Seite der Rasenfläche. Hier und dort hingen Jalousien. Auf dem flachen Dach des Gebäudes standen mehrere Schornsteine und zwei kleine Aufbauten über den Teilen, die er für Luftschächte hielt. Schwierig wurde für ihn die Betrachtung der unterschiedlich großen Fenster des Hauses:

a) *Jedes große Fenster wird rechts und links von einem kleinen Fenster flankiert*, dachte er, und dann kam er auf den Satz:

b) *Nach jedem großen Fenster folgen zwei kleinere Fenster* (▢ ▢▢ ▢▢▢ und so weiter).

Auf den ersten Blick schienen beide Aussagen einander zu entsprechen, doch als er beim Aussprechen des zweiten Satzes eine Etage tiefer blickte, bemerkte er an der Ecke des Gebäudes eine Unregelmäßigkeit. Der zweite Satz (b) erlitt dabei Schiffbruch, denn dem letzten großen Fenster an der Ecke schloß sich nur *ein* kleines Fenster an. Das Problem beunruhigte ihn, er wollte nicht mehr daran denken, schüttete die Sätze aus seinem Kopf. Bestätigte nun diese Ausnahme die Regel (b), weil die 28 vorangehenden großen Fenster dieser Etage von zwei kleineren gefolgt wurden, oder war diese Aussage (b) falsch und konnte nur die erste Aussage (a) als die einzig richtige bezüglich der Fenster betrachtet werden?

Ein schwarzer Hund lief auf den Rasen; schnell trat Dürer einen Schritt zurück. Ein Mann erschien mit langsamen Bewegungen – *Schritte*, bezeichnete sie Dürer. Mitten auf dem Rasen, neben der Pergola, blieb der Mann stehen und drehte sich – erst als er ein Streichholz anzündete, konnte Dürer den vorangegangenen Handlungen einen Namen geben – eine Zigarette. Dürer schauderte und wollte zurück ins Bett. Noch immer hing über allem, was er sah, die trübe Einsamkeit, die ihm jahrelang die Kehle zugeschnürt hatte. Beinahe hatte er sich wieder von Mitleid erfassen lassen. Der Mann unten auf dem Rasen pfiff und ging weiter; nach einigen Sekunden erschien der Hund, der um die Ecke verschwunden war, und lief in die Richtung, in die sich der Mann, Dürers Blickfeld verlassend, bewegt hatte.

Auf der großen Fläche zwischen den Häusern war es wieder still. Er war nicht mehr neugierig, so hielt sich Dürer vor, auf die Menschen hinter den geschlossenen Gardinen oder auf die Menschen, die ihren Mangel an Phantasie schamlos zur Schau stellten. Er wußte genau, daß eine Existenz in einer der Zellen dieser Betonhonigwabe ihn langsam, aber sicher umbringen würde.

Er warf einen letzten Blick hinaus und bemerkte hinter einem der Fenster Bewegung in dem fein gefalteten Stoff von grün-violetten Gardinen. Ein Gesicht erschien im Muster der Gardinen und betrachtete Himmel und Rasen. Auf einmal blieb der Blick an Dürer hängen, der, um nicht die Aufmerksamkeit auf sich zu lenken, reglos dastand. Scharf sah er die trockene Haut des Mannes, der ihn, ohne mit den Lidern zu zucken, anstarrte und die Gardinen noch weiter öffnete, so daß Dürer seine gestreifte Schlafanzugjacke sah. Dürer wurde von dem starren Blick heftig fasziniert, denn er war *ausdruckslos*! Alles Leben schien dieses Gesicht verlassen zu haben, schien ausgetrocknet zu sein. Es gab in ihm nichts zu entdecken, was es von den Kreisen und Vierecken des Gardinenmusters unterschied! Da stand der Tod, dachte Dürer, der in einen Schlafanzug gehüllte, schamlose Tod. Als der Mann genauso plötzlich verschwand, wie er aufgetaucht war, fand Dürer eine Erklärung für die Faszination, die dieses Gesicht auf ihn ausgeübt hatte: Die farblos gewordenen Augen, die zusammengeschrumpften Lippen, die sinnlos herabhängenden Hautfalten gehörten zu dem Kopf, mit dem er mehr als vierzig oder fünfzig Jahre lang stumpf und ohne jegliche Erwartung nach einer durch Schlafmittel traumlosen Nacht jeden Morgen aus dem Fenster gestarrt und abgewogen hatte, ob er den täglichen Spaziergang durch den Park in oder ohne Gesellschaft seines Regenschirms machen solle; er blickte in die trübseligen Augen eines unglücklichen Menschen, der nur noch *alt* und *träge* war, an dem die Jahreszeiten hinter den Milchglasfenstern hoch oben in der Wand einer Fabrikhalle vorbeigezogen waren; der Mann hatte sich stets beherrscht und vorausgeschaut auf seine alten Tage – nein, dachte Dürer, er wollte nicht so eine Vergangenheit hinter seinen Falten, nicht so ein Alter, nicht die nach jahrelanger Ergebung unanfechtbar gewordene lautlose Leere.

Dürer machte sich vom Fenster los und verließ die Küche. In der Toilette betrachtete er sich im Spiegel über dem kleinen Waschbecken. Vorsichtig betasteten seine Finger sein Gesicht, dann zog er sich leise an. Er fand das Zigarrenkästchen mit dem Geld im Schrank, wo er es erwartet hatte, und verließ auf Strümpfen die Wohnung. Im Treppenhaus zog er die Schuhe an und zählte schnell das Geld, von dem er, grob geschätzt, drei Monate leben konnte. Erst draußen erlaubte er sich zu rennen.

„Wahrscheinlich sah mich niemand, als ich mit zügigen Schritten an den Häusern entlanglief. Ich schien keine Müdigkeit zu kennen, mein ganzer Körper war darauf gerichtet, *wegzugehen, fortzulaufen,* in hohem Tempo ging ich an Parkplätzen und Grünstreifen vorbei, meine Augen sprangen wild von Gegenstand zu Gegenstand. Es war schade, fand ich, daß es ein hellblauer Sommertag war, der nun vorsichtig zu erwachen begann, am liebsten wäre ich von launischen, dunklen Haufenwolken begleitet worden und einem scharfen Wind, der die Bäume ächzen läßt und den Regen heulend vor sich her jagt. Oder von auseinanderreißenden Nebelfetzen über dem Land, hier etwas dichter als dort, mit riesigen, kahlen Eichen am Wegesrand und vertrockneten, knisternden Blättern unter meinen Füßen. Oder dicken, herabwirbelnden Schneeflocken, die in meinen Augenbrauen kleben und den Weg vor mir meinem spähenden Blick entziehen. Und ich hätte lieber die peinlich gleichförmigen Gehwegplatten gegen einen windigen Bergpfad getauscht, der mich vorbei an schwindelerregenden Klüften und durch atemberaubende Wiesen führen würde, ein Pfad, der hin und wieder so schmal wäre, daß ich mich gegen einen Felsen drücken und vorsichtig über einen Balken balancieren müßte, schaudernd beim Anblick des tief unter mir in Bruchstücke zerplatzten Pfades. Ein einziges Mal nur würde ich einer Schafherde begegnen und zwischen den weichen, breiten Rücken und den laut hallenden Glocken waten und den menschenscheuen, verlegen lächelnden Hirten grüßen. Doch leider", also schrieb Dürer, „werd ich mich an schnurgerade Asphaltwege und breite, deutlich abgegrenzte Gehwege halten müssen."

Dürer schloß sich einer kleinen Gruppe Wartender an, die sich um eine Bushaltestelle gebildet hatte. Niemand sagte ein Wort. Manche rauchten. Als der Bus kam, stieg Dürer als letzter ein, er fand keinen Sitzplatz mehr. Er steckte eine Hand durch eine der Schlaufen, die im Takt hin und her schaukelten, und überließ sich den Bewegungen des Busses. Alle schwiegen und starrten hinaus, und Dürer begriff, warum niemand sprach: Eine Straße in diesem Stadtviertel glich der anderen, dieselben Autos, Farben, Gardinen, dieselben abgestumpften Menschen, die jeden Morgen sich selbst vergaßen und gedankenlos durch den Tag zu kommen versuchten. Er lachte laut und fühlte die hochgezogenen Augenbrauen in seinem Rücken. Im Zentrum stieg er aus und ging eine Zeitlang an den geschlossenen Geschäften vorbei. Ratternd rollte ein Fensterladen hoch. Jemand öffnete die drei Schlösser einer Ladentür und warf Dürer durch das Fenster argwöhnische Blicke zu. In einem Bäckerladen nahm der ganz in Weiß getauchte Bäcker die Platten aus der Glasvitrine. In einem Schaufenster lagen nur mit Nadeln befestigte Preisschilder. Niemand ging über den Platz im Zentrum, um ihn herum fuhren Autos. Es war angenehm in der Sonne; Dürer setzte sich auf eine Bank und sah sich in Ruhe um.

Er sollte die Sache etwas realistischer anpacken, überlegte Dürer, er sollte sich Gepäck beschaffen. Und eine Landkarte, denn er konnte sich nicht darauf verlassen, daß sich zwischen den Autos eine Kutsche mit schönen Frauen befand, die ihn an sein Ziel brachte. Es wurde Zeit, sich *klare Vorstellungen* zu machen. Vielleicht war der Mangel an Klarheit hinsichtlich seiner Abreise doch eine der Ursachen seiner schnellen Kapitulation gestern abend. Er mußte weiterhin darauf achten, daß er jeden

Schritt erst nach einem wohlüberlegten Entschluß vollzog, was er früher nie getan hatte, weil die meisten Möglichkeiten schon vorgezeichnet und die noch verbleibenden auf eine solche Weise beeinflußt waren, daß seine Entschlüsse zu jenem unvermeidlichen, schon im voraus feststehenden Ergebnis führten, das er *Anpassung* nannte.

Es dauerte noch eine Zeit, bis die Läden öffneten; er stieg in eine beliebige Straßenbahn und ließ sich herumfahren. Es gelang ihm, einen Fensterplatz zu erobern; allerlei Sätze schossen durch seinen Kopf. Vieles von dem, was er draußen sah, erinnerte ihn an etwas, auch Fetzen von Träumen waren darunter. Die Straßenbahn fuhr an einem großen Schaufenster vorüber, Dürer sah sich im Glas widergespiegelt. Er betrachtete die anderen Fahrgäste, dachte an seine Eltern. Jedes Gesicht, das er sah, schien ihm gleich stumpfsinnig. Zum erstenmal fuhr er mit dieser Linie bis zur Endstation. Alles, was er sah, war neu für ihn. Der Straßenbahnfahrer, der aufstand, bevor er die Rückfahrt begann, unter die Bänke schaute und einen Beutel mit Butterbroten fand, verlangte von ihm, daß er noch einmal bezahlte, das auf dem Fahrschein aufgestempelte Zeitlimit war abgelaufen. Dürer weigerte sich lange. Vor ihm nahm ein Mann Platz, der eine Morgenzeitung breit aufschlug. Dürer beugte sich nach vorn und las einen Bericht über einen Mann, der seine Nachbarin, ihre zwei Kinder und seinen eigenen kleinen Sohn, der gerade mit den beiden Nachbarskindern spielte, aus einem brennenden Haus gerettet hatte. „Den wirren Aussagen der Kinder der Familie Oostveen entnahm die Polizei, daß der kleine Sohn von Herrn Stein von ihnen für die Entstehung des Brandes verantwortlich gemacht wird. Sollte dem so sein, dann muß der Retter, Herr Stein, die Rechnung bezahlen. Es wurde eine Untersuchung eingeleitet." Ins Zentrum zurückgekehrt, frühstückte Dürer in einem Café. Selten hatte er mit so viel Appetit ein Käsebrötchen verzehrt; er gab dem Ober einen Reichstaler Trinkgeld.

Als er an einer Filiale des Bankinstituts vorbeiging, in dessen Hauptgeschäftsstelle seine Mutter in der Kantine arbeitete, spürte er ein tiefes Verlangen, von ihr Abschied zu nehmen. Er stieg wieder in die Straßenbahn; unterwegs versuchte er, sich von seinen zwiespältigen Gefühlen für sie zu befreien. Der Anblick des hohen Bürogebäudes, in dem seine Mutter arbeitete, rührte ihn: Er würde seine Arme um sie legen und sie trösten. Dem Pförtner sagte er, daß er verreisen wolle und komme, um sich von seiner Mutter zu verabschieden, die hier in der Kantine tätig sei. Der Pförtner telefonierte und gab seine Zustimmung. Ein nach neuem Plastik riechender Aufzug brachte ihn in das richtige Stockwerk. Die Türen glitten leise summend auseinander. Dürer betrat einen hell erleuchteten Gang und roch den Kantinendunst. Seine Schuhsohlen quietschten auf dem Kunststoffußboden. Rechtzeitig sah er durch die Glasscheiben der Drehtüren am Ende des Ganges die Kantine und verlangsamte seine Schritte. Vorsichtig blickte er hinein. Dutzende verschiedenfarbig gedeckte Tische warteten in präzise ausgerichteten Reihen auf Teller und Gläser. Rechts an der Wand befand sich eine lange Selbstbedienungstheke mit einer ebenso langen Abstellfläche aus rostfreiem Stahl für Tabletts, die am Anfang der Theke, dicht an der Drehtür, aufeinandergestapelt lagen. Dahinter bewegte sich eine kleine Gruppe in blaue Schürzen gekleideter Frauen; seine Mutter befand sich nicht unter ihnen; sonst war die Kantine leer. Hier arbeitet also seine Mutter. Ob sie hinter der Theke stand? Bei den warmen Getränken vielleicht? Oder bei den Suppen? Oder sammelte sie die fettigen Tabletts mit Essensresten ein? Oder arbeitete sie in der Küche, deren Eingang er hinter den Frauen erblickte?

Er wartete ein paar Minuten, aber sie war nicht zu sehen, so wie sie trotz ihrer Anwesenheit früher niemals wirklich zu Hause gewesen war; er kehrte der Kantine den Rücken, fragte sich, ob er nun erleichtert war.

O arme Mutter, klagte Dürer, wie armselig war ihr Leben, und wie unwissend hatte sie all die Jahre die schon vorbestimmten Entscheidungen getroffen; oft, weil sie nicht wußte, daß andere Entscheidungen möglich waren, und manchmal, weil sie Angst hatte, daß andere, zwar bekannte Entscheidungen zu viele *Errungenschaften* aufs Spiel setzen würden. Und dieselbe, scheinbar sichere, aber in Wirklichkeit undurchdachte Lebensweise hatte sie ihrem Sohn aufzwingen wollen. Sie war eine schrecklich schlechte Mutter gewesen, dachte Dürer, als er zum Aufzug zurückging, niemals hatte sie sich für seine Angelegenheiten interessiert, allein in Gegenwart Dritter oder wenn ihre kleinbürgerliche Selbstachtung entweder bestätigt oder verletzt wurde, kroch sie aus ihrem undurchdringlichen, nur noch durch Küchen-, Staubsauger- und Supermarktgeräusche beeinträchtigten Vakuum heraus. Was dachte sie wohl? Was für Phantasien hatte sie? Er erschrak vor diesen Fragen. Lieber Himmel, er hatte sich nie gefragt, was seine Mutter fühlte, weil er immer von vornherein angenommen hatte, daß ihre Gefühlswelt so verstümmelt und verformt war, daß sie allein aus Boulevardblättern ihre Emotionen schöpfte. Doch war es nicht möglich, daß sie in demselben Maße leiden konnte, wie er gelitten hatte unter der unmündigen Existenz in dieser Wohnung und unter dem Fehlen einer Zukunft, und daß sie sich das nie hatte anmerken lassen, weil die Scham, die Sprachlosigkeit, der Minderwertigkeitskomplex, die Frauenrolle, das Lesen von Frauenzeitschriften und das Ansehen von Unterhaltungsprogrammen ihre positiven Anlagen, die sie zu einer Mutter für ihn hätten machen können, wie ein fremdes Organ abgestoßen hatten und offenbar endgültig ein Teil von ihr geworden waren?

Dürer hatte sich vorgenommen, kein Mitleid mehr zu zeigen, keine Barmherzigkeit mehr zu kennen für die Unterdrückten, die sich gegen die unterdrückende Moral nicht hatten verteidigen können und die dadurch ihre eigene Unterdrückung nicht mit den Unterdrückern, sondern mit dem *Lauf der Natur,* der *Vorsehung,* dem *Schicksal* in Zusammenhang brachten. Aber doch hätte er ihr nun die Hand geben und ihr Gesicht berühren wollen. Er war nicht umsonst hierhergekommen.

Auf einmal wurde ihm klar, daß sich seine Mutter nicht mehr aus eigener Kraft befreien konnte, sie war viel zu stark angegriffen, unwiderruflich gezeichnet von diesem Leben, und er wußte, daß sie, wenn er Tage und Nächte lang auf sie einreden würde, um sie von ihrem erbärmlichen Dasein zu überzeugen, gereizt den Kopf schütteln und ihm zuletzt verärgert sagen würde, sie habe genug von seinem Unsinn. Denn, das begann er jetzt zu begreifen, alles, wovon sie als Mädchen geträumt hatte, war im wesentlichen unerreichbar geblieben; als einzige Alternative blieb ihr der Sprung aus dem Fenster oder die Flasche Sherry im Küchenschrank.

Dürer drückte auf einen Knopf neben der Tür zum Aufzug. Er überlegte, ob er zurück in die Kantine gehen solle, nach ihr fragen solle, beschloß dann aber doch, wegzugehen.

Nie zuvor hatte er versucht, sich ein umfassendes Bild von seiner Mutter zu machen, niemals war der Kontakt zu ihr von einer Art gewesen, daß er sie spontan nach ihrem Namen gefragt hätte; im Gegenteil, er erinnerte sich, daß er oft aus der Wohnung geflüchtet und berstend vor Wut die Treppe hinuntergerannt war, weil er erfolglos Widerstand geleistet hatte gegen *vernünftige* Auffassungen, die ihm, aus dem einen oder anderen Grund, mit erschreckender Heftigkeit gegen die Brust geprallt waren und ihn bis zum Erbrechen gequält hatten. Der Hausarzt hatte gemeint, Dürer habe einen empfindlichen Magen und müsse deswegen beim Essen aufpassen – jetzt wußte er es besser: er mußte auf der Hut sein bei dem, was er sah und hörte.

Gegenüber der Aufzugstür hing eine Zeichnung von Männern auf sich bäumenden Pferden, die über verängstigte Menschen sprangen. Auf dem Kärtchen darunter las er: *Die vier Apokalyptischen Reiter,* Albrecht Dürer (1471–1528).

Er hörte seinen Namen rufen, sah sich überrascht um und erblickte hinter drei Frauen in dem Flur, der zur Kantine führte, das erstaunte Gesicht seiner Mutter. Sie trug eine hellblaue Schürze mit kurzen Ärmeln und hielt in ihrer rechten Hand eine Tasche. Die drei Frauen gingen, lebhaft miteinander redend, an Dürer vorbei. Plötzlich schämte er sich, fühlte er sich von ihr ertappt. Er überlegte, was er ihr sagen könnte, um seine Anwesenheit zu rechtfertigen. Er sah sie an, und so, aus diesem Abstand – beide schwiegen –, erschrak er, weil sie etwas von sich preisgab, was er noch niemals an ihr bemerkt hatte. Vielleicht war es sein unerwartetes Erscheinen hier auf ihrer Arbeitsstelle, das sie so verwirrte – vielleicht fühlte sie sich auch ertappt –, daß sie zum Unglück die Maske fallen ließ, hinter der sie sich schon ihr ganzes Leben lang verbarg; denn nie zuvor war ihre Gestalt von so viel Kummer erfüllt gewesen wie jetzt. Ihre großen Hände, ihre leicht gekrümmte Haltung, die sie dadurch noch betonte, daß sie sich bemühte, aufrecht zu stehen, ihr kurzes, grau werdendes Haar, die Falten unter ihrem Kinn, ihre großen, hängenden Brüste, die schlaffe Haut ihrer Oberarme, ihre krummen Beine brachten Dürer aus der Fassung. Sie war all die Jahre todsterbenskrank, durchzuckte es ihn, denn sie hat nicht nur ihre Jugend verloren, sondern auch ihre Hoffnung. Er wollte vor diesem entmutigenden Bild die Augen schließen, denn es schien ihm, als sähe er alles, wovor er flüchtete, leibhaftig vor sich: Sie war die Abtakelung in Person.

Eine Klingel ertönte, die Aufzugstüren glitten auseinander, und er blickte in die einladende Kabine. Dort stand ein Mann, der ihn fragend ansah. Ohne zu überlegen, stieg Dürer ein. Er blickte nicht mehr auf. Verfluchte die Etagen, in denen der Aufzug hielt.

Draußen redete er sich selbst mit allerlei Argumenten zu, bis ihm klar wurde, daß eine Rechtfertigung dieses impulsiven Besuchs und seines Mitleids nichts ändern würde. Darauf schwieg er.

Die Fenster des Gebäudes spiegelten die heiße Sonne wider. In der Straßenbahn lief er unruhig hin und her; jemand sagte etwas zu ihm. Er antwortete, versuchte dabei zwei Wörter zugleich auszusprechen. Im Zentrum überquerte er den Platz mit großen Schritten. Eilte durch die Straßen, um den Wind zu suchen. Gegen elf Uhr kaufte er sich in einem Sportartikelgeschäft einen Rucksack aus grünem Leinen. „Auf eine Mondreise bin ich noch nicht vorbereitet", antwortete er dem höflich lächelnden Verkäufer, der ihn auf einen leichten Nylonrucksack mit Aluminiumgestell aufmerksam gemacht hatte. Er zögerte lange bezüglich der Anschaffung einer

Regenjacke, endlich beschloß er, woanders eine Jacke zu kaufen. Vor dem Geschäft entfernte er die Papierverpakkung und nahm den Rucksack über. So stand er einige Minuten an das Geländer einer Brücke gelehnt und betrachtete sein Spiegelbild im Wasser.

Um halb zwölf will ihn ein Mitbewohner des Hauses in der Umgebung des Tiergartens im Osten der Stadt gesichtet haben, aber ein Imbißstubenbesitzer erinnerte sich, ihn noch vor zwölf Uhr bei sich als Gast empfangen zu haben. „Er bezahlte, als es zwölf schlug; bei jedem Schlag gab er einen Gulden Trinkgeld. Ich wollte ihm das Geld zurückgeben, aber darauf reagierte er beleidigt. Wie 'n Hase hat er sich aus dem Staub gemacht." In einem Warenhaus kaufte er sich eine Packung Unterhosen, Socken und zwei Oberhemden. In mehreren Geschäften füllte er dann den Rucksack mit verschiedenen Toilettenartikeln, einer Niethose und einer Jacke. Wahrscheinlich war er gerade im Begriff, die Straßenbahn in Richtung der großen, nach dem Süden führenden Autobahn zu nehmen, die am Stadtrand begann, als ihm die Idee kam, auf einem Stück Karton sein Reiseziel anzugeben. Er eilte mit seinem inzwischen gefüllten Rucksack in ein Warenhaus, wo er im zweiten Stock die Papier- und Zeichenbedarfabteilung aufsuchte. Er ließ sich ein Stück starken Karton einpacken sowie einen dicken Filzstift, einen Federhalter und drei Diktathefte, in denen er Tagebuch führen wollte.

Joyce erzählte: „Ich sah ihn, als er die Rolltreppe herunterkam, ich stehe nämlich dicht am Ausgang in der Kosmetikabteilung und habe da einen guten Blick auf die Rolltreppe. Er trug einen grünen Rucksack, der mir ziemlich schwer schien, in seiner rechten Hand hatte er, glaube ich, eine Plastiktüte aus dem Warenhaus. Ich rief ihm nach, aber zuerst hörte er mich nicht, dann rief ich ein zweites Mal seinen Namen, und da drehte er sich zu mir um, er wollte gerade durch die Tür gehen, und ich sah, wie er erschrak. Es sah wirklich so aus, als wenn ihm die Augen aus dem Kopf springen würden. Er sagte nichts, sondern blickte mich mit offenem Mund an. Zuerst dachte ich, daß er vielleicht was hätte, vielleicht hatte er Rauschgift genommen oder so, aber dann kam er langsam näher und sagte so 'ne Art Gedicht auf. Nur an die letzten Worte kann ich mich noch erinnern: Guten Tag, schöne junge Frau, ich grüße Sie tausendmal, jedenfalls so in dieser Art. Na ja, ich mußte echt lachen, denn so 'n komisches Gedicht, damit rechnet man ja überhaupt nicht, aber wahrhaftig, er schien das ernst zu meinen, und danach, ja, ich weiß nicht, ich fand es eigentlich doch nicht so verrückt, dieses Gedicht. Ich fand, es hatte was, doch, schon, wirklich verrückt war er damals noch nicht, wirklich. Na gut, das hat er also gesagt, er reichte mir feierlich die Hand, und ich dachte: Er gibt mir die Hand, weil er weggeht, ich geb ihm also meine rechte Hand, und er beugt sich schnell runter und drückt seine Lippen auf meine Finger. Einfach so, mitten im Laden! Ich zog meine Hand sofort zurück, weil man das als Verkäuferin nicht machen darf, sonst kriegt man Ärger, und was sehe ich da? Tränen schossen ihm in die Augen! Er sagte da noch etwas, was ich echt nicht verstanden habe, und verließ dann den Laden. In der Drehtür blieb er beinahe hängen mit seinem Rucksack, das auch noch."

In den Aufzeichnungen, in denen Dürer u. a. den Besuch bei seiner Mutter und seine Abreise beschrieb, fehlen zwei Seiten; deutlich ist der sorgfältige Riß zu sehen.

Drei Wochen nach seiner Entlassung aus dem Jugendgefängnis Nieuw Vosseveld in V. stand Dürer an der Ausfahrt einer am Anfang der Autobahn A.-U. gelegenen Tankstelle. Ein bärtiger junger Deutscher in einem Peugeot-Combi, der gerade getankt hatte, hielt vor Dürer an. Er warf die Tür auf, und Dürer fragte in gebrochenem Deutsch, ob er nach Rom fahre. Der Deutsche lächelte und sagte, er sei auf dem Weg nach München, aber von München aus könne Dürer ohne Probleme nach Rom kommen. „Und wie du weißt", sagte er, „alle Wege führen nach Rom." Dürer legte seinen Rucksack auf den Rücksitz, schnallte sich auf Anraten des Deutschen den Sicherheitsgurt an und schüttelte die ihm hingestreckte Hand. „Herwig Jungmann." – „Dürer." – „Also dann, großer Maler, fahren wir ab. Mach keine falsche Bewegung an der Grenze, denn wir Deutschen schießen auf alles, was sich regt." – „Schön", sagte Dürer, und er sah links hinter Herwig Jungmann, fern, in der Sonne zitternd, die Hochhäuser, die beharrlich versuchten, dem Horizont ein Relief zu geben, aber es nie zu echten Bergen bringen würden, dachte Dürer. Dieser Deutsche erinnerte ihn nicht an die blonden Spieler der deutschen Fußballnationalmannschaft: Der Bursche hatte dunkles, zurückhaltend modern geschnittenes Haar und einen sorgfältig gepflegten kurzen Bart. Um seinen Mund hing ununterbrochen ein Lächeln. Er fuhr zügig, sie waren im Handumdrehen in U. Er erzählte viel, doch das meiste verstand Dürer nicht, obwohl er nickte. Herwig Jungmann war Arzt, er hatte an einem Kongreß in A. teilgenommen, bei dem er sich einerseits zu Tode gelangweilt und andererseits geärgert hatte über die älteren, etablierten Ärzte, die, den Regeln folgend, die Tagung völlig beherrschten und keinen Raum für moderne Auffassungen ließen. Er erklärte auch, worüber diskutiert worden war, aber davon verstand Dürer nun gar nichts.

Dürer wollte lange Zeit nicht wahrhaben, was das Vorbeirasen der Kilometersteine längs der Autobahn für ihn eigentlich bedeutete. Er hatte Angst, sich wieder vergebens zu freuen. Erst an der Grenze, wo ihr Wagen sich einer langen Reihe anschloß, verspürte Dürer eine erwartungsvolle Spannung. Sein Herz begann bis in die Kehle zu klopfen; wiederholt schaute er in seinem Paß nach dem Datum, das das Ende der Gültigkeit angab. Er blickte in den kleinen Spiegel an der Sonnenblende, dann in das lächelnde Gesicht Jungmanns, der ihn scherzhaft fragte, ob er zu einer Terroristengruppe gehöre. Sie warteten zunächst ruhig, hörten Radio.

Nach einer Viertelstunde begann sich Dürer über die Zöllner zu ärgern, am liebsten hätte er den Wagen selbst unter den Schlagbaum gestoßen. Jetzt, wo das Auto stand, wurde es innen zum Ersticken heiß. Dürer stieg aus und ging an der wartenden Reihe vorbei nach vorn. Bei einem alten Volkswagen standen die vordere und hintere Haube und beide Türen offen. Dürer fand den Anblick obszön. Ein junger Mann und ein Mädchen öffneten an der Vorderseite des Wagens ihre Taschen und Koffer, in denen zwei Zollbeamte abwechselnd wühlten. Jede Sekunde war Dürer zuviel. Er rannte zurück zu dem Peugeot, riß seinen Rucksack vom Rücksitz und rief dem erstaunt blickenden Jungmann zu, daß er jenseits der Grenze auf ihn warten würde. Im Gehen lud er sich den Rucksack auf und holte seinen Paß aus der Hosentasche. Er näherte sich mit großen Schritten dem Grenzübergang, versuchte alles, was er sah und fühlte, so deutlich wie möglich zu registrieren, obwohl er sich später nur diese Absicht in Erinnerung rufen konnte. Er reichte den Paß hin und sah, wie seine Hand zitterte.

Seine Nervosität habe nichts mit verbotenen Dingen zu tun, sagte er dem Zöllner. Trotzdem mußte er den Rucksack abnehmen und einem zweiten Beamten sein Gepäck zeigen. Dieser fragte nur, warum alle Kleidungsstücke so neu seien. „Weil ich sie gerade gekauft habe", antwortete Dürer. Das sei ihm klar, schnauzte der Mann, aber mehr fragte er nicht. Der andere Zöllner kam mit dem Paß zurück und sagte, Dürer könne durchgehen.

Auf einmal war Dürer im Ausland, er brauchte nur einen einzigen Schritt zu machen. Nach ein paar Metern blieb er stehen, drehte sich um und blickte auf die Reihe wartender Autos.

Der Junge und das Mädchen schlugen die Türen des Volkswagens zu und fuhren ab. Ein Zöllner wischte sich mit einem Taschentuch den Nacken. In einem verglasten Pavillon an der Straße sah Dürer einen Mann, der eine Flasche Bier an die Lippen hob und, nachdem er getrunken hatte, tief ein- und ausatmete und sich mit dem Rücken der Hand, die immer noch die Flasche hielt, die Lippen wischte. Ganz in der Ferne zitterte die Sonne über dem weichen Asphalt. Dürer ging ein Stück am Straßenrand entlang, setzte sich dann in das hohe Gras direkt vor ein großes Schild, das die Höchstgeschwindigkeiten auf den verschiedenen Straßen in Westdeutschland angab. Auf der anderen Fahrbahn in Richtung Niederlande stand eine ebenso lange Wagenreihe.

Dürer hörte aus den langen, gelben, leise rauschenden Halmen auf dem Feld hinter sich das vertraute Zirpen der Grillen. Er packte seine Sachen wieder richtig ein, schloß sorgfältig die Schnallen, streckte sich auf dem

Rücken aus und legte dabei seinen Kopf, unter dem er die Hände faltete, auf den Rucksack. Er schloß die Augen und dehnte behaglich seinen Körper. Allerlei Sätze, die seiner Freude Ausdruck gaben, brachen hervor. Nie zuvor hatte die Welt um ihn herum ihn so empfindlich berührt. Alles, was seine Sinnesorgane reizte, sog er gierig auf und machte es sich bewußt, indem er es in Worte faßte. Er roch die Gräser auf dem Land hinter dem Straßenrand, sah das grelle Sonnenlicht zwischen seinen Wimpern, sein Körper berührte die Erde, er spürte das Pulsieren seines Blutes, ihm war, als nähme selbst sein Haar Eindrücke auf. Es gab nichts, was ihn bedrohte oder wovor er auf der Hut sein mußte. Es war ihm geglückt, dachte er, es schien, daß er stark genug war, den hoffnungslosen Sicherheiten eines arbeitslosen Jugendlichen aus einem erst in jüngster Vergangenheit erbauten, aber sich schon im fortgeschrittenen Verfallszustand befindenden Außenbezirk einer vergifteten, vermoderten Stadt den Rücken zu kehren und mit dem „Taugenichts" im Gepäck und seiner Geliebten im Sinn in ein Land zu ziehen, wo am Morgen die Solidarität wie Tau über den Feldern lag. Er nahm sich vor, daß er die Mauern des Jugendgefängnisses, die Schalter des Sozialamts und die für immer in sich gekehrten und dadurch wesenlosen Blicke der Kranken zum letztenmal gesehen hatte und von diesem Augenblick an seine Entscheidungen kritisch und schonungslos treffen würde. Er fühlte keinen Widerstand mehr gegen seine Umgebung; die Sträucher, der Straßenrand, sogar die Autos, die ab und zu vorbeifuhren, gehörten zu einer Welt, in der „ich meinen Körper für die streichelnde Wärme der blendenden Sonne geöffnet hatte, die sogar durch meine Augenlider stach und ein orangefarbenes Muster über meine Netzhaut legte. Mein Kopf stützte sich gegen meinen noch neu riechenden Rucksack, mit jedem Atemzug roch ich andere Düfte, ich hörte Grillen und summende Insekten – vielleicht zum erstenmal in meinem Leben war ich mit meinem Dasein zufrieden und fühlte mich eins mit dem, was mich umgab. Hätte Herwig nicht angehalten und gehupt, dann hätte ich sicherlich den Rest des Vormittags in der Sonne gelegen und mir erst gegen Abend Sorgen gemacht über den weiteren Verlauf meiner Reise."

Herwig hatte das Radio laut aufgedreht. Dürer kurbelte die Glasscheibe herunter, der Wind schlug ihm gegen die Ohren, leiser klangen das Radio und das Motorgeräusch. Die breite Autobahn schlängelte sich zwischen Hügeln entlang, die unter der Sonne dampften. Dürer saß entspannt nach hinten gelehnt, müde und zugleich voll Energie – es sei herrlich, *unterwegs* zu sein, sagte Dürer zu Herwig, der darauf lächelte, nickte und ihn daran erinnerte, daß München noch ein paar Stündchen Fahrt entfernt war, was den Reisegenuß nicht gerade erhöhen würde.

„Das stört mich nicht", entgegnete Dürer, „ich liebe im Augenblick den Horizont und besonders alles, was dahinterliegt."

Sie hielten an einer Autobahnraststätte und tranken etwas. Dürer ertappte sich dabei, daß er Herwig einen Augenblick lang wie eine Fernsehpersönlichkeit betrachtet hatte; er war nie zuvor in Deutschland gewesen, das Deutsch, das er sprach, hatte er in der Schule und von seiner Mutter gelernt, und Deutsche hatte er bisher nur auf dem Bildschirm gesehen. Er erzählte das Herwig, der zuerst lächelte, dann aber ernst wurde und sagte, daß er diese Feststellung gefährlich finde.

„Hier zeigt sich eine besorgniserregende Entwicklung. Das Wirklichkeitsbewußtsein wird durch das Fernsehen – natürlich nicht durch das Medium, die Technik selbst, sondern durch ihren Gebrauch – beschädigt. Die Realität der Bildröhre tritt an die Stelle der Realität der Straße. Die Erfahrungen der Zuschauer werden sorgfältig herausgefiltert, zurechtgeschnitten und zum richtigen Zeitpunkt mit eingeschobenen Werbetexten ausgestrahlt. Jeder fühlt dasselbe, jeder sagt dasselbe, jeder haßt dasselbe. Das Fernsehen ist die absolute Uniformierung. Die eigene Erfahrung, das persönliche Erlebnis wird selten."

Wieder im Auto, sprach Herwig weiter über Fernseherfahrungen, die er dann in Verbindung brachte mit seiner Arbeit in der Abteilung Neurologie an einer Münchener Klinik. Dabei verwendete er Begriffe, die Dürer nicht kannte. Er bat Herwig jedesmal, wenn er ein Wort aussprach, das ein ganzes System von Begriffen implizierte, dieses zu umschreiben, was Herwigs Darlegung etwas verworren machte.

„Ich weiß sehr wenig von dem, worüber du sprichst", sagte Dürer in einer Sprache, die sowohl deutsche als auch niederländische Wörter verwendete, „dafür weiß ich aber um so mehr über den Platz des Fernsehens im Wohnzimmer einer Hochhauswohnung. Der Apparat steht in der Ecke am Fenster, beleuchtet von einer Stehlampe oder von einem kleineren, auf dem Gerät selbst stehenden Lämpchen oder auch von einer über dem Gerät angebrachten kleinen Wandleuchte. Alle Programme sind darauf gerichtet, so wenig wie möglich Bewegung zu verursachen, das heißt, sie sind vollgestopft mit Aktion. Weil noch Zeit sein muß, um auf die Toilette zu gehen oder in die Küche, wo das Futter liegt, das während des Fernsehens verputzt wird, werden die Sendungen eingeleitet durch lüsterne Ansagerinnen, die jeden Zuschauer an seinen Mund und seine Geschlechtsorgane denken lassen und so das gewünschte Resultat erreichen: man schmatzt und geht pinkeln. Ich bin durch all die Jahre so verdummt, daß ich oft nur zusammenhanglose Bilder sehe, als ob du und die Straße vor mir aneinandergeschnitten wären. Gerade fiel mir auch auf, daß man lieber in einem stehenden Auto im Studio als in einem fahrenden auf der Autobahn sitzen möchte. Diese Gedanken bedeuten für mich – weil ich sie jetzt begreife –, daß ich früher die Welt des Fernsehens neben die meines wirklichen Lebens setzte. Shows und Quizsendungen fand ich ebenso wichtig wie Arbeit. Auch als ich schon unzufrieden und unruhig war, konnte ich mich seiner verführerischen Wirkung nicht entziehen, durch die – aber das wußte ich damals nicht – ständig Unzufriedenheit und Unruhe erzeugt werden. Ich bin nie so krank gewesen wie die Bedauernswerten, mit denen ich zur Schule ging, doch war ich ganz schön infiziert. Selbst jetzt, wo ich eigentlich heilfroh bin, mein rettungslos verlorenes Vaterland verlassen zu haben, bin ich soeben erschrocken und bekam Angst, daß ich mir lediglich ein durch einen unglücklichen Zufall ausgestrahltes Fernsehprogramm ansehe. Wahrscheinlich hängt das mit dem Deutsch zusammen, das ich höre. Und die Hügel, an denen wir vorbeifahren, kenne ich nur vom Bildschirm."

So redeten sie, und die Reise ging weiter.

Der Kilometerzähler blieb in Bewegung, Dürer freute sich darüber, hatte große Erwartungen, wünschte, daß der Wagen Flügel bekäme, sich mit Leichtigkeit erheben und elegant über den Hügelkuppen schweben würde, schlug dann, den Tagtraum vertreibend, die Augen auf und dachte darüber nach, wieviel er von sich bewegenden Landschaften hielt, mehr vielleicht als von ruhenden; später wurde er wieder von den Herzschlag beschleunigenden Erwartungen ergriffen, setzte sich manchmal aufrecht und sagte etwas zu Herwig. Gegen fünf Uhr füllten sich die Straßen, nach acht wurde der Wagenstrom dünner. Durch die Heckscheibe sah Dürer die große orangefarbene Sonne. Schließlich hörte er das Knirschen von Kies unter den Reifen. Der Peugeot fuhr auf den Parkplatz eines Hotels, das in einem kleinen Dorf dicht an der Autobahn lag. Herwig wollte für ihn mitbezahlen, Dürer bestand darauf, daß er seine Übernachtungskosten auf eigene Rechnung nähme, wollte vom Mitbezahlen nichts wissen, erzählte, daß er genug Geld bei sich habe, und spendierte Herwig einen Drink. Es wurde ein guter erster Abend.

„Wir gingen früh zu Bett, denn wir mußten uns einfach hinlegen, um diesen dösigen Zustand, in dem wir uns durch die reichliche Mahlzeit, den Wein und die anstrengende Reise befanden, in einen tiefen Schlaf übergehen zu lassen."

Bevor sie am nächsten Morgen losfuhren, machten Dürer und Herwig einen Spaziergang durch das Dörfchen. Obwohl es noch früh war, beobachteten sie an fast allen Häusern, die in diesem Ort beinahe ausnahmslos Bauernhöfe waren, arbeitende Menschen. Wieder war der Himmel stechend blau. „Ich glaube, die Menschen hier können einen Regenschauer gut gebrauchen", sagte Herwig. Alle Häuser lagen an einer Straße; bald zeigte sich, daß es nur zwei Nebenstraßen gab. In eine davon bogen sie ein, weil Herwig meinte, sie müsse zum Gipfel des Hügels führen, an dem das Dörfchen lag. Hinter wenigen Häusern endete die Asphaltstraße, und sie folgten dem sich nach oben schlängelnden Kiespfad. Dürer war schnell außer Atem. „Du mußt ruhig und tief atmen", sagte Herwig lächelnd. Auf dem Feld links vom Pfad tuckerte ein Traktor, rechts fiel der Hügel ziemlich steil ab. Nach einer Minute bereits schienen die weißen Häuser des Dörfchens greifbar. Hier hing *gesunde Luft,* dachte Dürer. Er versuchte, in einem möglichst gleichmäßigen Rhythmus nach oben zu kommen, beschleunigte auf den letzten Metern seine Schritte. Oben blickte er sich, heftig keuchend, nach dem sich offenbar mühelos fortbewegenden Herwig um. Der Auspuff über dem Traktor stieß kleine dunkle Wolken aus; der ganze Koloß mit der angekoppelten Mähmachine, die rasend schnell rotierte und die Mahd aufwirbelte, neigte sich schräg über. Die breiten Profilrippen der großen Hinterreifen waren für ihn durch die Geschwindigkeit des Traktors unsichtbar. „Sieh mal", sagte Herwig, „da ist die Autobahn." In der Ferne sah Dürer grell leuchtende Pünktchen langsam auf einem dunklen Band vorbeiziehen. Ein anderes Band schlängelte sich vom Dorf zu einem weißen Häuschen, wo es sich in zwei kleinere teilte. Nach einer Kurve mündete die eine Hälfte in die Autobahn. Die Weite vor Dürer war beeindruckend. Zuerst fühlte er sich sehr mächtig, dann begriff er das nicht und stellte sich selbst allerlei Fragen. Ein Spielzeuglastwagen überquerte die Brücke unter ihnen. Herwig sagte, das sei der Lastwagen, der auf dem Hotelparkplatz gestanden habe. „Und was weiter?" fragte Dürer. „Weiter gar nichts", antwortete Herwig. Er steckte sich eine Zigarette an, stützte die Hände in die Hüften und sah mit halbgeschlossenen Augen hinunter ins Tal. „Ich möchte wie ein Vogel über diesem Tal schweben", sagte Dürer. Nach kurzem Schweigen entgegnete Herwig: „Ich habe mich schon lange damit abgefunden, daß wir untrennbar mit der Erde verbunden sind, meine Jugendträume liegen schon Jahre hinter mir."

Der Lastwagen ordnete sich auf der Autobahn ein und verschwand langsam hinter einem Hügel, zwanzig Minuten später gefolgt von dem Peugeot-Combi.

Am späten Vormittag kamen sie in München an. Sie fuhren durch die breite, imposante Ludwigstraße. Herwig erzählte einiges über die nach dem Krieg in ihrer ursprünglichen Gestalt wiedererrichteten Bauten und machte Dürer auf Details aufmerksam, die das kurze Bestehen der riesigen Häuser verrieten. „Laß dich nicht durch die verwitterten Giebel und die gelblichen, urinähnlichen Flecken an den Ecken von Portalen und so täuschen. Das ist alles bloß angemalt."

Dürer wollte gern gleich per Anhalter weiter; Herwig sollte ihn an einer verkehrsgünstigen Stelle absetzen. Sie fuhren an einem halbzerstörten Gebäude vorbei: seine große Kuppel war beschädigt, und im Gemäuer gähnten große Löcher. „Das war früher ein Waffenmuseum. Es wurde im Krieg zerstört, und jetzt ist es ein Denkmal. Ich hoffe, daß es nie wieder aufgebaut wird. Sollte dies doch geschehen, dann weiß ich, daß der Wind aus Deutschland wieder furchtbar scharf wehen wird." Er brachte Dürer in den östlichen Teil der Stadt, wo die Autobahn nach Salzburg anfing. Sie verabschiedeten sich herzlich voneinander. Dürer war gerührt, sein Herz erwärmte sich.

„Vielleicht klingt es verrückt", sagte er, „aber es ist so gut wie sicher, daß ich dich nie wiedersehen werde." Herwig nickte und sah zu, wie Dürer seinen Rucksack aufsetzte. „Das ist auch gut so", antwortete er, „denn ich habe nichts mehr zu sagen außer den Dingen, die ich gestern und heute erzählt habe. Lerne andere Menschen kennen, ich würde dich bald langweilen." Er winkte noch einmal; der Peugeot verschwand schnell im Straßenverkehr.

Dürer lief über die Ampelkreuzung, an der er ausgestiegen war, zum Anfang der Autobahn, wurde aber nach ein paar Minuten von einem Polizisten, der im Dienstwagen saß, zur Kreuzung, zu den Ampeln dort, zurückgeschickt. Dürer wollte von hier per Anhalter weiter.

Die Abgase der vorbeirauschenden Autos schienen in der sengenden Hitze noch giftiger als gewöhnlich. Dürer band sich ein Taschentuch vor den Mund und streckte seine rechte Hand mit hochgerichtetem Daumen aus. Schon bald konnte er sich Herwigs Gesicht nicht mehr in Erinnerung rufen, was ihn traurig stimmte. Wieder schmerzte es ihn, Abschied zu nehmen, selbst von jemandem, den er kaum vierundzwanzig Stunden kannte. Der Verkehr raste an ihm vorbei, hinter großen Lastwagen wirbelte staubiger, trockener Wind auf, die Sonne brannte in seinen Augen – er hatte es sich anders vorgestellt. Er zählte die vielen Mercedesse, dachte an die Familie seiner Mutter, die hier ums Leben gekommen war, und wollte so schnell wie möglich fort. Denn der Gedanke, daß er, ein junger Mann mit jüdischem Blut, Gefahr lief, ausgerechnet in den Mercedes-Benz eines ehemaligen SS-Mannes einzusteigen, war zwar absurd, aber trotzdem benutzte er das Daumenzeichen nur, wenn er eine Frau am Steuer sitzen sah. Bald jedoch fand er es lächerlich. Er zog das Stück Karton aus seinem Rucksack und stand unbeweglich mit dem Wort Rom vor seinem Bauch am Rand der Autobahn. Sein Mund wurde trocken, sein Nacken schweißnaß.

So stand Dürer stundenlang vergeblich an der Straße.

Schließlich setzte er sich irgendwo auf eine Bank und las eine Seite aus dem „Taugenichts". Das erfüllte ihn mit Hoffnung und gab seiner Reise wieder den Glanz, den sie schon zu verlieren drohte. Er lief ein paar Straßen weiter, sah in einer Sackgasse ein Schild mit dem Wort *Fremdenheim* und mietete dort für eine Nacht ein winziges Zimmer, das noch kleiner war als der Raum, den er zu Hause mit seinem Bruder geteilt hatte. Nachdem er in einer Gaststätte schlecht gegessen hatte, machte er dann in dem Heft, das er sich in Joyce' Warenhaus gekauft hatte, seine ersten Aufzeichnungen:

„Ich bin neunzehn Jahre alt und schon seit einiger Zeit arbeitslos, das heißt, ab und zu bekomme ich eine Gelegenheitsarbeit. Ich verließ das Jugendgefängnis Nieuw Vosseveld bei V., wo ich eine Strafe abgesessen hatte, und nahm den Bus nach 's-H., das nur ein paar Kilometer von V. entfernt liegt, um dort den Intercity zu nehmen, weil der Intercity an der kleinen Station von V. nicht hält. Während der Busfahrt habe ich etwas Seltsames erlebt, das wohl mit alldem zu tun hat, aber mir noch nicht ganz klar ist. Jedenfalls ist das, was ich gesehen und gefühlt habe und worüber ich auf ein stets an meinem Körper befindliches Blatt Papier geschrieben habe, der Punkt, wo ich beginnen muß. Den Grund dafür, warum ich das alles aufschreibe, kann ich nicht deutlich formulieren. Ich will vielleicht eine Art Bericht daraus machen, so wie der ‚Taugenichts', der anderen hoffentlich etwas nützt. Ich sitze jetzt an einem kleinen, kahlen, wackligen Tisch in einer Pension in München, schreibe diese Worte in ein Heft mit einem beigefarbenen Umschlag und frage mich, was genau damals im Bus kurz nach meiner Entlassung geschah. Ich fühle mich jetzt zufrieden trotz meines gescheiterten Anhalterversuchs von heute vormittag, wahrscheinlich, weil ich schreibe, mir Sätze ausdenke und ungestört Bilder, die ich sehe, und Emotionen, die ich empfinde, in Worte fasse. Morgen schreibe ich weiter. Dürer."

Obwohl er müde war, schlief Dürer schlecht. Am Morgen, zu dem Zeitpunkt, den er sich als Limit gesetzt hatte, fühlte er ein ungeheures Bedürfnis nach Schlaf. Doch er stand auf; sein Herz schlug ermüdet. Auch hier strömte laues Wasser aus dem Kaltwasserhahn. Er hätte sein Gesicht im fleckigen Spiegel über dem Waschbecken als *verlangend* bezeichnet, was ihn ermutigte. Er packte ein und frühstückte unten in einem unangenehm kahlen Raum an einem fettigen Tisch. Das harte, dünn geschnittene Brot schmeckte ihm nicht, die Marmelade war so süß, daß ihm die Zähne schmerzten, der Rand seiner Tasse war mit alten Kaffeeresten befleckt. Er ließ sich jedoch nicht entmutigen, schlug den „Taugenichts" auf und begann auf einer beliebigen Seite zu lesen.

Das Eintreten mehrerer dunkler, eine fremde Sprache sprechender Männer lenkte ihn davon ab. Dürer vermutete sofort, daß es Italiener seien. Er tat, als läse er weiter, doch mit klopfendem Herzen beobachtete er die Männer heimlich und gelangte zunehmend zu der Überzeugung, daß in dem Raum, in dem er saß, Italiener frühstückten. Sollte er sie fragen, ob er mit ihnen mitfahren dürfe? Plötzlich hatte er Hemmungen, fragte sich, ob er sich dabei nicht lächerlich benehmen würde.

Nach einiger Überwindung stand er mit einem Ruck auf und ging auf ihren Tisch zu. Mit einer leichten Verbeugung fragte er, ob sie ihm einen Platz in ihrem Wagen einräumen würden, weil er so schnell wie möglich und am liebsten noch in italienischer Gesellschaft in ihre Heimat reisen wolle, um dort ein neues Leben zu beginnen.

Die Männer sahen einander verwundert an, fragten ihn, ob er die Absicht habe, mit ihnen ins Werk zu fahren. Dürer schüttelte den Kopf, verneinte und wiederholte, daß er zusammen mit ihnen in ihre Heimat fahren wolle.

„Wir Italiener, aber nicht fahren nach Italia", sagte einer von ihnen. Dürer nickte, als ob er die Antwort des Mannes verstände, und lächelte entschuldigend. Enttäuscht ging er zurück zu seinem Tisch. Warum wollten diese Italiener nicht zurück nach Italien? Er fühlte heftige Unruhe in sich aufsteigen. Warum sollte er sie nicht nach einer Erklärung für ihre Weigerung fragen? Er kehrte zu ihrem Tisch zurück und fragte, warum sie nicht nach Italien gingen.

„Wir hier arbeiten. Nix Italia. Deutschland Arbeit. Geld machen. Italia nicht gut. Deutschland gut."

Verstört setzte sich Dürer wieder an seinen Tisch. Da stimmte etwas nicht! dachte er, da war etwas verkehrt! Er nahm den „Taugenichts" zur Hand und blätterte hastig die Seiten um. Was konnte er ihnen antworten? Ein überwältigendes Zitat sollte er ihnen um die Ohren schlagen! Doch zu seiner Verwirrung wurden die Flecken auf dem Papier einfach keine Wörter! Er bekam Angst, geriet fast in Panik. Es mußte doch eine Erklärung geben für die Worte der Italiener!

Ihm war, als ob er unaufhaltsam im Fußboden versänke. Er wollte nach Italien, stöhnte er, er wollte nichts sehnlicher als in das Land, in das auch der Taugenichts gezogen war! Er war auf der Flucht vor einer Zukunft, die ihn in Langeweile, Eintönigkeit, Resignation und in einem Überfluß von sinnlosen Gegenständen ertränken würde – er hastete aus dem Fremdenheim und lief zur Autobahnauffahrt nach Salzburg.

Dürer flehte die vorbeirasenden Autobesitzer an, ihn mitzunehmen, verfluchte die Sonne und die Benzindämpfe und alle, die vorbeifuhren und „meine flehentlichen Bitten hinter ihren Sonnenbrillen hervor mit dem Getöse von hundert PS beantworteten".

Ihn ekelte vor den verchromten Stirnseiten der Mercedesse, ihn ekelte vor dem eigenen Streben, in einem der widerwärtigen Opel Kadetts Platz nehmen zu dürfen.

Die Widersprüchlichkeit seiner Gefühle, seiner Gedanken und der ihn umgebenden Wirklichkeit hatte eine desillusionierende Wirkung: Erneut zweifelte Dürer an allem, was er seit kurzem als Gewißheit erworben hatte, fühlte er die verlockenden Greifarme der *gedankenlosen Passivität,* aus der er sich herausgerissen hatte. Er bedauerte, daß er Kontakt gesucht hatte mit diesen Italienern im Fremdenheim; er nannte sie *Verräter, Heuchler, Schwindler.* Sie hatten sein Bild von Italien ins Wanken gebracht, er haßte sie aus der Tiefe seines Herzens. Er tat das letzte, was ihm blieb, nahm „Aus dem Leben eines Taugenichts" aus dem Rucksack und las, wie der Taugenichts in einem großen Schloß in Italien fürstlich empfangen wurde. Er vergaß das Gedränge auf der Autobahn, die betäubende Hitze, konnte danach mit neuem Mut sein Stück Karton hochhalten.

Gegen ein Uhr aß und trank Dürer etwas in einem an der Kreuzung gelegenen Schnellimbiß. Er war der einzige Gast und reagierte erstaunt auf die Bemerkung des ihn bedienenden Mannes, der sagte, daß es schwer sei, hier per Anhalter wegzukommen. Dürer fragte den Mann, ob er ihn, Dürer, denn die ganze Zeit habe stehen sehen. Der Mann bestätigte das: „Sicher, ich saß gestern in einer ruhigen halben Stunde auf dem Platz, wo Sie jetzt sitzen, um eine Zeitschrift durchzublättern, und sah Sie, als ich zufällig einen Blick nach draußen warf, aus einem Wagen aussteigen und mit Ihrem Rucksack zur Autobahn gehen. Ich dachte noch, der wird es schwer haben, und es überraschte mich nicht, Sie etwa gegen sieben hier vorbeikommen zu sehen." Dürer nickte und erzählte, er sei auf dem Weg nach Italien, worauf der Mann bemerkte, es gebe auf dieser Route starken Durchgangsverkehr nach Italien. Er fügte hinzu, es hätten sich in den letzten Wochen eine Anzahl unangenehmer Vorfälle auf dieser Strecke ereignet, wobei die Autostopper eine böse Rolle gespielt hätten. Dürer bat den Mann, ihm diese unangenehmen Vorfälle näher zu erklären. „Raubüberfälle und so, Bedrohung von Autofahrern", lautete die Antwort. Dürer war schockiert. Er sagte, er habe so etwas keineswegs vor. Der Mann hatte das auch nicht so gemeint, er hatte ihn nur darauf hinweisen wollen, daß die Möglichkeit bestand, daß er, Dürer, noch viele Stunden vergeblich an der Straße stehen würde. „Tja, ich hoffe, daß jemand für Sie anhält, aber ich würde an Ihrer Stelle lieber einen Zug nehmen." Dürer antwortete, daß solch eine Entscheidung nicht möglich sei. „Jemand muß mich mitnehmen, nur auf diese Weise kann ich nach Italien kommen." Der Mann sah auf die Uhr über der Theke. „Viertel zwei, im Bürogebäude nebenan beginnt die Mittagspause", sagte er und kehrte Dürer den Rücken zum Zeichen, daß die Unterhaltung zu Ende sei. Einen Moment später war die Imbißstube voll. Der Mann rannte hin und her zwischen den vollen Tischen und der Theke, hinter der eine Frau erschienen war, die die Bestellungen erledigte – schnell ließ Dürer dieses Gedränge hinter sich. Er versuchte, den Rest des Nachmittags zu überstehen, ohne zu denken.

Am späten Nachmittag verließ Dürer seinen Anhalterplatz und mietete sich in dem in einer Gasse liegenden Fremdenheim ein Zimmer. Diesmal bekam er einen kleinen Raum im fünften Stock, direkt unter dem Dach. Er blickte auf einen Innenhof, der rundherum von hohen Häusern umgeben war. Unten standen große, randvolle Abfalleimer. Neben dem Fenster führte eine Metalleiter auf das Dach. Dürer lag eine Viertelstunde still auf dem Bett, wußte nicht, was er tun sollte.

Zwischen sechs und halb sieben schlenderte er durch einige Straßen in der Nähe des Fremdenheims. Sie erinnerten ihn an manche alten, verfallenen Viertel rund um das Zentrum von A., wo zugenagelte Türen und Fenster, vermodernde, durch den Abriß der Gebäude bloßliegende Fundamente, lange, vollgeklebte und dicht beschriebene Zäune und verwahrloste, brachliegende Stücke Land genauso wie hier seine Stimmung zutiefst beeinflußten, ihn hinwiesen auf einen Mißbrauch von Menschen, Mitteln und Macht, hindeuteten auf die unabwendbar gewordene Tragik des *Wohnens* – eigentlich: des Sichzurückziehens in die Mauern einer selbstgewählten, selbstbestimmten, selbsteingerichteten Welt – der am meisten Geschlagenen einer Gesellschaft in Schimmelkulturen, Rattenplagen, Kot-Toiletten, Krankheitskeimen, wodurch diese am meisten Geschlagenen noch mehr geschlagen wurden und so ihr Leben als eine unabwendbare Kette tragischer Ereignisse, eigenen Unvermögens und persönlicher Schwächen betrachteten. Die Unmöglichkeit der Vermeidung der elenden Wohnbedingungen der früheren und heutigen Bewohner alter *Arbeiterviertel* (die Unabwendbarkeit des Verfalls) wurde von den Regierenden als Argument benutzt zur Verteidigung ihrer Fehlplanung, die Wohnviertel aus dem Boden stampfte, welche in Zukunft die Rolle der alten, aber inzwischen mit Luxusappartements zugewachsenen Arbeiterviertel übernehmen sollten. Dürer kannte die frischen, durch die großen Fenster hellen Wohnungen in den unabsehbar langen Hochhausreihen, wo – so wie in den verfallenden alten Häusern die materielle Abtakelung den Geist anfraß – die Regelmäßigkeit und die Präzision und die Gleichförmigkeit und der Funktionalismus und die Geradlinigkeit in Augen, Ohren und Mund eindrangen, mit dem Resultat, daß das Wohnen in solchen, scheinbar alles das, woran es in den alten Häusern fehlte, bietenden Hochhauswohnungen und Reihenhäusern zu einer langsam erwürgenden, allmählich erstickenden und letzten Endes *tötenden* Beschäftigung wurde. Hier war es nicht anders als in dem Land, das er verlassen hatte; schwindlig vor Ekel, kehrte Dürer in sein Zimmer zurück.

Da nur die ständigen Bewohner der Pension eine warme Mahlzeit bekamen, ging Dürer in eine benachbarte Gaststätte etwas essen. Er saß an einem schweren Tisch aus Eichenholz in einem großen, spärlich beleuchteten Raum und wunderte sich über die riesigen Bierkrüge, die auf einem Nebentisch standen. Er ertappte sich dabei, daß er einen der Männer an diesem Tisch beim Anblick seines grünen, mit einer kleinen Feder geschmückten Jägerhuts, seines gedunsenen bleichen Kopfes, in dem kleine rote Äuglein schwammen, und beim Hören seiner lauten Stimme, die Worte in Dürers Richtung blies, welche – auch wenn er sie nicht verstehen konnte – durch ihre Entschlossenheit, rohe Kraft und Schärfe für ihn schon von vornherein bedrohend waren, *einen typischen Deutschen* nannte. Doch bereute er nicht, den Mann so eingeordnet zu haben. Es war eine sehr bequeme Bezeichnung, denn nur die sich unter diesem Jägerhütchen und hinter diesen Äuglein verbergenden Ideen und Gedanken waren typisch für den Mann; das Jägerhütchen war ersetzbar, eine Brille veränderte die Augen. Dürer ließ seinen Blick über die Menschen im Raum gleiten und kam zu dem Ergebnis, daß er in keinem einzigen Gesicht etwas Erkennbares entdeckte – er meinte wirklich fremde Menschen um sich zu sehen, selbst die Inneneinrichtung der Gaststätte, die ihm zuerst noch interessant erschienen war, bekam jetzt abstoßende Züge.

Die weite, bombastisch ausgestattete Räumlichkeit und der daraus nicht wegzudenkende Bierkonsum, der Lärm, die scharfen S-Laute und die dampfenden, nassen Teller mit Essen flößten Dürer *Angst* ein. Er versuchte an den Taugenichts zu denken, um sich zu beruhigen, schob nach wenigen Happen den Teller von sich, bezahlte und verließ mit niedergeschlagenen Augen den Raum. Er verspürte ein unbezwingbares Bedürfnis, seine Gedanken zu ordnen. In der Pension setzte er sich sofort hinter sein Heft und beschrieb, nach einer Anzahl unbeendeter, offensichtlich mißlungener Sätze über den Gemütszustand, in dem er sich in diesem Augenblick befand, genau die Eindrücke bei einer Heimkehr nach einer zweimonatigen Haft.

Etwa um Viertel nach acht drang ein Mann in sein Zimmer ein; dies war der Beginn eines kurze Zeit später zu einem tragischen Unglück führenden Vorfalls, der bei Dürer einen tiefen Eindruck hinterließ, wovon die ausführliche, sehr emotionsgeladene Beschreibung zeugt, die er noch am selben Abend seinem Heft anvertraute.

Der unbekannte, plötzlich in seinem Zimmer auftauchende Mann erwies sich, wie Dürer einige Minuten später erfuhr, als ein sich illegal in Westdeutschland aufhaltender italienischer Gastarbeiter, der bei dem von Dürer unbemerkten Eindringen der Polizei in das Fremdenheim bis in den fünften Stock gestürmt war, um über das Dach in eine angrenzende Wohnung zu flüchten. Der Blickwechsel zwischen diesem Italiener und dem in seiner Konzentration gestörten Dürer, der sich umgedreht hatte, als er die Tür gehen hörte, und über das gehetzte Aussehen des dunklen Mannes erschrocken war, nahm höchstens einige Sekunden in Anspruch; wahrscheinlich dauerte dieser Blickwechsel noch kürzere Zeit, was Dürer nicht davon abhielt, im Heft seine eigene Flucht mit der des ihm zum Zeitpunkt des Blickwechsels noch unbekannten, jedoch zum Zeitpunkt der Eintragung mittlerweile beschreibbaren Mannes zu vergleichen: „Die Ratlosigkeit in seinen Augen, seine Angst vor und zugleich sein Verlangen nach meiner Unterstützung, sein beschleunigter Atem, seine Gestalt – jede Faser dieses Mannes erinnerte mich an mich selbst, und der Schauder, den ich fühlte, lähmte mich gänzlich, so daß ich ihn, ohne auch nur die Hand auszustrecken, ansah und, aus meiner Erstarrung auftauchend, zitternd wie ein Blatt, wartete, bis er über die Feuerleiter aus meinem Blickfeld verschwunden war."

Drei Polizisten erschienen kurz darauf im Zimmer und fragten den verwirrt am Fenster stehenden Dürer nach seinem Ausweis. Einer der Polizisten entdeckte neben dem geöffneten Fenster die an der Außenmauer angebrachte Feuerleiter und stieg nach kurzer Beratung mit seinen Kollegen ebenfalls auf das Dach. Ein anderer Polizist, den Dürer als „den ranghöchsten dieser mit sehr deutschen Schirmmützen geschmückten Beamten" beschrieb, teilte ihm, nachdem er einen Blick in seinen niederländischen Paß geworfen hatte, mit, sie seien auf der Suche nach illegalen Gastarbeitern, und fragte ihn, wie lange er schon in Deutschland sei. Ehe Dürer antworten konnte, brach ein heftiges Geschrei los. Der Polizist, der nach oben gestiegen war, erschien im Fenster, und seinen Worten entnahm Dürer, daß der Mann, den er kurz vorher in seinem Zimmer gesehen hatte, drohte, sich vom Dach zu stürzen. Der Polizist bekam den Befehl, auf dem Dach zu bleiben, Dürer hastete mit den beiden Beamten hinunter in die Gasse, wo sich inzwischen eine Menschenmenge versammelt hatte – in der Dürer auch einen der Italiener erkannte, denen er am Morgen beim Frühstück begegnet war –, die gespannt zu dem sich in der Dachrinne befindenden, schreienden Mann hinaufblickte.

Bezeichnend für Dürer sind die Erregung, die ihn überkam, und die Auslegung, die er dem Geschehen sofort gab, nachdem er von dem Italiener in der Menge die Nationalität des Mannes erfahren hatte.

Er fragte mit sich überschlagender Stimme den Polizisten, den er für den Chef hielt, warum diesem Mann, einem Italiener, das Leben so unmöglich gemacht werde, warum man den Mann nicht ungehindert in seine geliebte Heimat fahren lasse. Der Polizist entgegnete ihm barsch, er solle sich um seine eigenen Angelegenheiten kümmern, wonach sich Dürer mit aller Macht beherrschen mußte, um den Polizisten nicht zu Boden zu schlagen. Stotternd vor Wut, gab Dürer ihm zu wissen, daß er sich um Angelegenheiten kümmere, die er sich selbst aussuche, und nicht die Polizei. Er verließ die dämmrige Gasse und erleichterte sein Gemüt, indem er den Polizisten laut auf niederländisch beschimpfte, doch da kam ihm der Gedanke, daß der Italiener auf dem Wege war, sich zu befreien, und er kehrte zurück, um „dem aus der Unterdrückung ausbrechenden Mann" beizustehen.

Der Einsatzleiter preßte ein Megaphon an den Mund, und die plötzlich alle anderen Geräusche übertönenden schrillen Laute konnten nach Dürers Meinung nur eine entgegengesetzte Wirkung haben. Der Mann oben, der unbeweglich auf der Dachrinne gesessen hatte, begann, als das Megaphon schwieg, *nein! nein! nein!* zu rufen, wies danach stumm auf eine für die Menschen unten in der Gasse nicht wahrnehmbare Bedrohung auf dem Dach hin und schrie, sich aufrichtend und sich gefährlich über den Rand der Dachrinne beugend, er werde springen. Der Einsatzleiter brüllte etwas durch das schrillende Megaphon, worauf der Italiener, sich fortwährend nach allen Seiten umblickend, ruhiger zu werden schien. Nun versuchte einer der Polizisten den Italiener, der Alberini hieß, zu überreden; er bat ihn, auf der Leiter ruhig hinunterzusteigen, es solle nur ein Protokoll aufgenommen werden, ihm selbst würde nichts geschehen. „Ich verspreche Ihnen eine faire Behandlung. Sie brauchen keine Angst zu haben, Herr Alberini." Der Angesprochene begann rhythmisch *nein! nein! nein! nein! nein!* zu rufen. Auf eine Frage Dürers antwortete der „Italiener von heute morgen", daß „mein Freund" oder „mein Kamerad" Angst habe, in sein Heimatland zurückgeschickt zu werden, weil ihm, nachdem er in seinem Werk etwas gestohlen hatte, gekündigt worden sei, wonach er dann irgendwo eingebrochen habe und jetzt bei einem Arbeitsvermittler, also schwarz, arbeite. Dürer fand es seltsam, daß Alberini Angst vor Italien hatte, und fragte den Italiener zweimal nachdrücklich nach der Ursache dieser Angst. „Italia nicht gut. Viel Hunger. Wir von Süden Italia. Kein Geld. Viel Armut. Hier besser. Hier Geld machen und nach Haus schicken." Durch diese Bemerkung geriet Dürer außer sich. Der Kontrast zu seinem Italien-Bild war zu groß, als daß er sich die Worte des Mannes nüchtern hätte anhören können; erneut fühlte er sich von diesem Italiener im Stich gelassen und schleuderte ihm alle Flüche, die er kannte, ins verblüffte Gesicht. Dann rannte er zurück in sein Zimmer; hier lag er niedergeschlagen, sich bis in jede Faser seines Herzens einsam fühlend und sich ruhelos herumwälzend, auf dem Bett, die Schmerzen in seinem Magen unterdrückend. Das schrille Megaphon drang bis in sein Zimmer, er hörte die ängstliche Stimme des Italieners auf dem Dach und über sich das Scharren der Polizistenstiefel. So ging es ungefähr eine halbe Stunde lang.

Dann ertönte ein kurzer Schrei, gefolgt von aufgeregtem Stimmengewirr. Der Polizist, der sich bis dahin auf dem Dach aufgehalten hatte, kletterte hastig durch das Fenster ins Zimmer und verschwand schnell nach unten. Erschrocken und hilflos saß Dürer auf seinem Bett. Später fand er den Mut, aufzustehen und vorsichtig ein Zimmer auf der anderen Seite des Ganges zu betreten. Er öffnete das Fenster und blickte genau auf ein über das Pflaster der Gasse gebreitetes, von einer schwachen Laterne beleuchtetes Laken, das mehrere dunkle Flecken hatte.

Bis tief in die Nacht beschrieb Dürer in seinem ersten Heft ausführlich die Bilder, die er gesehen, und die Emotionen, die er empfunden hatte bei dem Unglück. Sein Stil entwickelte sich schon innerhalb weniger Stunden: Den hastigen Notizen, in denen er die ersten Eindrücke nach seiner Entlassung niedergelegt hatte, schlossen sich flüssig geschriebene, manchmal sogar recht kompliziert konstruierte Sätze an.

In München schrieb er über seine Rückkehr nach der zweimonatigen Gefängnisstrafe, über seinen Aufenthalt bei seinen Eltern und über seine Abreise. Zwischen diesen Erinnerungen beschrieb er aktuelle, gerade erlebte Ereignisse, wie den oben zusammengefaßten Zwischenfall mit „dem zu Tode geängstigten, sich in die Enge getriebenen, wissenden und sich deshalb vom Dach eines armseligen, in einer schattenreichen Gasse gelegenen Fremdenheims zu Brei stürzenden Sizilianer".

Dürer blieb genau fünfzehn Tage in München, die er größtenteils mit Schreiben ausfüllte; zweimal mietete er ein Kämmerchen im Fremdenheim, zwölfmal ein etwas besseres Zimmer in einem gewöhnlichen Hotel, und am Abend des fünfzehnten Tages nahm er einen Zug „einfach irgendwohin, es tat nichts zur Sache, nach welcher Stadt, in welche Richtung, wenn es nur nicht mein Heimatland war oder das Land, das bei meiner Abreise aus A. meine Gedanken erfüllte, denn ich wußte bereits: Jenes Land liegt nicht auf der anderen Seite der Alpen, sondern es existiert einzig und allein in meinem Kopf. Dürer."

Am Morgen nach dem Unglück mit Alberini stand Dürer wieder an der Autobahnauffahrt bei der Kreuzung Rosenheimer Straße / Innsbrucker Ring. Das Wetter war umgeschlagen. Kleine, fast unsichtbare Tröpfchen fielen aus der grauen Luft herab. Es war noch warm, Dürer hatte das Gefühl, in einer feuchten, engen Duschkabine zu stehen. Er gab sich wenig Mühe, die Aufmerksamkeit der Autofahrer auf sich zu lenken. Stundenlang starrte er vor sich hin. Vergeblich suchte er nach Motiven, die Alberinis Verhalten und die Worte des anderen Sizilianers in einen logischen, zu begründenden Zusammenhang bringen würden mit seinen auf dem „Taugenichts" basierenden Auffassungen von Italien. Er begann an dem idealen Bild, das er von diesem Land hatte, zu zweifeln. Verwerfen konnte er seine Ideale nicht, er hegte nach wie vor Hoffnung, vielleicht wider besseres Wissen.

Dürer war bis auf die Haut naß, doch das störte ihn nicht. Als er gegen Mittag wieder in den Schnellimbiß ging, entstand schnell um ihn herum eine Wasserpfütze. Er starrte schweigend vor sich hin, ließ den Kaffee kalt werden, eilte bei der Ankunft der Menschen aus dem benachbarten Bürogebäude hinaus. Dann ging er zu Fuß in das etwa vier Kilometer von der Kreuzung entfernte Stadtzentrum.

Die im folgenden wiedergegebene Passage schrieb Dürer gegen Ende jenes Nachmittags und / oder am frühen Abend, nachdem er erneut in die Pension eingezogen war (aus der er übrigens später am Abend wieder ausziehen sollte):

„In diesem Gemütszustand, einerseits vollkommen überzeugt vom Sinn des Reisens und meines Aufbruchs aus dieser sterbenskranken Gesellschaft, in der meine Eltern mit ihrer völligen Zustimmung als lebende Kadaver in Betongefängnisse eingeschlossen sind, andererseits zutiefst verwirrt durch das für mich überaus ambivalente Verhalten der Italiener in der Pension, wodurch der Zweck meiner Reise vor meinen Augen zunichte gemacht zu werden drohte, ging ich durch die Rosenheimer Straße über die Ludwigsbrücke zum Isartor, wonach ich durch das Tal zum Marienplatz gelangte, während mein Gehirn fieberhaft nach Klarheit suchte, nach meinen eigentlichen Motiven, nach dem ursprünglichen Bild von Italien, das der Taugenichts mich hatte sehen lassen, das immer ein Land war, welches am Ende meiner Fahrt in all seiner Pracht für mich faßbar werden und den Raum abgeben sollte, in dem andere Werte und Wahrheiten gelten würden als die, die ich sowohl in A. als auch hier in München mit ihrer vernichtenden, zerstörenden und verschlingenden Kraft auf mich einschlagen fühlte und vor denen ich mich dann und wann verbergen mußte in einer Nische dieser großen, monströsen Gebäude, die dieser Stadt jedes Körnchen Menschlichkeit nehmen und die durch den alle Grenzen überschreitenden Groß- und Kleinhandel zu *Kaufpalästen* umgestaltet worden sind, wo fast niemand vorbeigehen kann, ohne seinen (zum Beispiel in den strengen, kahlen, gefühllosen Hallen der Bayerischen Motorenwerke verdienten) Lohn auszugeben für den unsinnigsten Krimskrams, der ihm in den raffiniert eingerichteten, mit schönen Frauen und uniformen Artikeln vollgestopften Schaufenstern aufgezwungen wird, und die ihre größte Konzentration – in den turmhohen Warenhäusern – rund um den Marienplatz erreichen, den ich betrat, nachdem ich zuerst unter dem Isartor hindurchgelaufen und dann schnellen Schrittes das Tal hinaufgegangen war, und der trotz des anhaltenden, strömenden Regens von vielen, vielen Menschen besucht wurde, die einer nach dem anderen ihren blinden, ihnen seit ihrer Geburt von dieser Stadt eingehämmerten *Konsumtrieb* auf eine bestürzende Manier befriedigten, indem sie einer nach dem anderen ihr – unter gleichzeitigem Verlust der Reste ihrer bei der Geburt noch formbaren Menschlichkeit – sauer verdientes Geld in (in zahllosen Geschäften aufgestapelte und von den vielen, vielen Menschen, einer nach dem anderen, selbst produzierte) *Gebrauchsgegenstände* umsetzten, wogegen sie keinerlei Widerstand leisten können aufgrund eines tief verwurzelten Triebes, der ihnen von Eltern, Schule, Politikern eingeprägt wurde und an dem sie sich selbst festklammern, weil es neben diesem ihnen in ihrer Kindheit eingeprägten Trieb in ihrem Leben nichts gibt, was die vernichtende, zerstörende und verschlingende Leere ihrer Existenz ausfüllen kann, so daß sie alle, einer nach dem anderen, ausgiebig von den Münchener Schnellbahnen Gebrauch machen, um im Herzen der Stadt, am Marienplatz, ihrem Trieb zu folgen, und dabei auch ihre mitgeschleppten (in ihre Vorstellungen von der ‚Familie' passenden und mit einem Minimum an Verantwortlichkeit – denn so gehört es sich nun mal, das sind die Spielregeln – herangezüchteten) Kinder zugrunde richten, so wie sie selbst von ihren eigenen Eltern zugrunde gerichtet worden sind, wodurch sowohl in der Gegenwart als auch in der Zukunft keine Möglichkeit besteht, *Menschenwürde, Gleichheit, sinnvolle Arbeit, Solidarität* zu realisieren, weil all diese Begriffe für die Besitzer der Groß- und Kleinhandelsbetriebe und für die Lieferanten der Groß- und Kleinhandelsbetriebe und für die Zulieferer der Lieferanten der Groß- und Kleinhandelsbetriebe und aller Besitzer von Lieferfirmen, für welches Gewerbe auch immer, gefährlich sind, denn die oben genannten Begriffe veranlassen die Menschen, einen nach dem anderen, die in den Groß- und Kleinhandelsbetrieben und bei deren Lieferanten arbeiten und die zugleich auch die Benutzer und Verbraucher der im Groß- und Kleinhandel ausgestellten Gebrauchsgegenstände sind, nachzudenken und zu fühlen, und regen sie zu *anderen* Gedanken an, wodurch die vielen, vielen Menschen, die ich auf dem Marienplatz und in der Neuhauser Straße und in der Kaufinger Straße und in der Weinstraße und in der Theatinerstraße – die sämtlich für den Verkehr gesperrt sind – sah, ihr *Kaufverhalten* ändern und damit die Besitzer der Groß- und Kleinhandelsbetriebe, ihre Brotherren, in tiefes Elend stürzen würden, in das sie dann *nicht* – was die Besitzer dieser Betriebe sie aber gerne glauben machen wollen und was sie in der Tat auch wirklich glauben – selbst mit hineingezogen würden, denn mit all diesen Begriffen würden sich ihre Ansichten über die *Arbeit* ändern, und sie würden verschont bleiben von den zermürbenden, zersetzenden Qualen, die ich vor meinem Aufenthalt im Jugendgefängnis Nieuw Vosseveld zu V. erleiden mußte, als ich mich schämte, mit den Händen im Schoß dazusitzen, statt an einer drei Handbewegungen verlangenden Maschine oder einem Fließband zu stehen, jedoch wußte ich diese Qualen von mir abzuschütteln und endgültig hinter mir zu lassen durch meine Reise, die mich am Ende nach München geführt hat, wo ich, zweifelnd am Sinn dieser Wanderung, den Marienplatz überquerte und Menschen um mich sah, die sich, einer wie der andere, durch nichts von den beklagenswerten Menschen in meiner Heimatstadt A. unterschieden, Menschen, die nichts ahnten von dem Konflikt, der in mir brannte und noch immer brennt und der die Ursache dieser Notizen ist, die mich beruhigen, weil das *Schreiben,* das *Formulieren* eine Tätigkeit zu sein scheint, die *ordnet,* die *klassifiziert* und mich meine Lage deutlicher sehen läßt: Ich lief durch die Innenstadt von München und empfand Abscheu vor meiner Umgebung, aber auch Zweifel darüber, ob es eine Alternative zu dieser vernichtenden, zerstörenden, verschlingenden und Abscheu erregenden Gesellschaft gibt. Dürer."

Diesen Satz, den längsten in allen drei Heften, schrieb Dürer, wie bereits bemerkt, am späten Nachmittag und / oder am frühen Abend im Fremdenheim, wohin er zurückgekehrt war. Er bekam wieder das Zimmer im fünften Stock und zog trockene Sachen an. Fest steht, daß er, bevor er hinunter in den kleinen Saal, wo er gefrühstückt hatte, fernsehen ging, noch einige Passagen aus dem „Taugenichts" las, die ihn ziemlich aus der Fassung brachten, weil er dort auf Sätze stieß, die er früher nicht bemerkt oder über die er zu schnell hinweggelesen hatte. Sollte er bisher nur die Passagen über die schöne junge Frau beachtet haben?

Dürer hatte angenommen, daß der Taugenichts durch ein *Mißverständnis* Italien verlassen habe; nun stellte er entsetzt fest, daß der Taugenichts an einer Stelle sagt: *Ich nahm mir nun fest vor, dem falschen Italien mit seinen verrückten Malern, Pomeranzen und Kammerjungfern auf ewig den Rücken zu kehren, und wanderte noch zur selbigen Stunde zum Tore hinaus.*

Durch seine mit Hilfe des Taugenichts schließlich formulierte Absage an das Leben in A. hatte er in sich Sehnsüchte entdeckt, die, in Wechselwirkung mit dieser Absage, ihn dazu veranlaßten, nach Italien zu gehen. Wahrscheinlich wäre er so oder so fortgezogen – wenn nicht nach Italien, dann doch in ein anderes Land –, weil sein Gefühl der Abscheu so stark war, daß er, wie auch immer, eine andere Umgebung finden mußte.

Das winzige Zimmer unter dem Dach wurde unerträglich, als der Gedanke, daß *sein* Italien vermutlich ein Hirngespinst war, immer größere Dimension annahm und ihn aus dem Fenster hinauszudrücken drohte.

In dem leeren Saal setzte er sich vor den Fernseher und starrte vor sich hin, ohne die Bilder wahrzunehmen. Nie zuvor hatte er sich so einsam gefühlt; jetzt, wo er seine Emotionen für sich beschreiben konnte, intensivierte sich alles, was er erlebte. Er wußte nicht, was er mit seiner Liebe zu Joyce anfangen sollte, dachte er. Dazu kam, trotz der Entfernung, daß sie ihm noch nie so vertraut gewesen war wie jetzt. Er konnte sich nicht vorstellen, daß es außerhalb von ihm, auf der anderen Seite der Mauern – so dachte er – noch Menschen gab, die lachten und einander auf die Schultern klopften. Es war doch unmöglich, daß auch andere Menschen, genauso wie er, vorm Fernseher saßen und sich fragten, ob es noch andere Menschen gab, die sich genauso wie sie, fragten, ob ... und so weiter. Er sehnte sich sehr nach Joyce und wußte zugleich, wußte schon seit dem ersten Stich in seiner Brust, als er ihr begegnete, daß er Joyce nur, wenn er masturbierte, küssen konnte.

Alles war ihm plötzlich fremd, er hatte Angst, daß sein Herz auf einmal stillstehen würde, er schauderte bei dem Gedanken, blind zu werden, formulierte die Worte so hastig, daß er sich selbst hören konnte, ohne etwas zu begreifen, verkrampfte sich, als ihm bewußt wurde, daß er sich wieder wie *früher* verhielt.

Er mußte aufpassen! rief Dürer sich selbst zu. Er mußte sich die kahlen Tische und die harten Stühle gut ins Gedächtnis einprägen! Er durfte sich nicht mehr von seinen Ängsten mitschleppen lassen! Benenne sie und räume sie aus! befahl er sich.
Er stand auf, lief hin und her und gab allem um sich herum einen Namen. Allmählich wurde der Raum weniger angsteinflößend, weil Dürer nun von Worten umringt zu sein schien, und von Worten hatte er nichts zu befürchten. Als er dann doch nach den Bildern auf dem Schirm sah, wurde sein soeben mit viel Mühe errungenes Gleichgewicht mit einem Schlag hinweggefegt. In einer aktuell-politischen Sendung zeigte man einen Bericht über die gegenwärtige Situation in Italien. Der Satz

„Wenn die Arbeitslosen jung und gebildet sind, dann weiß jeder, daß das Land reif ist fürs Chaos" traf Dürer mitten ins Gesicht. Verstört verfolgte er die Bilder. Nicht in diesem Land! stöhnte er immer wieder. Bitte nicht dort! Mit abgewendetem Kopf, zwischen seinen Fingern hindurch verfolgte er die harten Kämpfe zwischen Polizei und Jugendlichen, und er fühlte, wie sein Denken beim Anblick dieser Bilder zum Stillstand kam, als ob sich sein Schädel plötzlich spaltete.

Als der Bericht zu Ende war, ging Dürer ruhelos auf und ab, konnte nur den Anfang von Sätzen artikulieren. Er hätte gern gesagt, daß die Kämpfe *unwirklich, ungültig, inszeniert* waren, doch diesmal schienen ihm Worte *machtlos*. Er wollte über sich selbst nachdenken, aber er hatte nur Gedanken für die furchterregende Ohnmacht, das Nachdenken über sich selbst in sinnvolle Bahnen zu lenken. Ratlos suchte er nach einem Gegenstand, den er mit Worten beschreiben könnte, um damit zu beweisen, daß ihm die Sprache noch immer gehorchte und die unschlagbare Waffe in seinem *Befreiungskampf* war. Er wollte die sich in seinem Kopf einnistenden, schnell aufeinanderfolgenden Bilder von Italien verdrängen; die Häßlichkeit der Umgebung nahm unter seinen Blicken zu – er lief aus dem Saal, raste die Treppe hinauf.

Im dritten Stock prallte er mit jemandem zusammen: mit dem von ihm ausgeschimpften Italiener, der sich jetzt verärgert die von Dürer gestoßene Schulter rieb. Dürer entschuldigte sich, der Mann sah ihn schweigend an. Sie standen sich einen Augenblick unentschlossen gegenüber, dann konnte sich Dürer nicht mehr beherrschen und versetzte dem Mann einen Hieb. Es entstand eine heftige Schlägerei.

Mit Unterstützung anderer Gäste gelang es dem Pensionsbesitzer, die Kämpfenden zu trennen. Der sich sträubende Dürer mußte von vier Männern festgehalten werden. Er blickte keuchend auf den Italiener, der erschöpft nach Luft schnappte, seine Arme um den Hals eines Freundes legte und anfing zu weinen.

Der Pensionsbesitzer beschimpfte Dürer laut und befahl ihm, unverzüglich auszuziehen. Schnell packte Dürer in Gegenwart des Wirtes seine Sachen und ließ, nachdem er auf sein Drängen die im voraus bezahlte Zimmermiete zurückerhalten hatte, das Fremdenheim hinter sich.

Es regnete noch immer; im schwachen Schein einer Laterne sah Dürer einen dünnen Nebel. In einem dunklen Hauseingang zog er seine Jacke an und band ein Stück Plastik über seinen Rucksack. Die nassen, glänzenden Straßen, die eingeschalteten Scheinwerfer der Autos, die vorbeidröhnenden, grell erleuchteten Straßenbahnen, die mit hochgezogenen Schultern aus einem Taxi steigenden und auf eine geöffnete Tür zueilenden Menschen, die leisen Laute eines Fernsehers hinter einem Fenster, die Wasserpfütze auf der Treppe mit den unzähligen, ständig wechselnden Einschlägen von Regentropfen – das alles erzeugte die Angst, sein Weggehen, seine Reise und sein Wortgebrauch wären nur ein Traum.

Er ging weiter, strich sich die nassen Haarlocken hinter die Ohren, wischte sich mit dem Handrücken Regentropfen aus dem Gesicht.

NAH AM OSTBAHNHOF fand Dürer ein billiges Hotel, wo er ein Zimmer mietete. Der Nachtportier hatte ihn argwöhnisch gemustert und ihm den Schlüssel quälend langsam über die blank gewetzte Theke zugeschoben.

Dürer blieb insgesamt zwölf Tage in diesem Hotel. Hier schrieb er über den Geburtstag seiner Schwester, über Peter, über die Ereignisse, die seinem Aufbruch von A. vorangegangen waren. Erinnerungen wechselten ab mit aktuellen Beschreibungen (wie jener Satz über München), darunter die folgende:

„Links strahlt die Sonne, rechts der Mond – unter ihnen bewegt sich das kummervolle Leben des Alltags. Schmerz und Leid quälen jeden Menschen, niemandem bleibt der über die Erde ausgeschüttete Verdruß erspart. Hört! Wer steht solch einem Schrei des Elends gleichgültig gegenüber? Wessen Augen bleiben beim Anblick dieses Schmerzes trocken? Wessen Blut beginnt nicht zu kochen bei so viel Leid? Ich sehe, wie das Meer brennt, das Feuer fällt unbarmherzig aus den Wolken, die Erde dröhnt und schnappt hungrig nach unseren Füßen, ich bin nicht blind. Ich fühle das Verlangen, mich auf die Knie zu werfen und um Vergebung zu bitten. Doch mir wird plötzlich die Moral dieses Verlangens bewußt; ich werde böse und bleibe aufrecht stehen, rufe nach Rache, empöre mich gegen den über meinem Kopf ausgefochtenen und anscheinend zu meinem Nachteil geschlichteten Streit, ich füge mich nicht mehr in mein Schicksal. Ja, laß die Unglücklichen, die sich in den Staub beugen und in ratloser Angst vergeblich eine Zuflucht suchen und jammern, wie ich wortlos gejammert und mich ratlos im Dreck gewälzt habe, um einen sicheren Platz zu finden. Ich akzeptiere diese unerträgliche Existenz nicht länger! Ich bin auf der Suche nach einem glücklichen Leben und glaube nicht an die Lügen über die Unvermeidbarkeit des Leidens und die Gewißheit eines ruhigen Erwachens in einem sicheren Jenseits. Es geht mir um den Teil, der der Erde am nächsten ist: Es geht mir um das brennende Meer und das wogende Land. Ich fühle Wut und werde nicht im verführerischen Selbstmitleid schwelgen, das, sobald die Aufgabe zu groß scheint, mit Samthandschuhen nach mir greift. Keine Melancholie! Keine Ergebenheit! Ich werde kämpfen und den Himmel herunterziehen. Dürer."

Diese Passage, deren Bilder auf den ersten Blick recht verschlüsselt schienen, jedoch später klar eingeordnet werden konnten, erinnert an einen Absatz etwas weiter unten in diesem Heft (nach dem noch kommenden Gespräch mit Herwig Jungmann), wo Dürer schreibt, daß er mit drei Reitern an seiner Seite die Ungerechten bestrafen wolle und nicht ruhen werde, bis die Gleichheit die Gesellschaft verändert hätte:

„So könnte ich mir einen Kampf vorstellen: Mit Freunden (beispielsweise drei an der Zahl) zu Pferde, über die Köpfe der Menschen hinwegjagend, die uns seit unserer Geburt gequält und verunstaltet haben. Wir schonen weder uns selbst noch unsere falschen Erzieher, unsere uns betrügenden Lehrer und ausbeutenden Arbeitgeber. Auch wir leiden, selbst diese Aufgabe, die wir auf uns nehmen mußten, weil die Schmerzensschreie ohrenbetäubender klingen denn je, hat unangenehme Seiten, denn viele der Gestraften sind irregeführt worden und haben aus Irreführung gehandelt, ihre verderblichen Werte haben sie, selbst bereits irregeführt, auf andere übertragen, so haben sie ihre Irreführung weiterwirken lassen – und so würde ich dieses alles umfassende und jeden anfressende Krebsgeschwür herausschneiden: mit Feuer und Schwert. So stelle ich mir einen Kampf vor, zusammen mit (beispielsweise drei) Freunden; auf dem Rücken unserer nimmermüden Pferde würden wir über die weite

Erde jagen und die Handlanger des Unrechts und damit das System des Unrechts und damit die ungerechte Gesellschaft vernichten, um danach unter den Befreiten zu ruhen und unter Gleichen zu lieben. Dürer."

Dieser Absatz scheint – zu Recht – auf eine zufällige Beobachtung im Bericht über die Abreise zu verweisen, die er in der Bank, wo seine Mutter arbeitete, gemacht hatte:

„Ich sah mich noch einmal um. Meine Mutter war nirgends zu sehen. Mein Blick fiel auf eine Zeichnung, die gegenüber dem Aufzug an der Wand hing. Ich trat näher und entdeckte eine schreckliche Abbildung. Vier Männer, den Ausdruck der Rache in ihren Gesichtern, auf sich bäumenden, verängstigte Menschen zertrampelnden Pferden. Und ich merkte erschrocken, daß ich die Männer begriff. Auf dem Kärtchen, das unter der Zeichnung hing, las ich den Namen des Zeichners: *Die vier Apokalyptischen Reiter* von Albrecht Dürer (1471–1528). Jetzt weiß ich mehr darüber, doch damals stand ich verblüfft da, starrte auf den Namen und war doppelt überrascht, als ich meinen Namen nennen hörte."

Dürer besuchte, auch wenn er es in dem Bericht über seinen Aufenthalt in München (von dem hier nur eine Zusammenfassung gegeben wird) nicht erwähnt, das Bayerische Nationalmuseum. Zu der betreffenden Zeit wurde dort u.a. eine kleine Ausstellung von Holzschnitten Albrecht Dürers gezeigt. Wahrscheinlich fiel Dürer auf den überall in der Stadt angeklebten Plakaten sein Name auf, so daß er auf diese Weise dazu kam, das Museum zu besuchen, denn man kann annehmen, daß er, abgesehen von der Reproduktion in der Bank, nie zuvor von Albrecht Dürer gehört hatte und daher wohl nicht aus einem bereits vorhandenen Interesse in die Ausstellung ging.

Der Holzschnitt „Die Öffnung des fünften und des sechsten Siegels" liegt der ersten oben angeführten Passage zugrunde: Zwischen den Wolken links die Sonne und rechts der Mond, darunter verängstigte, sich in ihrer Verzweiflung an den Kopf greifende Menschen, oben der Himmel. Auf dem Umschlag eines der Hefte hat Dürer die rechte Hand (er war Linkshänder) und das Stilett nachgezeichnet, eine Zeichnung, die von Talent zeugt. (Über seinen Besuch der Ausstellung kann bemerkt werden, daß er beinahe hinausgeworfen wurde, weil er sich sehr laut verhalten hatte. Ein Aufsichtsbeamter erkannte ihn später nach einigem Zögern auf einem Foto wieder und erzählte, daß er den jungen Mann mehrmals ersucht habe, angemessene Stille zu bewahren. Immer wieder begann Dürer laut zu reden. Weil seine Worte nichts nutzten, holte der Aufsichtsbeamte seinen Chef, der Dürer darauf aufmerksam machte, daß man ihn, wenn er noch einmal durch sein lautes Benehmen die Aufmerksamkeit der anderen Besucher erregte, aus dem Museum entfernen würde. Einige Minuten später war Dürer fort.)

An einem Vormittag ging Dürer wieder in das Zentrum von München. Ihm war, als könnte er allem widerstehen und sogar alles verändern, wenn er das Objekt der Veränderung mit *Willenskraft* zum Aufgeben zwänge. Unterwegs atmete er tief. Sein Brustkasten unter der Jacke dehnte sich immerfort, seine Wangen blähten sich beim Ausatmen, seine Fäuste schwangen im schnellen Tempo seiner Schritte neben seinem Körper. Der seit Tagen vom Himmel herabfallende Regen ließ seine Haare schnell strähnig ins Gesicht fallen; ab und zu leckte er die Tropfen von seiner Oberlippe ab. Er trat unerschütterlich in Pfützen, überquerte absichtlich dicht vor den fahrenden Autos die Straßen, ließ entgegenkommende Fußgänger vor ihm ausweichen, fühlte sich unüberwindlich und stark wie ein Löwe. Mit einem einzigen Atemzug könnte er dieses ganze lächerliche Theater in einen Schutthaufen verwandeln, die Steinplatten, auf die er trat, zu Staub werden lassen! Unnahbar sah er allen gerade ins Gesicht, machte sich lustig über den Stumpfsinn, der ihn umgab. „Macht nur so weiter!" rief er aus. „Meine Zeit kommt noch!" Er stellte sich unter das Isartor und brüllte vor Lachen beim Anblick der mit aufgespannten Regenschirmen an den Schaufenstern vorbeibummelnden Menschen, dann eilte er, laut und fröhlich Schimpfworte rufend, zum Marienplatz, wo er, das Gesicht dem Glockenturm des alten Rathauses zugewandt und durstig die Tropfen von seinen Lippen leckend, die Stadt zur Übergabe zwang und die unbezwingbare Kraft seiner Schultern in seine Hände strömen ließ. Er riß mit lockerer Leichtigkeit den Turm um und stampfte ihn in den Boden. Dabei packte ihn ein in einen weißen Plastikregenmantel gehüllter Polizist am Arm. Nachdem Dürer ihn erschrocken angeblickt hatte, riß er sich los, rannte in den U-Bahn-Eingang und sprang in einen abfahrbereiten Zug, der ihn schnell zu einer Station mit dem Namen *Münchener Freiheit* brachte, wo er den Zug verließ und oben einen häßlichen Platz betrat, der sich ihm mit all seiner grauen Feuchtigkeit und seinen abstoßenden Asphalt- und Betonelementen grinsend präsentierte. Bestürzt über sein Betragen, über seinen euphorischen Gemütszustand und die darauffolgende erniedrigende Enttäuschung, stand er eine Zeitlang sprachlos mitten auf dem Platz. Autos rasten an ihm vorbei; er roch den schwülen Dunst aus einem Luftschacht der

U-Bahn-Station. Er ging wahllos in eine Richtung, sah zwei Männer, die ein Schild trugen, auf dem *Haftentlassene, helfen Sie uns!* stand, und mit erloschenem Blick vor sich hin starrten, kaufte in einem Supermarkt eine Flasche billigen Rotwein und trank, in sein Hotelzimmer zurückgekehrt, bis er nicht mehr wußte, ob er schlief oder wach war; am späten Nachmittag erwachte er mit stechenden Kopfschmerzen, goß den Rest des Weins in die Toilette und sah sich im Fernsehzimmer eine Folge einer Westernserie an, die anstelle einer überholten Dokumentation gesendet wurde und, wie so oft bei solchen Serien, gezwungen spaßig war und nur Ärger hervorrief – auf einem abgewetzten Stuhl in seinem Zimmer sitzend, sah er dann still vor Kummer auf ein dunkles Gemälde an der mit einem verblaßten Blumenmuster tapezierten Wand, dessen Farben beinahe unerkennbar geworden waren. Zu jedem Element auf dem Landschaftsbild konnte er *beinahe* hinzufügen: Der kleine Bauernhof war *beinahe* ein unbestimmter, dunkelbrauner Fleck, das Kornfeld *beinahe* ein dunkelgelber Fleck.

„BEINAHE", schrieb Dürer in großen Buchstaben in sein Heft, und darunter: „ES REGNET BEREITS SEIT TAGEN, DIE STRASSEN SIND DÜSTER, SCHMUTZIGES WASSER STRÖMT DIE RINNSTEINE ENTLANG, DOCH NIEMAND HÖRT DAS RAUSCHEN UND GLUCKERN IN DEN GULLYS."

„Wie seltsam ist es jetzt, in ‚Aus dem Leben eines Taugenichts' zu blättern! Bis vor kurzem las ich in dieser Erzählung Sätze, die auf eine Welt verwiesen, die ich, wie auch immer, betreten wollte. Tagelang brannte ich vor Ungeduld, die Sonne hinter einem italienischen (denn Italien hielt ich für die Welt) Horizont untergehen zu sehen. Zugegeben, noch immer werde ich von dieser Erzählung, von den Sehnsüchten und Gefühlen des Taugenichts ergriffen, doch der Schluß dieser Erzählung ist nun nicht mehr rosig. Ich zweifle im Augenblick sogar an einem schließlichen Zusammensein mit meiner Joyce. Ich lese jetzt ständig eine kleine Anzahl von Sätzen, für die meine Netzhaut vorher blind gewesen ist; der Taugenichts verließ Italien, und darum werde ich dieses Land niemals betreten. Ich sehe ein, daß ich zu Unrecht annahm, der Taugenichts habe mich betrogen: Im Gegenteil, er gab mir zu verstehen, daß dieses Land keine der Sehnsüchte befriedigen konnte, die er still oder laut singend in einem Wald gehegt hatte. Die Mißstände, die in dem Land, wo ich mich aufhalte, und in meinem Heimatland herrschen, bestimmen auch dort das Leben jedes Menschen. Das einzige, was ich nun besitze, ist ein klares Bild der Gesellschaft, die ich verlassen will, eine Gesellschaft, die sich in dieser Stadt mit außergewöhnlicher Härte zu manifestieren scheint. Ich bin auf der Flucht. Im ersten Stadium war ich auf dem Weg in eine Welt, die diese Flucht sinnvoll machte und rechtfertigte, aber jetzt, im – wie ich es nenne – zweiten Stadium, bin ich nur noch *auf dem Weg,* weil das greifbare Ziel, das meine Anstrengungen reichlich belohnen würde, nicht mehr da ist. Wovor ich mich in acht nehmen muß, ist die Gefahr, daß mein Zorn meine Hoffnung übersteigt. Immer wieder neu muß ich mir vor Augen halten, daß es Fragen ohne Antworten nicht gibt, daß ich doch noch irgendwo diese *selbstverständliche* Zusammengehörigkeit antreffen werde. Auch nehme ich mir vor, meiner selbst besser Herr zu werden, weil die Hammerschläge, die ich mir selbst zufüge, nach einer Aufwallung, der ich sofort nachgebe, bis in die Knochen dröhnen. Paß auf! werde ich mir zurufen. Überlege, was du tust! Es scheint mir von großer Wichtigkeit zu sein, daß ich nicht aufhöre zu schreiben.

Deshalb muß ich zusehen, daß ich jeden Tag die Feder nehme wie Medizin und mich dazu zwinge, in Sätzen über die Welt nachzudenken. Ich fürchte mich vor dem Tag, da selbst Worte machtlos auf dem Papier liegen bleiben. Dürer."

Er muß einmal in einem Warenhaus gewesen sein, aus einem Grund, auf den er nicht näher einging. Er berichtet jedoch, daß seine Schüchternheit recht groß war und daß er minutenlang zweifelnd neben einem der Eingänge gestanden hat. Als er sich von seiner Unsicherheit befreit hatte, besichtigte er das Warenhaus von oben bis unten, dabei fiel er von einer Überraschung in die andere. Noch nie hatte Dürer auf diese Weise ein Warenhaus besucht, hatte noch nie alles so deutlich durchschaut und so selbstverständlich die passenden Worte gefunden. Überall entdeckte er Bestätigungen für seine Ansicht über den Groß- und Kleinhandel. Manchmal brüllte er vor Lachen beim Betrachten eines, wie er meinte, absolut sinnlosen, aber von Verkäufer und potentiellem Kunden volle Aufmerksamkeit fordernden Gegenstands. Später ärgerte er sich dann über solche Vorfälle und betrat, vor sich hin murmelnd, die Rolltreppe, fest entschlossen, allen Ladentischen und Vitrinen den Rücken zu kehren, worauf er dann vor dem Ausgang doch wieder von diesem und jenem fasziniert wurde. Als er am Ende genug hatte, fuhr er mit der Linie S6 der Münchener Schnellbahn in sein Hotel, wo er folgende Notizen machte:

Der Schaukelstuhl. Wie man weiß, ist ein Schaukelstuhl ein angenehmer Gegenstand, in dem man sitzen kann, d. h., man stützt sowohl den Rücken als auch das Gesäß und die Oberschenkel auf zwei in einem Winkel von ungefähr hundert Grad aneinander befestigte Bretter, wobei das horizontal liegende Brett zur Stützung des Hinterteils und der Oberschenkel und das vertikal liegende Brett zur Stützung des Rückens dient. Das horizontale Brett muß sich in einer Höhe befinden, die etwas geringer ist als die Kniehöhe eines erwachsenen Menschen, wodurch mehrere Streben (gewöhnlich vier) notwendig sind, um das Ganze zu tragen. Wenn nun diese Streben zwei zu zwei durch zwei gebogene Bretter verbunden sind, die in einer Richtung verlaufen, die senkrecht steht auf der Linie, die durch die Befestigung der horizontalen und vertikalen Trageflächen gebildet wird, dann spricht man von einem Schaukelstuhl, d. h., der Stuhl bewegt sich, indem derjenige, der darin sitzt, nach vorn und nach hinten schwingt, was bei vielen Menschen eine angenehme Empfindung hervorruft. Es ist jedoch unmöglich, in einem sich vor- und zurückbewegenden Schaukelstuhl irgendeiner anderen Beschäftigung als der des Schaukelns nachzugehen. Selbst das Verfolgen eines absolut belanglosen Fernsehprogramms wird durch das Schaukeln in solch einem Stuhl unmöglich gemacht. Das besondere daran ist, daß solch ein sogenannter *gemütlicher* Schaukelstuhl mit *Großmutters Zeit* in Verbindung gebracht werden muß, was eine werbende Kraft zu haben scheint, wenn man diese Stühle in großen Mengen in den Ausstellungsräumen des Groß- und Kleinhandels sieht, die dort aber nicht stehen würden, wenn man sie nicht fortwährend in die Hochhauswohnungen der Schaukelstuhlkonsumenten brächte. Tatsächlich ist es jedoch so, daß die Zeit meiner Großmutter keineswegs gemütlich war, und ich bin ganz sicher, daß die Zeiten der meisten Großmütter nicht gemütlich waren, sondern *im nachhinein* gemütlich gemacht wurden, einerseits durch die dazu gezwungenen Hirne aller Großmütter, die, wollten sie überleben und ihre alten Tage nicht als vollkommen sinnlos empfinden, auf eine reiche Jugend mußten stolz sein können, und andererseits durch die auf Umsatz und Gewinn ausgerichteten Besitzer der Groß- und Kleinhandelsbetriebe, für die keine Lüge zu groß und kein Betrag zu gering ist und die den mit ihrem Leben unzufriedenen Schaukelstuhlkonsumenten ein verlogenes Zeitbild vorführen, von dem diese Schaukelstuhlkonsumenten in ihrer Schaukelzeit zufrieden träumen können. Der Schaukelstuhl nötigt zum Zeitvertreib um des Zeitvertreibs willen und ist also meistens unbesetzt. Die Großmütter kannten zu ihrer Zeit noch keinen Fernseher, nach dem nur aus einem feststehenden, höchstens von links nach rechts drehbaren Fernsehsessel in einem auf den Sehgenuß abgestimmten, rund um den Apparat eingerichteten Wohnzimmer geschaut werden kann. Meine Großmutter hat nie in einem gemütlichen Schaukelstuhl gesessen, dafür aber in einem zugigen Viehwagen, auf dem Weg in die Gaskammer.

Der Gasherd. Es gibt Dutzende, vielleicht sogar Hunderte verschiedener Typen von Gasherden, d. h. Geräte, auf denen man Eßwaren, die sich in einem zur Verdauung noch nicht geeigneten Zustand befinden, die erforderliche Beschaffenheit gibt. Wer schon einmal die Abteilung Haushaltsgeräte in einem großen Warenhaus im Zentrum von München besucht hat, weiß, daß die Gasherde, wie die meisten Haushaltsgeräte, von lebensgroßen Frauen aus Pappe angepriesen werden, die ausnahmslos lächeln, blondes Haar haben, ein Kostüm tragen, auf hohen weißen Absatzschuhen stehen und eine Hand auf einen ebenfalls auf der Pappe abgebildeten Gasherd gelegt haben. Zugleich besteht die Möglichkeit, daß an der nach oben geklappten Schutzhaube des

Kochbereichs der in der Abteilung ausgestellten Gasherde mit Klebeband ein Stück Papier befestigt ist – durch die Position der Haube ebenso sichtbar wie die aufrecht stehenden Pappen –, auf dem ebenfalls lächelnde, blonde, Kostüm und hohe weiße Absatzschuhe tragende Frauen abgebildet sind. Nie und nimmer wird man einen Mann auf solchen Pappen erblicken, noch wird man je eine Frau sehen, die auf rauhen Knien über den Küchenfußboden rutscht oder sich über eine Toilettenbrille beugt, um das Klosettbecken zu reinigen. Höchstens eine dampfende Pfanne mit Essen, aber auch dann kann die abgebildete Frau nichts anderes tun als über den gutbezahlten Betrug an den Frauen lächeln, die hier in all ihrem Elend mit ihren – um die Nerven zu beruhigen – vollgefressenen Körpern vorbeirollen und denken, daß nur sie vom Schicksal so schwer geschlagen sind, wenn sie das Lächeln, das blonde Haar, die Kostüme, die hohen weißen Absatzschuhe und die blitzenden Gasherde sehen, auf welche Weise sie durch ihre unüberwindbare Scham vor sich selbst nicht dazu kommen sollen, ihre Erfahrungen auszutauschen; denn wenn sie einander über ihr Dasein unterrichten würden, wäre das unvermeidliche Resultat, daß sie all ihre bis dahin mit Tränen weggespülten und mit Windbeuteln und Schlagsahne zugedeckten wahren Gefühle über die blondierten Köpfe und die fadenscheinigen Kostüme der auf den lebensgroßen Pappen und den Schutzhauben von Gasherden abgebildeten Frauen in der Abteilung Haushaltsgeräte eines großen Warenhauses im abscheulichen Zentrum von München erbrechen würden.

Das Kaminfeuer. Der Mensch fühlt sich offensichtlich von Natur aus vom Feuer angezogen. Erscheint irgendwo am Himmel auch nur eine armselige Rauchwolke, so eilen viele zum Ort des Unheils, wo sie sich von den heftig lodernden Flammen, dem dunklen Qualm und der Zerrüttung in den Augen der Betroffenen hypnotisieren lassen. Im Feuer spiegelt sich das Leben des Menschen. Nirgends wird man so mit sich selbst konfrontiert wie bei einem sich schnell ausbreitenden Brand, wo Befehle schreiende Feuerwehrmänner hin und her rennen, blitzschnell Wasserschläuche ausgerollt werden, Wasser aus den Hydranten spritzt, Leitern zu den Fenstern ausgefahren werden, in denen auf die Fensterbretter gekletterte, in höchster Panik mit Armen und Beinen strampelnde und gräßliche Schreie ausstoßende Opfer auf dem schmalen Grat zwischen dem Feuertod und einem Sturz auf das Straßenpflaster balancieren. Atemlos drängen sich die Umstehenden hinter den eilig errichteten Absperrungen, um nichts von dem Kampf des Menschen gegen die Naturgewalt zu versäumen. So geht es bei einem richtigen Brand zu. Aber auch das kleine, ungefährliche, vom Menschen selbst angezündete Feuer in einer speziell dafür konstruierten Nische im Haus lenkt jedermanns Interesse zunächst auf das Feuer selbst, auf das sogenannte Kaminfeuer, und erst dann auf denjenigen, der, in einem gemütlichen Sessel sitzend, das Spiel der Flammen und das Knistern des Holzes verfolgt und sich, wie es heißt, ‚bei der Glut des Kaminfeuers in Träumen verliert'‘. Obwohl der Mensch schon seit langer Zeit nicht mehr auf das Holzfeuer zur Erwärmung seines Körpers angewiesen ist, hat diese Form des Feuers heute, wo wir Kohle-, Gas- und Zentralheizung besitzen, etwas Anziehendes für alle die Menschen, die in einem Heizungskessel niemals das Feuer, in einem Wagen niemals den Motor, in einem Fernsehgerät niemals die Transistoren, in einem Restaurant niemals die Küche gesehen haben; das Kaminfeuer ist ‚natürlich, echt, ehrlich'. Die meisten Menschen haben in ihren Häusern jedoch keinen Platz für ein Kaminfeuer, das immerhin auf eine Entfernung von ein bis zwei Meter sengende Hitze ausstrahlt, weshalb sie von dem Wunsch, sich in ihren Hoch- oder Reihenhauswohnungen an einer natürlichen Wärmequelle zu erfreuen, Abstand nehmen müssen, weil sie ihren zimmerbreiten Teppich mindestens acht Jahre vor der Abnutzung bewahren wollen. Der Groß- und Kleinhandel hat diese Marktlücke entdeckt und ein künstliches Kaminfeuer entwickelt, das sich durch seine trügerische Ähnlichkeit mit brennenden Holzklötzen, durch künstliches Flackern roter Glut (erzeugt durch einen sich langsam vor einer Glühlampe drehenden Propeller), durch eine leicht sauberzuhaltende Kunststoffverkleidung, durch das völlige Fehlen jeglicher Wärmeentwicklung und den wahnsinnig hohen Preis auszeichnet. Auch am künstlichen Kaminfeuer läßt sich der bösartige Charakter der Besitzer der Groß- und Kleinhandelsbetriebe erkennen, deren einziges Ziel es ist, ihren Besitz, und damit ihre Macht, zu vergrößern. Auf wessen Kosten und auf welche Weise – das sind Fragen, die die Besitzer sich nie und nimmer stellen; sie verkaufen unecht für echt, Lügen für Wahrheit, sinnlos für sinnvoll, die Massen für Geld und ihre Mütter an den Teufel.

Die Plattenhülle. Der Geschlechtsverkehr zwischen den Menschen unterliegt heutzutage vielen Einflüssen. Einerseits bestehen noch Tabus in beinahe allen Bereichen des Geschlechtsverkehrs, andererseits werden diese Tabus von beinahe jedem übertreten. Die Menschen gelangen dabei zu der Ansicht, daß diese Übertretungen nicht mehr als Übertretungen betrachtet werden sollten, sondern als ein in der Praxis von allen akzeptiertes Verhalten. Dies scheint jedoch wiederum zu einer Überbewertung des Geschlechtsverkehrs zu führen, der nun zur allein selig machenden Beschäftigung erklärt wird. Ich gebe zu, daß mich die Selbstbefriedigung hinterher oft verdrießlich stimmt, ich erlaube mir jedoch zu behaupten, daß Geschlechtsverkehr allein noch nicht alles ist. Wie dem auch sei, der Groß- und Kleinhandel nutzt jede Entwicklung, aus der sich Kapital schlagen läßt. Wurden früher, als die Tabus noch unerbittlich herrschten, die Nacktfotos unter dem Ladentisch verkauft, so wird diese Tätigkeit heute über dem Ladentisch verrichtet. Der Einsame und Frustrierte muß immer alles ausbaden, und am Ende ist jeder einsam und frustriert. Entweder ist der Mann impotent, schießt zu schnell und hat ein Herzleiden, oder die Frau weiß nicht, was Kommen ist, und spielt seit ihrer Deflorierung Komödie. Jeder, der in einer hellhörigen Hochhauswohnung gelebt hat, läßt es ganz, wenn er darüber nachdenkt. Weil der Mann für das Einkommen sorgt, ist er der Boss; deshalb haben die Besitzer der Groß- und Kleinhandelsbetriebe dafür gesorgt, daß auf der Hülle einer der wichtigsten Waffen in ihrem Kampf um Zerstreuung, der Schallplatte, immer wieder schrecklich schöne Frauen abgebildet werden – bei denen man aber nie die Brustwarzen oder die Schamhaare sehen kann –, die auf die still gehegten, niemals befriedigten Wünsche der einsamen und frustrierten Männer abzielen. Jeder einsame und frustrierte Mann verspürt beim Anblick dieser sogenannten Plattenhüllen das Bedürfnis, sein mächtig geschwollenes Glied zwischen die Oberschenkel der abgebildeten schönen Frau zu stecken und dieses Glied hoch und runter zu bewegen, so heftig und so kräftig, wie er es noch nie getan hat, und mit so einer fabelhaften Wirkung, daß die schrecklich schöne Frau genau in dem Augenblick, wo das Glied des einsamen und frustrierten Mannes zu schießen beginnt, wimmernd, kratzend und beißend kommt. Der einsame und frustrierte Mann kauft die Plattenhülle und träumt beim Anhören der Musik (die zugleich zum Übertönen der quietschenden Matratzenfedern dient, so daß die Nachbarn nicht vor Verlegenheit unter den Tisch kriechen müssen) und beim Besteigen seiner nicht weniger einsamen und frustrierten Ehefrau von der abgebildeten schrecklich schönen Frau, deren Brustwarzen und Schamhaare er sich ganz in der Ferne vorstellen kann, während er die verwelkten Brustwarzen und die verschwitzten Schamhaare seiner Ehefrau berührt und die Augen schließt.

Das Spielzeug. Es ist nichts Schlimmes dabei, wenn man sein Kind mit dem einen oder anderen Gegenstand spielen läßt, im Gegenteil, man ist geneigt zu sagen, lassen wir doch unsere Kinder die Welt der Sachen kennenlernen, indem wir ihnen alles in die Hände geben, was sie sehen. Lassen wir sie in die Kissen beißen, an den Laken ziehen, an den Schuhen kauen; denn sie müssen alles durchschauen können, wenn sie später den Streichen der Machthaber nicht ausgeliefert sein sollen. Laßt uns die Kinder erziehen und zu selbstbewußten Menschen heranbilden, die keinerlei Gewalt über sich dulden. Lassen wir unsere Kinder lernen, daß Gesetz und Recht auf ihrer Seite sind. Darum müssen wir den Kindern Dinge geben, mit denen sie spielen können, d. h. mit denen sie lernen können. Denn mit den Dingen, die wir ihnen geben, werden sie vertraut. Gib einem Kind ein Spielzeugauto, und es will Kraftfahrer werden. Gib einem Kind eine Lochzange, und es will Schaffner werden. Gib einem Kind einen Hammer, und es will Zimmermann werden. Gib einem Kind einen Panzer, und es will Menschen töten, im Namen eines Vaterlands und für einen Gott. Ich gebe Kindern kein Kriegsspielzeug, weil in dem Kriegsspielzeug die Übelstände beschlossen liegen, die nun einmal von Natur aus mit Krieg zu tun haben. Packt die Flugzeuge weg! Zerschlagt die batteriebetriebenen A-Bomben-Imitationen! Setzt die Abteilungen der Warenhäuser in Brand, wo die Gegenstände ausgestellt sind, die die Machthaber – die Besitzer der Groß- und Kleinhandelsbetriebe – zum Spielen ausgesucht haben und durch die sie das spielende Kind von seiner frühesten Erinnerung an mit der unmenschlichen Disziplin, den bestialischen Drillmethoden, den grausamen Bajonettgefechten, den Granateneinschlägen, den ausgebrannten Panzern, kurz mit alldem vertraut machen, was zu der auf Krieg und den Tod von Menschen eingestellten, den Interessen der Machthaber dienenden und somit unterdrückenden Armee gehört.

Das Make-up. Ungefähr eine halbe Stunde verbrachte ich in der Kosmetikabteilung eines großen Warenhauses im Zentrum von München. Mich interessierten vor allem die Menschen, die von der neuesten Duftnote in der Make-up-Branche angezogen wurden. Vor allem ältere Damen blieben an dem speziell für dieses Sonderangebot frei gemachten Verkaufstisch stehen, die eine runzliger als die andere. Ich habe nichts gegen alte, runzlige Frauen, solange sie sich selbst nicht häßlich und ausgetrocknet finden. Sie möchten aber oft jünger sein, denn jeder ist jung und dabei auch noch schön, lesen, hören, sehen sie täglich in den Werbenachrichten. Also möchten die alten, runzligen Frauen jung und schön sein, weil sie dazugehören wollen: sie wollen leben. Für diese, sich selbst häßlich und ausgetrocknet findenden Frauen gibt es den neuen *Sieben-Tage-Schönheitsplan,* der mit allerlei

Salben und Masken die Falten verdeckt und diese Frauen glauben macht, daß sie wieder dazugehören. Und so sitzen die alten, runzligen Frauen, geschmückt und mit starren Gesichtern, um die Schönheit nicht von ihren Wangen abplatzen zu lassen, tagsüber vor dem Fenster und abends im blauen Licht der Bildröhre. Auch junge Frauen und Frauen mittleren Alters verrieten ihr Interesse für den Schönheitsstand. Die Mädchen hinter dem Ladentisch halfen ihnen höflich und lächelten viel unter ihrer zentimeterdicken Farbschicht. Nirgends sah ich das Gesicht meiner liebsten Joyce, die ihre Wangen niemals bemalt und als lebender Beweis einer ungeschmückten, reinen Schönheit hinter den Stiften, Rollern, Dosen und Fläschchen der Kosmetikabteilung eines Warenhauses im Zentrum von A. steht.

Dies sind nur ein paar Notizen als Übung für das Durchschauen der Dinge und das Niederschreiben der Sprache. Dürer."

AM MORGEN DES FÜNFZEHNTEN TAGES seines Aufenthalts in München verließ Dürer das Hotel.
Er habe genug von der Aussicht auf eine farblose Landschaft, erzählte er dem Empfangschef. Ohne sich an dem unaufhörlich niederströmenden Regen zu stören, ging er durch die Straßen in der Nähe des Ostbahnhofs. Einzelne Wolken konnte er über seinem Kopf nicht entdecken: Eine einzige, große graue Masse entzog seinen zugekniffenen Augen erbarmungslos den blauen Himmel. Seine Füße waren bald naß in den leichten Sommerschuhen. Wind erhob sich; manchmal sah Dürer, wie die fallenden Tropfen schräg durch die Straßen gejagt

wurden. Ab und zu schien es, als zögerten sie in ihrem Fall, dann setzte die Bö wieder ein und schlug die Regentropfen blind gegen seine Jacke. „Der Sommer hat schlimm geendet", hatte der Empfangschef gesagt, als Dürer seinen in eine graue Plastiktüte gehüllten Rucksack aufsetzte.

Er wußte jetzt zu viel, schoß es ihm auf der Straße fortwährend durch den Kopf, es war nun unmöglich, mit reinen Sehnsüchten den einen oder den anderen Weg zu gehen. Wo mußte er hin? fragte er sich. Am Ende der Straße erblickte er andere Straßen, es gab immer wieder eine Möglichkeit, eine andere Richtung; aber das waren *scheinbare* Alternativen.

Dürer kam zum Eingang eines Parks und betrat nach kurzem Zögern einen der moderigen Wege, die sich über eine stark abfallende Wiese schlängelten. Dürer war der einzige auf dem ausgedehnten, mit großen, dunkelbraunen Wasserpfützen bedeckten Grasfeld. Wenn er für ein paar Minuten seinen Atem anhielte, würde er auf der Stelle sterben, dachte er, und es könnte Tage dauern, bis jemand seine durch den Regen porös gewordene Leiche irgendwo im Modder fände. Dann aber rief er sich zu – als ob er sich bei einem Selbstmordgedanken ertappt hätte und darüber erschrocken wäre –, daß es, verdammt noch mal, genug zu tun und zu erkämpfen gab. Er mußte durchhalten und sich von den Mißständen nicht entmutigen lassen, in welchem Land auch immer. Unrecht war da, um bekämpft zu werden, Glück war da, um errungen zu werden, sagte er sich. So versuchte Dürer, sich selbst zu überzeugen, sich Mut zuzusprechen.

Auf einem kleinen Hügel im Park sah er ein Bauwerk, das aus einer Anzahl kreisförmig aufgestellter Säulen mit einer kleinen Kuppel bestand, und schlenderte darauf zu. Von dem trockenen *Tempel* aus, wie Dürer das Bauwerk nannte, hatte er eine ungehinderte Aussicht über die Dächer der Stadt, die finster unter dem grauen Himmel die Regentropfen auffingen.

Schluß! hatte Dürer nach dem Erwachen im Hotel gedacht, Schluß mit den Paradiesen in warmen Gegenden, Schluß mit diesem Bett und diesem Stuhl und diesem ganzen armseligen Zimmer! Zum Teufel, er ließ sich durch Erinnerungen an verflogene Träume nicht einkapseln! Er war im Schlaf mit Joyce zusammen gewesen, er hatte sie berührt – dieser Traum hatte ihn aus dem Bett gejagt, und er beschloß abzureisen. Das kleine Gemälde hängte er umgedreht an die Wand.

Er wußte nicht mehr, wohin er ging, er stapfte durch den Regen und blickte auf die pendelnden Scheibenwischer vorbeifahrender Wagen, auf feuchte Eingänge, auf schreiende Schaufenster, trübe Gassen, glitzernde Geschäftsstraßen, glatte Rasenflächen und, von seinem Tempel aus, auf die nassen Dächer der Stadt, die ihn so sehr an die farblose Landschaft auf dem Gemälde erinnerten, daß er die ganze Stadt hätte umwenden mögen. Er entledigte sich seines Rucksacks, saß eine Zeitlang auf dem Fußboden des Tempels, der durch die Kuppel trocken geblieben war, und las im „Taugenichts": *Hier war es so einsam, als läge die Welt wohl hundert Meilen weit weg.*

Nach etwa einer Stunde schloß er sein Büchlein und verließ, wie er am Ausgang lesen konnte, den *Englischen Garten,* danach traf er eine Minute später an der Ecke Gisela- und Kaulbachstraße, ganz in der Nähe des Parks, den einen Regenschirm haltenden, gerade seinen Wagen abschließenden Herwig Jungmann, der Dürer laut zurief: „Mein lieber Dürer, großer deutscher Meister, du bist noch in der Stadt? Wie ist das möglich?" Freude durchströmte Dürer. In einem Café an der Ecke erzählte Herwig, daß er nach einem langen Nachtdienst im Krankenhaus gerade nach Hause komme; er wohnte in einer Seitenstraße der Kaulbachstraße. „Ich bin müde, aber einen alten Freund würde ich nicht im Münchener Regen herumlaufen lassen, weil, das mußt du ja wissen, so naß und kalt wie hier ist der Regen nirgendwo."

Dürer erzählte von dem Vorfall mit dem Italiener Alberini und seinen vergeblichen Versuchen, per Anhalter wegzukommen. Durch das Fernsehen habe er von Krawallen erfahren, die seine bereits gehegten Vermutungen bestätigten, so daß er wohl oder übel der Wahrheit in die Augen sehen müsse. Was wollte denn Dürer eigentlich in Italien? Die richtige Perspektive von den Dingen bekommen, sagte er, was etwas anderes sein müsse als die perspektivelose Langeweile, vor der er auf der Flucht sei. Er habe gehofft, daß in Italien jeder in Eintracht mit sich und der Welt lebe, er habe in einer Zeitschrift über den Eurokommunismus und in „Aus dem Leben eines Taugenichts" über die Liebe und das Reisen gelesen.

Dürer erzählte: „Ich bin in einer Hochhauswohnung aufgewachsen, wo Worte allein aus dem Fernseher oder aus dem Radio zu hören sind. Das Leben eines Kindes von Eltern, wie ich sie habe, verläuft in einem Vakuum. Weder zu Hause noch draußen lernen Kinder von Eltern, wie ich sie habe, und mit schlechter Schulbildung jemals über sich selbst sprechen und nachdenken. Vor einiger Zeit entdeckte ich, was mir fehlte, und ich wollte weg, nach Italien; inzwischen bin ich zu dem Schluß gekommen, daß dort nun auch Unrecht herrscht. Ich bin noch immer auf der Suche nach einem Ort, wo ich ohne Haß und Angst alt werden kann."

Herwig reagierte darauf pessimistisch und sagte, daß er schon jahrelang, seit seiner Studentenzeit, auf der Suche sei, was wieder eine Gegenreaktion bei Dürer auslöste.

Herwig erzählte ihm dann von Westdeutschland, von der BRD, wie er immer sagte, wo in der zweiten Hälfte der sechziger Jahre, ebenso wie in anderen westeuropäischen Ländern, sich etwas zu verändern schien. Studenten von Universitäten und Hochschulen schienen plötzlich eine gemeinsame Sprache mit großen Gruppen von Arbeitern gefunden zu haben. Herwig selbst war damals in der letzten Phase seines Studiums. Er war Mitglied des sozialistischen Studentenbundes, hatte die vorangegangenen, jahrelangen Diskussionen miterlebt und dachte: Endlich ist die Zeit gekommen! Die Studenten drängten nicht nur auf Reformen in den Hochschulen, sondern auch in der Gesellschaft. Die künstliche Isolierung der Studenten und der Wissenschaft wurde durch sie selbst durchbrochen. Die Universitäten wurden bestreikt und besetzt, und nach Herwigs Ansicht zu Recht, weil die jahrhundertealten Strukturen an den Universitäten dem eingreifenden Studentenstrom der Nachkriegszeit nicht gewachsen waren. In der BRD war die Situation noch komplizierter, weil dort viele Hochschullehrer mit faschistischer Vergangenheit unterrichteten, was bei den Studenten auf starken Widerstand stieß.

„Wir dachten, und auch ich befand mich in diesem Irrtum, daß der Machtapparat des Staates ein Papiertiger wäre. Wir dachten, daß wir unwahrscheinlich stark wären. Aber wir täuschten uns, mitgerissen, wie wir wurden, von unserem blinden Enthusiasmus. Das war ein historischer Fehler."

Dürer sagte: „Wie merkwürdig, dich davon sprechen zu hören, daß in jener Zeit ein historischer Fehler gemacht wurde. Ich saß zu Hause und wußte von nichts, wie ein ungeborenes Kind."

„Es ist mir erst vor kurzem bewußt geworden", entgegnete Herwig, „daß es inzwischen eine Generation gibt, die unser Aufleben von '68, unseren Aufstand gegen die Passivität nicht mitgemacht hat. Das muß schrecklich sein für euch. Ich habe noch die Erinnerung an einen Versuch, wie erfolglos er im nachhinein auch aussehen mag, aber ihr habt gar nichts."
Gerade in der kritischen Phase, als ihre Agitation gegen die Gesellschaftsordnung für die Machthaber wirklich bedrohlich wurde, setzte eine Zersplitterung unter den Studenten ein. Die Massendiskussionen, die früher ruhig und inspirierend verlaufen waren, wurden chaotisch, Redner wurden ausgepfiffen, Studenten beschimpften einander. Und auf der Straße verstärkte sich das Polizeiaufgebot. Agitatoren extrem linker Studentenkreise, der Polizei und neo-faschistischer Grüppchen verursachten Krawalle. Herwig begann in diesen Tagen zu erkennen, und zwar durch das Ausbleiben einer massiven Unterstützung durch das Volk, daß die Studenten wahrscheinlich noch einen Fehler begangen hatten; in den Analysen der Gesellschaft, die sie in all diesen Jahren machten, waren sie immer davon ausgegangen, daß es nach wie vor ein Proletariat gab, eine Arbeiterklasse, die ausgebeutet wurde und die beim Ausbruch der Empörung gegen die herrschenden Zustände ihre Ketten zerbrechen würde.
„Ich glaube immer noch, daß es ein Proletariat gibt, aber ein Proletariat mit einem falschen Bewußtsein, einem Bewußtsein, das seine wirklichen Bedürfnisse unterdrückt und genau die Bedürfnisse entwickelt, die innerhalb der heutigen Verhältnisse Ordnung und Ruhe garantieren, wobei das dann wieder nur scheinbare Ruhe und Ordnung sind, die den täglichen Verstümmelungen ungehindert freien Lauf lassen. Mein Standpunkt ist da-

durch weniger fest geworden. Muß ich Menschen befreien, die sich überhaupt nicht als Gefangene betrachten? Was ich heute das alte Proletariat nenne, war sich seiner Unterdrückung bewußt, ihm brauchte man nur die Möglichkeit einer Revolte deutlich zu machen, denn die Umstände waren deutlich. Während der Ereignisse der sechziger Jahre begann das alles langsam zu mir durchzudringen. Wir waren absolut isoliert. Die Arbeiter, die sonst solidarisch mit uns gewesen waren, hatten einfach andere Interessen. Sie kämpften für höheren Lohn; wir auch, doch mit dem Ziel, auf lange Sicht alle Löhne abzuschaffen. Ich sprach über und vor Menschen, und so entdeckte ich, daß sie meine Worte gar nicht hörten, geschweige denn begriffen. Ich begann an der Verflechtung meines persönlichen Lebens mit dem gesellschaftlichen Leben zu zweifeln. Die Verbindung mit der deutschen Geschichte, die ich als meine Geschichte betrachtete, drohte zu zerreißen. Da erhob sich eine schreckliche Frage: War mein persönliches Leben losgelöst von der mich umgebenden Gesellschaft? War Kollektivität unmöglich? Ich suchte nach politischen Antworten auf persönliche Fragen, weil ich, wie ich meinte, selbst ein Produkt der politischen Verhältnisse war."

Die Entwicklung geriet in eine Sackgasse. An den Universitäten wurden hier und dort einige Reformen durchgeführt, nach denen sich die Gemüter abkühlten und nur noch Diskussionen über in Wahrheit nebensächliche Veränderungen geführt wurden. Die repressive Macht des Staates, der überall eingriff, wo mehr als zwei Menschen nebeneinanderstanden und sich unterhielten, zeigte sich in ihrem ganzen ungeheuerlichen Umfang. Die untereinander oft sehr heftigen Meinungsverschiedenheiten der Studenten sorgten für nicht wiedergutzumachende Verletzungen der Solidarität. Die Medien zeigten fast ausschließlich Bilder, die der Masse einzig und allein Angst um ihren mit viel Schweiß errungenen Besitz einflößten. So um 1970 herum schien es mit der neuen Form des Zusammenlebens vorbei zu sein.

„Der größte Teil der Studenten verschwand in die besseren Laufbahnen in diesem Lande und gehört nun dem braven Bürgertum an. Eine kleine Gruppe sah ihre Fehler ein und macht noch immer weiter. Ein anderes Grüppchen verbitterte und wirft nun wild mit Bomben um sich. Ich selbst weiß nicht, ob ich zur ersten oder zur zweiten Gruppe gehöre. Die Krankheiten dieser Gesellschaft sind so fundamental, daß sie unheilbar sind, wenn wir die Gesellschaft unangetastet lassen. Das einzige, was wir jetzt tun, ist, daß wir die Krankheiten akzeptieren, sie als normal betrachten, wodurch wir Frustrationen, Traumata und Neurosen nur als körperliche Störungen sehen so wie Blinddarminfektionen, Muskelrisse, Beinbrüche und so weiter."

Dürer sagte nach kurzer Stille, es müsse doch noch eine Möglichkeit geben, er weigere sich hinzunehmen, daß das Leiden, wie er es kenne und um sich herum erfahren habe, stärker sei. Er habe sich auch schon getäuscht, und Italien sei nicht das, was er sich darunter vorgestellt habe, doch es müsse irgend etwas zu finden sein von der Wärme, von der er träume.

„Freund, wenn du nur wüßtest, wieviel ich geträumt und mich gesehnt habe. Nun bin ich Arzt in einer Klinik und tröste die Kranken. Das ist etwas anderes als die Ideale, die ich, wie seltsam das auch klingen mag, noch immer habe. Ich werde Karriere machen und mein Leben lang träumen und Sympathie haben für Menschen wie du."

„Aber ich will gar keine Sympathie", reagierte Dürer erschrocken, „ich will die Freiheit, so zu leben, wie ich möchte."

Herwig schwächte das Gesagte etwas ab, aber er blieb dabei, daß er Dürer außer einem Platz in seinem Wagen nichts anderes als Sympathie anbieten könne. Er sagte weiter, daß sowohl Dürer als auch er gefangen seien in den Möglichkeiten und Unmöglichkeiten dieser Gesellschaft, die die Wahl kleinbürgerlicher, inkompetenter Abgeordneter, den Bau umweltzerstörender Industrieobjekte, das ununterbrochene, wahnsinnige Wettrüsten und die geistige und körperliche Ausbeutung durch menschenunwürdige Wohn- und Arbeitsbedingungen unbehelligt fortsetzen könne. Darauf schwiegen beide.

Herwig trank seinen Kaffee aus, sagte, daß er müde sei, und entschuldigte sich dafür. Dürer entgegnete, das verstehe er. Ob er Geld brauche? Dürer sagte, er reiche noch einige Wochen. Wohin Dürer gehe? Dürer hob die Schultern, er wisse es nicht, er werde sehen. Sie blickten beide gleichzeitig hinaus. Herwig stand auf und sagte, Dürer solle sich nicht auf der Nase herumtanzen lassen. Dürer nickte und setzte sich den Rucksack auf; er überlegte, ob er noch etwas fragen wollte. Draußen vor der Tür des Cafés gaben sie einander die Hand.

„Ich glaube eigentlich nicht, daß du ein Maler bist. Dein Blick ist der eines Dichters. Augen auf, mein Freund, es liegt ein anständiges Gewitter in der Luft."

Als Herwig wegging unter seinem großen schwarzen Regenschirm, wußte Dürer, daß er sich die letzte Chance entgehen ließe, wenn er auch jetzt schweigen würde. Er rief Herwig hinterher – seine Stimme klang so seltsam, daß es schien, als riefe jemand anders –, er habe noch eine Frage. Herwig drehte sich um, sofort rannte Dürer mit schlenkerndem Rucksack auf ihn zu. Während sie zusammen weitergingen, erzählte ihm Dürer von dem Gemütszustand, in den er vor einigen Wochen im Bus geraten war. Bei der Wahrnehmung einer Reihe gleichzeitig stattfindender Ereignisse konnte er plötzlich nicht mehr denken, als wäre sein Gehirn blockiert. Dürer erzählte das auf eine hastige, nervöse Art. Herwig hörte ihm ruhig nickend zu und fragte, als Dürer schwieg, was das Problem dabei sei. Dürer zögerte, sagte, er suche den Zusammenhang, ein System, mit dessen Hilfe er die Dinge durchschauen könne. Herwig schüttelte den Kopf; das waren Fragen, die nicht gedacht werden durften, meinte er.

„Diese Art Fragen führt zum Wahnsinn, mein Freund. Du willst doch nicht so werden wie ich, oder?"

Er lächelte, und Dürer erschrak heftig bei diesem Lächeln, das ganz und gar nichts mit Freude, sondern nur etwas mit Kummer zu tun hatte, denn er begriff jetzt, daß Herwig, als er lächelte, eigentlich weinen wollte. Aus dem Feld geschlagen, senkte Dürer die Augen. Im nächsten Augenblick war schon alles vorbei, sie winkten einander im strömenden Regen zu. Schrecklich! dachte Dürer, als er an den Häusern vorbeieilte, er hatte durch Herwig hindurchgesehen, er schämte sich. Wie ein Kind wollte er schluchzen, aber er schwieg angstvoll.

Er zuckte beim ersten Donnerschlag zusammen, dann dachte er, daß es eigentlich befreiend war, der Blitz durchstach die Wolken, die Fensterscheiben klirrten, als der Donner heranrollte; und bei den folgenden Donnerschlägen schrie Dürer still mit.

„An diesem Abend, nach einer langen Wanderung durch die Stadt München, wobei ich in äußerster Verwirrung durch die eintönigen, grauen Außenbezirke lief, mürbe geschlagen wurde von dem unaufhörlich niederströmenden Regen, gelangte ich schließlich naß und hungrig zum Hauptbahnhof, wo ich den erstbesten Zug nahm, um endlich diesem Zentrum von beängstigenden, unruhig machenden und zum Wahnsinn treibenden Gebäuden zu entkommen."

„Bis spät in die Nacht irrte ich durch die Stadt München, ohne sagen zu können, wohin ich wollte und wo ich war. Häuserreihen zogen an mir vorbei wie die unendlichen Mauern eines ungeheuren Gefängnisses. Manchmal wurde mir alles zuviel, ich stellte mich dann im Aufgang eines Hochhauses unter oder versteckte mich in einer Parkgarage – dann wieder dachte ich: Wenn ich jetzt einfach geradeaus gehe, entkomme ich von selbst der Beklemmung dieser Stadt, und so kroch ich aus meiner Höhle heraus, um dann vergeblich einen Ausweg zu suchen.

Am Abend, als ich vor dem Hauptbahnhof stand, überlegte ich mir, daß mich ein Zug über *eiserne* Gleise nach draußen bringen könnte, und ich kaufte mir an einem der Schalter eine Fahrkarte – der Rotz strömte mir über die Lippen, ich hustete bei jedem Schritt, den ich machte."

„Bevor ich abends auf dem Hauptbahnhof den Zug nahm und so dem langsamen Würgen entkam, lernte ich nochmals die volle Bedeutung des Wortes *Vorstadtviertel* kennen. Alles, was ich sah, zwang mich, an die gerade hinter mir liegende Jugend in einem modernen Viertel von A. zu denken. Mir wurde schlecht vor Ekel, mich packte eine unbeschreibliche Wut gegen meine Erzieher und Lehrer, ich versuchte, ohne aufzusehen, mir einen Weg nach draußen zu bahnen. Ich dachte nicht daran, etwas zu essen, ich fand es lächerlich, mich wärmer anzuziehen, denn Hunger und Kälte sind die einzigen wahren Gefühle inmitten von Betontürmen."

„Wenn ich statt *ich* nun *er* oder *jemand* oder *ein Mensch* schriebe, dann würde hier stehen: ‚An einem Tag, der der letzte seines Aufenthalts in München sein sollte, ging er durch die vielen Straßen und fand alles, was er sah, fremd, weil er durch diese Straßen nie zuvor gegangen war, und zugleich vertraut, weil in diesen Straßen dieselben Ideen zu finden waren, derentwegen er aus einer anderen Stadt, der Stadt A., gerade geflohen war. Er wanderte durch den Regen, rief manchmal verzweifelt seinen Namen, um Worte zu hören. Vielleicht wurde er mit einer schrecklichen Desillusion konfrontiert oder spürte Verlangen nach einer unerreichbaren Frau! Die Straßennamen kamen ihm seltsam vor, denn Straßennamen kamen ihm immer seltsam vor. Er fühlte sich als Fremder und zweifelte daran, daß es irgendwo eine Stadt gab, in der er sich zu Hause fühlen könnte. Hier muß erwähnt werden, daß er aus A. gerade deswegen weggegangen war, um solch eine Stadt zu finden. Am Abend, erschöpft durch die ermutigenden Worte, die er ununterbrochen an sich selbst gerichtet hatte, verließ er diese Stadt mit dem Zug. Er saß allein in einem Abteil, starrte in sich hinein und auf die Lichter in der Ferne.' So geht es mit diesem *er,* der nur durch den Tausch von *ich* und *er* ein Fremder wird; so sehen mich die Menschen."

„Am fünfzehnten Tag meines Aufenthalts in München, von welchen ich zwei Tage in einer Pension und zwölf in einem gewöhnlichen Hotel verbrachte, nahm ich einfach einen Zug irgendwohin, gleichgültig nach welcher Stadt, in welche Richtung; Hauptsache, es war nicht mein Heimatland oder das Land, an das ich bei meinem Weggehen aus A. gedacht hatte, denn ich wußte schon: Dieses Land liegt nicht jenseits der Alpen, sondern existiert nur in meinem Kopf. Dürer."

NACHDEM DER ZUG den Bahnhof von Augsburg verlassen hatte, erschien in Dürers Abteil ein beleibter Mann, der ihm kurz zunickte, fragte, ob er etwas dagegen habe, wenn er das Licht ausmache, und dann, in der Ecke neben der Tür sitzend, einschlief. Ab und an schnarchte er oder seufzte er tief.

Der Mann hatte Dürer aus einem Zustand herausgerissen, der irgendwo zwischen Wachen und Schlafen lag: Er hatte hinausgeblickt, ohne etwas zu sehen, war aufgeschreckt, als die Wagen das Gleis wechselten, und wieder eingedöst bei den monotonen Geräuschen eines Nachtzugs.

Jetzt war Dürer hellwach. Es fiel ihm nochmals ein, daß das Ergebnis seines Aufenthalts in München traurig war; er erstickte beinahe, als er versuchte, seinen Husten zu unterdrücken. Er blickte in die pechschwarze Nacht, konnte nur sehen, wie Tropfen gegen die dicken Glasscheiben schlugen, fühlte die Anwesenheit des Mannes hinter sich. Nicht denken jetzt! dachte er, sein Kopf mußte leer sein. Der Zug überquerte einen Fluß oder einen Kanal, die Räder dröhnten über die Eisenbrücke. Er entsann sich, daß er den Wunsch, nicht zu denken, *gedacht* hatte; allerlei andere Dinge schossen ihm durch den Kopf: Plötzlich sah er Details des Bahnsteigs in München vor sich, die er vorher nicht bemerkt hatte; er sah Peter, der in Lotospose auf einem Tempelboden saß, er las an einem Tisch in der Gefängnisbibliothek von einem Taugenichts, schwebte um den Turm des Münchener Rathauses.

Dürer wurde wach, als der Zug auf einem lichtdurchfluteten Bahnsteig hielt. Der Mann hinter ihm war verschwunden. Draußen schleppten Menschen Koffer. Eine Karre mit hochgestapeltem Postgut fuhr über den Bahnsteig zur Spitze des Zuges. Neben Dürers Abteil stand ein Imbißwagen. Er verließ das Abteil, lief durch den Gang und stieg aus dem Zug auf den kalten Bahnsteig. Der Mann, der ihn bediente, ein Gastarbeiter, steckte in einem weißen Jäckchen mit goldenen Epauletten. Dürer kaufte zwei belegte Brote mit Käse und eine Flasche Tonic. Eine an der Überdachung des Bahnsteigs hängende Uhr zeigte ein Uhr, auf einem weißen Schild neben dem Trittbrett der Tür stand *Frankfurt Hbf.*

Vom Gang aus sah Dürer, daß sich in seinem beleuchteten Abteil ein Mädchen aus dem heruntergeschobenen Fenster lehnte. Ein orangefarbener Nylonrucksack lag auf dem Platz, wo er gesessen hatte. Er ging hinein; sie drehte sich um, fragte, wo er sitze. Dürer zeigte mit der Flasche Tonic auf den Rucksack, den sie daraufhin mit viel Mühe ins Gepäcknetz hob. Dann lächelte sie, und sie war sehr hübsch.

Schweigend saßen sie einander gegenüber. Dürer vermied es, sie anzusehen, hielt die Augen starr auf den Bahnsteig gerichtet, während er seine Brote aß. Der Zug fuhr aus dem Bahnhof. Mit dem Stilett öffnete Dürer den Kronenverschluß der Tonicflasche, nahm einen Schluck, bekam einen Hustenanfall und prustete das Tonic in seine Hände. Das Mädchen klopfte ihm auf den Rücken – das war das erste Mal, daß sie ihn berührte.

Als Dürer sich etwas beruhigt hatte, sagte sie, er sei schwer erkältet. Sein Name? Sie heiße Sabine. Sie gab ihm ein Papiertaschentuch, damit er sich die Hände abwischte. Er solle zum Arzt gehen, es sei gefährlich, mit so einem Husten herumzulaufen, er belle wie ein Hund. Dürer nickte, schnappte noch immer nach Luft; seine Lungen brannten in der Brust. Einmal sahen sie einander im selben Moment an, was Dürers Beklemmung noch verstärkte. Er zwang sich, hinauszublicken, sah ihr Gesicht im Fenster widergespiegelt und wurde rot, als sie ihn dabei auch anschaute. Sie lächelte und fragte, was er tue. Er wolle Schriftsteller werden, antwortete Dürer prompt und war verblüfft über seine schnelle Antwort, weil er das, auch wenn er sich darüber noch nie Gedanken gemacht hatte, in der Tat am liebsten sein wollte. Sie studiere Flöte und Klavier an einem Konservatorium. „Und ich möchte gern Schriftsteller werden", wiederholte Dürer. Wohin wollte er? Er habe eine Karte nach Frankfurt. Sie müsse dort umsteigen. Das Wetter sei schlecht und so, der Sommer habe gut angefangen, aber schlecht geendet, und noch mehr Bemerkungen dieser Art. Danach schwiegen sie ein paar Minuten. Dann konnte Dürer die Spannung nicht mehr ertragen und fragte, wo sie studiere. In Freiburg, sie sei gerade im dritten Studienjahr, Hauptfach Flöte, Nebenfach Klavier. Hatte Dürer schon etwas veröffentlicht? In Kürze, sagte er, in Kürze werde seine erste Publikation erscheinen. Was war das? Eine Erzählung über die Entwicklung eines jungen Mannes; er zögerte. Wieso Entwicklung? Nun, er entdecke, wie die Welt funktioniere, und beginne zum erstenmal in seinem Leben seine Emotionen zu äußern, er entdecke seine persönliche Sprache und vernichte die alten, mit sinnlosen Phrasen vollgestopften Sätze. Wie endete alles? Gut, antwortete Dürer, am Ende begegne er einer Gruppe Menschen, der er sich anschließe, einer Art Kommune. Ohne Übergang fragte Dürer Sabine, ob sie schon aufgetreten sei. Nicht richtig.

Ein paarmal vor Freunden, in der Schule, sonst nicht. Sie wurde von Minute zu Minute hübscher. Was für eine Flöte spielte sie? Querflöte. Dürer nickte, schlug die Augen nieder. Sie schwiegen wieder. Dann sagte sie, sie habe sie bei sich. Was? Die Flöte, sagte sie. Würde sie ihm die Flöte zeigen? Sie stand auf und langte nach dem Gepäcknetz über dem Sitz. Mit einem Satz sprang Dürer auf und nahm ihren Rucksack herunter. Aus einer Seitentasche holte sie ein kleines Etui, in dem drei silberne Röhren lagen. Sie schob sie zusammen und hielt Dürer die Flöte hin. Nein, er kenne seine Grenzen, sie solle etwas spielen. Was? Egal, was, etwas Schönes. Zuerst blies sie die Flöte warm, wobei ein paar langgezogene, tiefe Töne erklangen. Das sei schon sehr schön, sagte Dürer. Sie werde „Pièce" von Ibert spielen. Sie leckte am Mundstück, legte es sehr sorgfältig an ihre Lippen, sah einen Augenblick lang starr vor sich hin und setzte ein. Verwundert sah Dürer sie an und lauschte den Klängen aus dem Rohr.

Bald machte die Verwunderung einem unbeschreiblichen Gefühl in seiner Brust Platz, als ob die Töne durch ihn hindurchschnitten. Ihm stockte der Atem. Was geschah mit ihm? Das Abteil um Sabine verschwand; er wurde ganz starr. Die Musik, die er hörte, drückte in ihrer reinen Melodie seine Gefühle aus! Er wandte die Augen von ihr ab, in seinen Armen begann es zu prikkeln. Mein Gott, dachte er, was war das? Es war sein Kummer, dachte Dürer; durch das Abteil schwebte sein Leid. Er atmete tief und schluckte seine Empfindungen hinunter. Er wagte nicht, sich zu bewegen, lauschte ganz still. Er spürte jedes kleinste Härchen auf seinem Körper, sah sich selbst dasitzen und fühlte die Hitze in seiner Brust. Sprachlos starrte er mit gerunzelten Augenbrauen hinaus, ohne etwas zu sehen; seine Nasenlöcher öffneten sich weit, er begann heftig zu schwitzen. Ihm war, als ob sein Bewußtsein sich zehn Zentimeter über seinem Kopf befände, als ob er die Essenz seines Daseins hörte. Als sie die Flöte von den Lippen nahm, blieb Dürer lange Zeit still.

Das war der Beginn eines Rauschzustands, der fünfunddreißig Stunden anhielt.

Sabine erzählte, daß sie am nächsten Morgen mit einer Freundin, die sie in H. v. H. treffen werde, das Schiff nach England nehmen wolle. Sie wolle einige Konzerte der Academy of St. Martin-in-the-Fields besuchen und ein bißchen mehr über Punk erfahren. Dürer wußte noch nicht, wohin er gehen würde, er hatte eine Fahrkarte nach Frankfurt. Alles, was Sabine erzählte, fesselte ihn, er konnte seine Augen nicht von ihr abwenden, in seinem Kopf drehte sich fortwährend ein Band mit der Musik, die sie gerade gespielt hatte. War er verliebt? fragte er sich. Jeder Augenaufschlag von ihr machte ihn schwindeln.

In Stuttgart kamen eine Frau und ein Mann in ihr Abteil. Sabine setzte sich neben Dürer; nach Heidelberg schlief sie mit dem Kopf auf seinem Oberarm ein. Das Licht im Abteil war wieder aus, zahllose kleine Lichter zogen in der Ferne vorbei; manchmal war alles tintenschwarz, er starrte in eine unendliche Tiefe.

In Frankfurt verabschiedeten sie sich voneinander. Dürer irrte durch den großen Bahnhof, während ihn ein plötzlich aufgeflammtes Verlangen nach Sabine verzehrte, die irgendwo auf dem Bahnsteig auf den Zug nach H. v. H. wartete. Hinter dem Glasfenster eines geschlossenen Kiosks lag eine Zeitung: *Gestern schon sieben*

Bombenattentate in Italien, Bürgerkrieg? In der riesigen Bahnhofshalle lehnten mehrere Menschen schläfrig an den Wänden. In einer Imbißstube (*24 Stunden am Tag geöffnet*) trank Dürer Kaffee, im WC zählte er sein Geld. Bei einem Hustenanfall beugte er sich verkrampft über ein Waschbecken. Nachdem er an den Tisch zurückgekehrt war, versuchte er allem, was er sah, Beachtung zu schenken, doch konnte er Sabines Bild nicht mehr aus seinen Gedanken verdrängen. Fetzen von verschiedenen Bildern aus den letzten Tagen schossen durch seinen Kopf, erregten ihn so heftig, daß er den Rucksack absetzte und draußen, vor dem überdimensionalen Gebäude, auf und ab zu laufen begann. Es regnete noch immer. Eine lange Reihe von Taxis wartete mit eingeschaltetem Licht und laufendem Motor auf Fahrgäste. Dürer hustete ununterbrochen; er ging wieder hinein in die große Halle und kaufte sich eine Fahrkarte nach H. v. H.

Auf *Gleis 14* stand der Zug bereit; er wußte nicht, ob er mit dieser Entscheidung etwas Verhängnisvolles heraufbeschworen hatte, er wollte gern Sabine sehen, aber nicht sein Vaterland. Minutenlang starrte er auf die Aufschrift *Nicht hinauslehnen.* Die Bahnsteige glitten plötzlich langsam vorbei. Dreimal ging Dürer mit seinem breiten Rucksack durch den ganzen Zug, aber er sah sie nicht. Unruhig blieb er bis Koblenz im Gang stehen, dann suchte er sich ein leeres Abteil und schlief dort; erst kurz vor der Centraal Station von R. wurde er von einem Zollbeamten und dem Schaffner gestört.

In einem kleinen Raum neben dem WC wusch sich Dürer, dann ging er mit aufgeschnalltem Rucksack nochmals durch den Zug. Sein Herz überschlug sich, als er im Gang Sabine stehen sah. Sie blickte sich verwundert um, als sie ihren Namen hörte, schien froh, ihn wiederzusehen. Warum saß er in diesem Zug? Vielleicht gehe er auch nach England, antwortete Dürer. Sie geriet in Aufregung, fand es *toll* und *großartig*. Sie hatte in diesem Zug einen Liegeplatz genommen, hatte gut geschlafen, erzählte lebhaft, wie der Liegewagen aussah – Dürer wollte nichts sagen, jedes Wort schien ihm zuviel.

In H. v. H. gingen sie zusammen zum Büro der Fährgesellschaft, wo man Sabine ein Telegramm von ihrer Freundin aushändigte, in dem stand, daß sie erst am nächsten Morgen aus Frankreich eintreffen würde.

Diesen Tag blieben sie zusammen. Dürer hatte das Gefühl zu schweben. Sabine lächelte, hörte ihm zu, faßte ihn manchmal spontan am Arm, ließ ihn als Dolmetscher auftreten, flötete am windigen Strand unter dem sich aufklärenden Himmel „Syrinx" von Debussy und zwei Stücke aus der „Partita in a-Moll" von Bach.

Auf seine Frage nach der Bedeutung seiner Erfahrungen während der Busfahrt vor einigen Wochen antwortete sie: „Aber dieser Junge und dieses Mädchen standen so da, weil sie einander gern hatten, der Fußballspieler schoß ein Tor, weil er ein guter Fußballspieler war, und der Lokführer, na ja, der fuhr gerade vorbei." In diesem Augenblick klang das so einfach und zugleich so normal in seinen Ohren, daß er dachte, die Dinge waren nun einmal so, wie sie waren, und er sollte zufrieden sein.

Dürer bewunderte sie, ihre Musik ging ihm den ganzen Tag im Kopf herum. Sie wanderten durch das kleine Zentrum von H. v. H., wobei Dürer kein einziges Mal den Drang verspürte, hinter den Schaufenstern die tatsächliche Gestalt des Städtchens zu suchen. Nach allem, was Dürer ihr erzählte, fragte Sabine, was er dabei eigentlich fühle. Mittags am Strand äußerte sich Dürer schon nicht mehr zu dem, was er sah, sondern erzählte, daß „ich mich vor diesen großen Seeschiffen nichtig fühlte, ich sehnte mich nach dem Abenteuer, das man in den langen Gängen im Schiffsinnern erlebt, ich empfand Bewunderung für die Erbauer der riesigen Tanker". Dürer schien nicht mehr von nackten Objekten umgeben zu sein, sondern er reflektierte seine Emotionen, schuf eine Gefühlsverbindung zu den Gegenständen um sich herum, durch die das „Fremde", das „Abstoßende" verschwand. Ein Hund wurde „traurig", ein Kirchentor „fromm", der Strand „einsam", die See „ungestüm" – in allem schien heute Emotion zu stecken, was auf eine wunderbare Weise ihrer beider Gefühlen entsprach. Es gab nichts, was nur von außen verstanden wurde; Sabine meinte durch den Gebrauch von Eigenschaftswörtern den Kern der Dinge zu treffen, wußte sogar den Kern gleich zu benennen, wodurch Dürer das „Gefühl" bekam, daß ihr alles vertraut sei. Sie leitete nichts von den Gegenständen ab, sondern *erkannte* Emotionen und Eigenschaften in den Gegenständen, wobei sie hauptsächlich Wörter gebrauchte, die verrieten, daß sie vor der Außenwelt keine Angst hatte. Darum auch wollte sie nur sagen, daß es ihre Absicht sei, in England Konzerte zu besuchen; sie weigerte sich, genauere Pläne zu machen, denn das bringe wenig – sie erlebe die Welt wie ein fortwährendes Empfangen von Geschenken. Obwohl sie kräftig gebaut war, strahlte sie eine entwaffnende Zerbrechlichkeit aus, die Dürer immer wieder rührte.

Sie muß während dieser Stunden einen tiefen Eindruck auf ihn gemacht haben. Obwohl er nur wenig mehr, als hier wiedergegeben ist, über Sabine geschrieben hat, scheint es, daß die Verwirrung durch den Kontrast zum Tag davor sehr groß war; er gibt an, daß sie einen „Wie ein Finger im Wachs"-Eindruck auf ihn machte. In ruhigen Momenten bemühte er sich, sie als jemand zu sehen, der seine, Dürers, Flucht beendete und ihr schließlich einen Sinn gab. Sabines extrovertiertes Verhalten, ihre unverhüllte, ehrlich gemeinte Sympathie für ihn, ihr Sinn für Gefühle müssen ihn zweifellos bestürzt haben – er konnte nur wenig darüber schreiben.

Die auf diesen Tag („der Tag der unwirklichen Sanftheit und der Tag der zeitweiligen Unsichtbarkeit der verheerenden Welt") folgenden drei Wochen endeten in einer Nacht, in der allem, was er sich je gewünscht und erhofft hatte, durch eine „schwindelerregende, erstickende Sicherheit" bezüglich seiner Existenz und durch das Umbringen eines Menschen, in dessen Wagen er mehr oder weniger zufällig geraten war, eine definitive Wendung gegeben wurde.

In einem Hotelzimmer schlief Dürer mit Sabine („als Vollendung einer unirdischen Liebe, die uns still zueinanderführte"), wonach er am Morgen den unvermeidlichen Zettel fand (den sie notabene aus einem seiner Hefte herausgerissen und etwa mit folgenden Worten beschrieben hatte: Lieber Junge, es ist besser, wenn ich gehe, ehe du erwachst, denn auch wenn wir einander gern haben, ich glaube nicht, daß es einen gemeinsamen Weg für uns gibt, laß uns mit einer herrlichen Erinnerung zufrieden sein) auf der leeren, schon kalten Hälfte des Bettes, auf dem er lag. Wie ein verlassener Hund lief er in dem erneut herabströmenden Regen zum Kai, wo ein hilfsbereiter Wächter auf ein winziges Pünktchen unter den schwarzen Wolken zeigte.

Mehrere Tage lang schloß er sich in einem Hotelzimmer ein (einem anderen, nicht dem, das er mit Sabine geteilt hatte), um, den schmerzlichen Anblick des Strandes von H. v. H. vermeidend, seine Gedanken mit dem Aufenthalt in München zu beschäftigen, der, so deprimierend er auch endete, stets noch Raum für Hoffnung gelassen hatte, der jedoch in dem Maße, wie sich Dürer mit seiner Beschreibung dem Tag näherte, an dem er in den Zug gestiegen war, immer mehr in den Schatten des Tages mit Sabine rückte.

Er unterwarf sich einem zehntägigen Hungerstreik, der seinem von langen Locken umrahmten Gesicht bald einen qualvollen Ausdruck verlieh, und setzte sich weiten Wanderungen entlang der Küstenstraße von H. v. H. nach 's-G. aus, wobei er, wie er schrieb, „den heftigsten Schmerz erfuhr", das rauhe Wetter eines früh beginnenden Herbstes.

„Ich gehe durch die Nacht und sehe hoch über mir die Wolken vor dem Mond vorbeiziehen. Häuser stöhnen unter dem feuchten Wind, der über die Wellen hin gegen die Dünen dröhnt. Als ginge ich nicht, wo ich gehe, verschwinde ich für immer von einer Minute zur anderen. Ich beobachte die sich ständig verändernden Formen der Wolken, die einmal Schafen und dann wieder Dämonen gleichen. Nirgends kann ich stehenbleiben, ohne daß die Erde meine Füße umschlingen will. Der Wind singt in meinen Ohren, streicht durch meine Haare und jagt mich über unbekannte Wege durch die Finsternis. Ich sehe mich laufen! Ich sehe mich straucheln, Hals über Kopf durch die Nacht stürzen! Dürer."

„Heute abend verfolgte ich in einem Café ein Gespräch mehrerer junger Leute, die alle, wie ich heraushörte, studierten. Sie unterhielten sich über die Welt und trugen einer nach dem anderen herauskristallisierte Ideen über die Revolution vor. Beim Trinken ließen sie sich über den ‚schlummernden Klassenkampf' und den ‚demokratischen Zentralismus' aus. Sie lachten und gerieten ins Schwärmen bei dem Gedanken an einen ‚Tag des Gerichts', sie erlaubten sich sogar, über das Leben in einem Arbeiterviertel zu philosophieren, ohne je einen Arbeiter gesehen noch an einem Fließband gestanden zu haben; sie zuckten nicht mit der Wimper, als sie über den Mangel an Führung und Weitblick in der linken Bewegung redeten. Da stand ich auf und schrie ihnen ins Gesicht, daß ich bei solchen Worten nur noch Ekel empfinden könne und mich sehr zusammennehmen müsse, um meinen Mageninhalt nicht in ihre Gesichter zu speien. Nichts, gar nichts könne ich mir bei ihren Worten vorstellen; ich sagte noch, daß der Mangel an richtigen Worten die linke Bewegung schwäche und daß die Unverbindlichkeit von Hobby-Revolutionären die linken Ideale zu einem Freizeitspiel degradiere. Solange Revolutionen in Cafés gemacht würden, werde diese Welt unverändert bleiben. Ich rief ihnen zu, sie sollten sich lieber ein paar Stunden ruhig ins Bett legen, stand auf und warf die Cafétür hinter mir krachend ins Schloß. Dürer."

„Jemand, der mich schreiben sah in einem Café, fragte, was ich schriebe; ich sagte: Worte. Ob ich Schriftsteller sei? Vielleicht, vielleicht, sagte ich. Daraufhin begann der Mann von seinem eigenen Verlangen, Künstler zu sein, zu erzählen. Er ließ mich Fotos von Bildern sehen, die er gemalt hatte, sprach über den ‚Trost der Kunst' und den ‚Freihafen des Geistes'. Ich regte mich auf, versuchte, nicht hinzuhören, setzte mich brüsk an einen anderen Tisch, gefolgt von dem scheinbar ungerührten Sonntagsmaler. Ich schnauzte ihn an, ich wolle von seiner Kunst nichts wissen, er solle in seinem Trost ersticken. Wieso? fragte er bestürzt. Ich schüttete ihm meinen Kaffee ins Gesicht und konnte ihm, bevor der Cafébesitzer eingriff, ein paar Ohrfeigen geben. Diese Sorte Mensch ärgert mich, ich werde böse und gehe in blinder Wut auf sie los. Dürer."

„Oft ist Joyce in meiner Nähe, ich höre das Rascheln ihrer in einer dunkelblauen Strumpfhose steckenden Beine.

Manchmal flüstert sie unverständliche Worte in mein Ohr, ich drücke mein Gesicht ins Kissen und rieche sie.

Ein andermal glaube ich sie sekundenlang in einem Bus vorbeifahren zu sehen, oder sie verschwindet in der Ferne in der Menge auf einem überfüllten Markt.

Oder ich fühle die Wärme ihres Körpers auf der Decke, wenn ich mein Hotelzimmer betrete und mich aufs Bett lege.

Lagen denn die Papiere nicht weniger ordentlich auf diesem Tisch, als ich das Hotel verließ?

Als ich im Aufzug stand, sah ich sie durch das Fenster der Aufzugstür in einem Stockwerk stehen, sie lächelte mir zu, war aber verschwunden, als ich dorthin zurückrannte; es habe gerade eine schöne junge Frau auf den Aufzug gewartet, sagte das Zimmermädchen, das im Korridor Staub saugte – es sind keine Halluzinationen; sie ist immer bei mir.

Als ich in das Schaufenster eines Buchladens blickte, sah ich ihr Gesicht in der Glasscheibe widergespiegelt; das ist mir zweimal passiert.

Das kleine amerikanische Mädchen, das mehrmals neben mir saß im Aufenthaltsraum des Hotels und mich fragte, wer ich sei, woher ich käme und wohin ich ginge, wurde von seiner Mutter Joyce gerufen.

Während eines Spaziergangs sah ich sie in der Ferne hinter einer Düne verschwinden; später fand ich auf der Düne die Abdrücke ihrer Füße im Sand – sie hörten einfach auf, als hätte sie plötzlich ihre Flügel erhoben.

An einem Abend mit verlängerter Ladenzeit begegnete ich ihr auf der Straße, und wir gingen, um unser Geheimnis nicht zu verraten, wie Fremde aneinander vorbei. Dürer."

In H. v. H. kaufte Dürer, angelockt durch den Titel, das Buch des österreichischen Autors Peter Handke „Die Angst des Tormanns beim Elfmeter". Das Buch erzählte von dem Schlosser und Extorwart Josef Bloch, der plötzlich sein Werk verließ und nach dem Mord an einer Kassiererin eine lange Reise unternahm. Dürer bedauerte, daß er das Buch nicht schon früher gelesen hatte; er kam zu dem Schluß, daß seine Reise mehr der von Josef Bloch glich als der des Taugenichts, und er fragte sich, wie seine Reise verlaufen wäre, hätte er diesen Josef Bloch früher kennengelernt. Dessen Reise erschütterte ihn, aber er konnte auch nichts anderes tun, als die Beschreibungen zu bestätigen und bestürzt festzustellen, daß die Welt, die dort unverhüllt wiedergegeben wurde, in der Tat so schrecklich war, wie er es täglich erlebte. Nie zuvor war Dürer auf diese Weise, durch das *Lesen,* mit der Einsamkeit konfrontiert worden. Einerseits war es beruhigend zu wissen, daß es noch mehr Menschen gab, die, so wie Dürer, in einer abstoßenden Welt auf der Suche nach sich selbst waren, andererseits bedrückte ihn die tragische Tatsache, daß dieses Buch, wenn er es mit seiner eigenen Reise verglich, wahrheitsgetreuer zu sein schien als der „Taugenichts", jedoch keine neue Möglichkeit bot zu überleben; er überlegte, daß es deshalb richtig sei zu sagen, daß in der „Angst des Tormanns beim Elfmeter" die *wirkliche Wirklichkeit* beschrieben werde und im „Leben eines Taugenichts" die *ideale Wirklichkeit*.

„Wenn die Eltern ihren Kindern beim Verlassen des Elternhauses ‚Aus dem Leben eines Taugenichts' und ‚Die Angst des Tormanns beim Elfmeter' mitgeben würden, könnte jeder auf den kompliziertesten Verkehrskreuzungen stets die richtige Entscheidung treffen, denn er würde dann die verzehrende Liebe, die bittere Einsamkeit und die Notwendigkeit des Reisens nicht nur vom Hörensagen, sondern durch das Lesen dieser zwei Bücher als persönliche Erfahrung kennenlernen."

Er begann eine Erzählung zu schreiben („eine Entwicklungserzählung"), wofür er mit Stift und Block die Straße entlangging und alles beschrieb, was er sah: „Was soll ich nur mit den Menschen anfangen? Fortwährend setze ich sie in einen politischen Kontext. Ich kann nicht nur darüber schreiben, was ich sehe. Ich kann meine Gefühle nicht von ihren Gesichtern und erschöpften Körpern trennen; sie leben in Bindungen und Verhältnisssen, und es sind diese Bindungen und Verhältnisse, die mich schwindlig machen und über die geringste Unebenheit stolpern lassen. Ich kann deshalb so schwer über Menschen schreiben, weil die Politik sie zu blinden Objekten verurteilt, und die Politik ist nun einmal allmächtig. Ich schreibe also über die Politik, um die Politik zu vernichten. Dürer."

Ein Fragment aus Dürers Entwicklungserzählung:

„Als der junge Herman an einem Mittag im Frühling ein Buch las, das augenscheinlich von einem Torwart handelte, in Wirklichkeit aber die Welt des Autors beschrieb, und dadurch in Unruhe geriet, so daß der Rhythmus, in dem er lebte, völlig unbrauchbar wurde, nahm er sich vor, über die neue Lage, in der er sich befand, eine Erzählung zu schreiben.

Er kaufte sich Papier und schrieb mehrere Abende hintereinander (wovon seine Eltern nichts merkten; er ging rechtzeitig in die Schule, und die dunklen Ränder um seine Augen schrieben sie seinem Alter zu). Er war noch jung; die Behaarung auf seinen Armen war noch nicht die eines erwachsenen Mannes. Manchmal schlief er abends über seinen Blättern ein; einmal schreckte er auf und hatte Mühe zu begreifen, wo er war. Dabei überkam ihn solche Angst, daß ihm, obwohl er vor Kälte zitterte, der Schweiß aus allen Poren brach. Nachdem er sich beruhigt hatte, verglich er die gewichene Angst mit der, die der Tormann in dem Buch gefühlt hatte. Diese Entdeckung – daß der Tormann, Josef Bloch genannt, dieselbe Angst kannte – stimmte ihn traurig, denn Herman hatte die Angst und die Einsamkeit des Josef Bloch miteinander in Verbindung gebracht.

Seit diesem Tag wußte der junge Herman, der die Abenteuer der Pubertät gerade hinter sich hatte, daß er einsam war und daß nichts – was er in den Jahren zuvor noch gehofft hatte – ihn davon heilen konnte."

In einem kleinen Restaurant im Zentrum von H. v. H. hat Dürer an dem bewußten Abend gegen acht Uhr gegessen. Er war ein ganz gewöhnlicher Gast, erzählte der Geschäftsführer, er sah nicht gepflegt aus, aber die meisten Gäste gingen jetzt nachlässig gekleidet und hatten lange Haare. Danach soll er bis halb elf in einer Spielhalle an verschiedenen Automaten noch eine Menge Geld verspielt haben. Nachdem er in einem Café eine Tasse Kaffee getrunken hatte, machte er einen Spaziergang am

Strand, worüber er unmittelbar danach – es waren die letzten Worte, die er schrieb – in seinem Hotelzimmer die folgende Eintragung machte:

„Soeben habe ich eine erschreckende Entdeckung gemacht, die ich, wenn ich nicht in Verwirrung ertrinken will, sofort niederschreiben muß. Ich blicke auf die Feder in meiner Hand, sehe, wie Schnörkel meine Feder verlassen, und finde sie plötzlich lächerlich. Ich verstehe so viel mehr, ohne wirklich etwas zu wissen. Begreife mit einer schwindelerregenden, erstickenden Gewißheit, daß in der Welt unveränderlich Ungerechtigkeit herrscht. Und weil Ungerechtigkeit ein letztlich sinnloses Etwas ist, eine Störung, die gängig ist und darum als normal angesehen wird, kann ich der Schlußfolgerung nicht entgehen: Es gibt nichts neben den überall gleichen Mißständen, keine hoffnungsvollen Systeme oder Beziehungen. Ich habe mir überlegt: Es geht doch allemal um sinnvolle Fragen, und Fragen ohne Antworten sind ja wohl sinnlose Phrasen?

Am Strand, während der Wind an meiner Kleidung zerrte und mir die Haare um den Kopf flatterten und schäumende Wellen den schwachen Schein der Boulevardlaternen widerspiegelten, zog mein Leben an mir vorbei. Als säße ich vor einem Fernsehapparat und wäre Zeuge eines von vornherein aussichtslosen Kampfes des tragischen Helden gegen die mächtigen Herrscher eines Landes, so schauderte mir vor meinem Leben. Alle Ängste, die ich gekannt hatte, fühlte ich erneut ausbrechen, während ich verzweifelt nach dem Knopf suchte, um den Fernseher auszuschalten. Ich hörte die falschen Worte meiner Eltern, hörte ihre *Stille*, sah ihr hilfloses und zugleich doppelsinniges Verhalten und meine ihrer Machtwollust und Frustration frönenden Lehrer, sah nichts anderes vor mir als *wohlwollende, vernünftige, sich auf den nüchternen Verstand verlassende, sich selbst nicht schonende* Männer und Frauen, die gemeinsam dafür sorgen, daß das Leiden in dieser Welt mit Plastik überzogen, mit einer modischen Farbe besprüht und auf diese Weise unsichtbar gemacht wird. Mit dieser Welt soll mich nichts verbinden. Ich kann nicht mehr ‚so tun als ob' – etwas, worin meine Eltern, mein Bruder, meine Schwester und ihr angeberischer Freund glänzen. Meine Reise ist sinnlos, also auch meine Existenz. Ich dachte: Verdammt, irgendwo müssen doch Antworten liegen für diejenigen, die sie suchen.

Aber es gibt keine Jungen und Mädchen, die sich an Tankstellen lieben, niemals hat ein Soldat während seines Morgensports ein Tor geschossen, und niemals wird ein Güterzug im Schrittempo über Gleise fahren, die den Sportplatz einer Kaserne von einer Tankstelle trennen. Und niemals wird jemand in einem Bus sitzen und sich fragen, welche verborgenen Bedeutungen hinter den Erscheinungen der Welt stecken. Dürer."

Gegen zwölf Uhr verließ Dürer mit seinem Rucksack das Hotel. Danach hat er in einer Bar bis zur Schließzeit getanzt. Ein Kellner erinnerte sich an ihn: ein magerer, schlecht aussehender junger Mann, der ohne Pause wild getanzt hatte, schon nach fünf Minuten schweißdurchnäßt gewesen war, hin und wieder ganz blau angelaufen war vor Husten und der die Tanzfläche sofort verlassen hatte, als die Musik aufhörte zu spielen.

Es ist nicht bekannt, was Dürer zwischen dem Verlassen der Bar und dem Anhalten des Taxis getan hat. Vielleicht ist er den Boulevard entlanggelaufen und hat die erleuchteten Fenster der großen Seeschiffe betrachtet, die an H. v. H. vorbei nach dem Hafen von R. fuhren. Oder er hat irgendwo unbeweglich vor einem Fenster gestanden und auf die Schatten auf den Vorhängen gestarrt. Oder hat er auf dem feuchten Sand neben dem Boulevard auf dem Rücken gelegen und die vorbeiziehenden Wolken beobachtet?

Als das Taxi am nächsten Morgen gegen zehn auf einem Waldweg gefunden wurde, lief der Taxameter schon seit mehr als sieben Stunden; Dürer hat also etwa um drei Uhr nachts das Taxi angehalten. Wo er hin wollte, ist nicht bekannt. Den schwarzen Mercedes fand man über neunzig Kilometer von H.v.H. entfernt, einige hundert Meter weg von der Autobahn, die zur belgischen Grenze führt. Der Taxifahrer lag mit dem Gesicht im schlammigen Boden, sein Körper wies Stiche auf, die mit einem scharfen Gegenstand zugefügt worden waren. Der grüne Leinenrucksack lag auf dem Rücksitz des Wagens. Die leere Brieftasche des Taxifahrers wurde am Nachmittag hundertfünfzig Meter weiter im Wald mit Hilfe eines Polizeihunds gefunden.

DIE BÄUERIN: "DEN HOF HABEN WIR JETZT, glaube ich, seit etwa vier Jahren. Wir haben keine Kinder, wir sind noch jung und wollen erst was aufbauen. Wir leben hier also zu zweit. Mein Mann muß morgens früh aus dem Bett, um die Tiere auf der Weide zu versorgen, und ich stehe immer mit ihm zusammen auf, weil es immer viel zu tun gibt auf dem Hof. An dem Morgen aber, glaube ich, waren wir ziemlich spät aufgestanden, so um sechs, und um, ja – um halb sieben war das, denke ich, ging mein Mann aus dem Haus. Es wurde gerade hell – ich hörte meinen Mann noch in der Ferne mit dem Traktor, als der Mann oder der junge Mann – plötzlich hinter mir stand.

Ich erschrak zu Tode, das Herz schlug mir bis in den Hals. Er sah aus – er war ganz schmutzig, und die langen Haare, die hingen ihm in Strähnen über die Schultern. Als ob da plötzlich ein – eine Art Geist bei einem in der Küche stand, nicht? Er schwenkte so 'n großes Messer, ja, so ein Stilett, und brummte, daß er was zu essen wollte. Da dachte ich, bleib ruhig, tu alles, was er sagt, und zeige nicht, daß du Angst hast, das darfst du nicht tun, denn wenn sie merken, daß du Angst hast, dann werden sie übermütig.

Ich habe sofort zwei Butterbrote für ihn zurechtgemacht, und die hat er dann auch am Tisch aufgegessen, hier in der Küche. Ich mußte ihm gegenüber sitzen, und die ganze Zeit hielt er mir das Messer vors Gesicht. Da hab ich ihn mir auch zum erstenmal richtig angesehen – ein ganz gewöhnlicher Junge, würde man sagen – aber dann (*sie schluckt*) sprang er plötzlich auf und lief bestimmt volle fünf Minuten in der Küche hin und her und – starrte mich die ganze Zeit so an... Auf einmal blieb er vor mir stehen mit seinem Messer und sagte, ich sollte mir die Hose ausziehen. Was sollte man da machen – ich, ich hatte solche Angst – ich stand auf und zog mir die Hose aus, und dann machte er so 'ne Bewegung mit dem Messer, so wie: noch weiter – und da zog ich denn meine Unterhose aus – und – (*sie schluckt*) ich hatte solche Angst, ich traute mich nicht, ihn anzusehen, weil – was hatte er bloß vor? Und dann fing er an zu erzählen, daß er in einer Hütte im Wald hier in der Nähe gewesen war. Ganz schnell sagte er das, man konnte ihm kaum folgen – er sagte, daß er dort mit seinem Mädchen gelegen hatte – mit Elfen oder so ähnlich – (*sie schluckt*)...
Sie müssen verstehen, ich habe mich so geschämt, ich

wäre am liebsten im Erdboden versunken. Ich stand da – und er erzählte das von seinem Mädchen – da begriff ich schon, daß er nicht ganz in Ordnung war – aber diese Menschen können so gefährlich sein, und das Messer hielt er auch immer vor sich. Dann hörte er auf einmal auf zu reden und sagte, ich sollte ihm einen Behälter mit Wasser auf den Tisch stellen, und da hab ich die Waschschüssel mit Wasser gefüllt und sie auf den Tisch gesetzt. Er hat sich dann Hände und Gesicht gewaschen, und – (*sie schluckt*) ich mußte ihm eine Jacke von meinem Mann geben, weil seine Kleider ganz dreckig waren.

Dann ist er mit meinem Mofa weggefahren, nach R., hörte ich später... Ich bin danach noch tagelang völlig durcheinander gewesen – na ja, es heißt, er hätte ein paar Stunden vorher jemand ermordet – und – man kann ja nicht wissen, was da noch so alles hätte passieren können – ich habe Glück gehabt, sagten später alle."

Karina: „Ich kam abends so gegen elf nach Hause und sah sofort, daß da mit der Wohnungstür etwas nicht in Ordnung war. Ich dachte natürlich zuerst, es wäre eingebrochen worden. Ich ging hinein, machte überall Licht an und sah zu meinem Schreck im Schlafzimmer jemand auf meinem Bett liegen. Ich wollte schon schreien, als mir plötzlich klar wurde, daß es Dürer war, der da auf dem Bett lag.

Er sah vielleicht aus! Er war abgemagert, und seine Kleider waren schmutzig und zerrissen. Ich weckte ihn; er reagierte zuerst ganz komisch, sah mich erschrocken an, als würde er mich nicht erkennen oder so. Ich fragte ihn, was mit ihm los sei, warum er in die Wohnung eingedrungen war, wie es kam, daß er so zerknautscht aussah. Aber was ich auch sagte, er blickte mich bloß an, auf eine Weise, als ob er jeden Moment in Tränen ausbrechen würde. Ich fühlte natürlich, daß da etwas schiefgegangen war, daß da etwas Schreckliches passiert war, aber was genau, das wußte ich natürlich nicht. Dann fragte ich, ob er Hunger hätte, und er nickte nur. In der Küche habe ich dann einen Rest Makkaroni, den ich noch stehen hatte, aufgewärmt, und die hat er wie ein ausgehungerter Wolf mit ein paar Scheiben Brot und einem Glas Milch erledigt.

Du weißt vielleicht, daß er früher mal bei mir zu Hause gewesen ist, nachdem er mir im Klubhaus bei einer Sache geholfen hatte, und daß er da so an die dreitausend Gulden Erspartes von mir mitgenommen hat. Aber aus dem einen oder anderen Grund habe ich das damals akzeptiert, ich fühlte, daß er dieses Geld furchtbar dringend brauchte, und ich fragte ihn, als er nun da saß und aß, was er mit dem Geld gemacht hätte. Das erschreckte ihn offenbar sehr, denn er verschluckte sich und begann furchtbar zu husten, ich dachte wirklich, er würde ersticken. Dann sprach ich nicht mehr von diesem Geld, das war schließlich Nebensache. Ich kriegte aber mit, daß es unheimlich schwer geworden war, mit ihm Kontakt zu bekommen – und da wurde ich echt nervös.

Ich versuchte ihn zu beruhigen, indem ich ihm allerlei über das Klubhaus erzählte. Ich stellte keine Fragen mehr, denn er war furchtbar angespannt. Zugleich aber wollte ich natürlich wissen, was um Himmels willen mit ihm geschehen war. Eine Woche später erfuhr ich von der Polizei, daß er an jenem Morgen in R. den Zug nach A. genommen hatte und daß er von ein paar Leuten gegen Mittag in der Innenstadt gesehen worden war. Aber in dem Augenblick wußte ich nichts, er tauchte auf wie vom Himmel gefallen! Und auf meine Reden reagierte er überhaupt nicht. Ich geriet dann richtig ein bißchen in Verzweiflung, denn er war so verändert. Er war ein furchtbar netter Junge, und ich fand ihn – trotz der Geschichte mit dem Geld – nach wie vor sympathisch.

Tja, was sollte man da tun? Er schien für Kommunikation nicht zugänglich. Ich sagte, leg dich doch auf die Couch, ich mache dir eine Tasse Kaffee. Ich schaltete leise das Radio an, ja (*hebt die Schultern und läßt ihren Blick durch das Zimmer wandern*), man versucht irgendwas zu tun, man weiß ja auch nicht. Ich setzte Wasser auf, warf ein paar Löffel Kaffee in den Filter und ging zurück ins Zimmer. Und da sah ich Dürer dasitzen und ganz schrecklich heulen. Er zitterte am ganzen Körper und verbarg sein Gesicht in den Händen. Ich setzte mich neben ihn und legte meine Arme um ihn. (*Stille, starrt vor sich hin.*)

Nachdem er sich etwas beruhigt hatte, trank er schnell eine kochendheiße Tasse Kaffee. Dann saßen wir etwa zehn Minuten schweigend nebeneinander. Du kannst dir vorstellen, daß ich ganz schön mit ihm zu tun hatte. Es war klar, daß er fix und fertig war. Und woran denkt man dann in so einem Moment? An einen bad trip natürlich, oder an eine anständige Entzugserscheinung. Und dann kamen die Nachrichten – du weißt schon, um zwölf, mit Meldungen der Polizei. (*Schlägt die Augen nieder, blickt durchs Fenster auf die erleuchteten Fenster des Wohnhauses gegenüber, läßt den Blick von einem Gegenstand im Zimmer zum andern gleiten.*) Ich saß wirklich wie gelähmt auf der Couch. Und Dürer, der mich erschrecken sah, nicht weniger. Und auf einmal wollte er, und es war ganz schrecklich, das mitzuerleben, zu mir sprechen, aber er stotterte so sehr und die Laute aus seinem Mund waren so unverständlich, daß ich nichts verstehen konnte. Dann sagte ich so beherrscht wie möglich, aber wahrscheinlich zitterte meine Stimme, weil ich Mitleid und gleichzeitig Angst hatte, ich sagte, Junge, was ist denn mit dir? Ganz ruhig, aber je mehr ich in dieser Art sagte, desto aufgeregter wurde er und desto lauter begann er bei meinen Worten zu schreien. (*Blickt mich an, sieht dann wieder starr vor sich hin.*) Er rannte hinaus auf die Galerie und verschwand. Ich bin noch ein paarmal rund ums Haus gegangen, aber er war nirgends zu sehen." (*Schweigt lange, sieht mich dann an und fragt mit einem betrübten Lächeln: Reicht dir das?*)

Dürers Mutter: „Ja, Meneer, ich wurde von der Polizei auf der Arbeit angerufen. Was sagen Sie? Ja – ich begreife das eigentlich nicht... So ist es, man kann es nicht begreifen. Ja, ich bin dann gleich zum Polizeibüro gegangen, mein Mann war auch gerade gekommen. (*Dürers Vater wendet die Augen ab und starrt in sein Glas, sie wagt nur ganz kurz die Augen zu mir aufzuschlagen, als ob sie sich schäme.*)

Und dann erzählten sie uns, was er getan hatte... Nein, sie wußten genau, daß er es war... Sie hatten Fingerabdrücke und so... Und dieser ganze Tag... Die Zeit vergeht dann langsamer, Meneer... Woran denkt man dann? (*Sieht sich hilflos um.*) Daran, wie er früher war – ich weiß es nicht... Und in der Schule ist er immer gut gewesen... Er war immer sehr ruhig – aber vielleicht hat ihn dieser Junge, mit dem er in letzter Zeit befreundet war, der Peter, vielleicht hat der ihn beeinflußt... Und dann denkt man so über alles ein bißchen nach, warum er das getan hat – er hatte es doch gut hier, auch über das Essen konnte er sich nicht beklagen... Und als er dann nicht arbeitete, bekam er auch noch ein Taschengeld... Aber das hilft nun alles nicht mehr, was man so alles denkt, dann denkt man, hätte ich noch was tun können (*der Vater setzt sich anders hin und nimmt einen schnellen Schluck*) – ja, man sitzt da und weint ein bißchen, den ganzen Tag lang. Und abends kam dann ein Polizist und erzählte, daß auch noch Raub dazukam – nun ja, was macht das dann schon noch aus, nicht? Denn er hat doch jemand umgebracht. (*Sie verschluckt die letzten Töne, als ob ihre eigenen Worte sie erschreckten.*)

Wie spät wir ins Bett gingen?... Um zwei ungefähr... Ich hatte Schlaftabletten vom Arzt... So ein Abend und so eine Nacht... Man sitzt bloß die ganze Zeit da und denkt, was er jetzt wohl tut, er ist vielleicht ganz in der Nähe oder ist ins Ausland gegangen... Und dann – Viertel nach vier war es, denn ich sah auf die Uhr – wurde ich wach durch den Lärm an der Wohnungstür... Ich wecke meinen Mann und sage zu ihm, daß jemand bei uns drin ist... Er lauscht und hört es dann auch. (*Der Vater setzt sich erneut anders hin und blickt zu Boden.*) Er holt die Eisenstange unter dem Bett vor, ich hatte solche Angst... Und er geht leise zur Tür – (*sie zwinkert plötzlich pausenlos mit den Augen*) – ich hinter meinem Mann her – und er macht das Licht an und stößt die Tür vom Schlafzimmer auf... Und da stand er... Und er hatte solche Angst... Erzähl du mal weiter." (*Sie steht auf und eilt aus dem Zimmer.*)

Dürers Vater: „Nun ja – da stand der Junge plötzlich vor uns. Was soll man da tun? Den Läufer vor ihm ausrollen, einen Stuhl unter seinen Hintern schieben und sagen, fein, daß du da bist, Junge, herzlich willkommen, alles vergessen und vergeben? – Nicht bei uns... Der Bursche wird in den ganzen Niederlanden gesucht – und wir sollen tun, als ob wir von nix wissen, wo wir doch zwei Aufpasser unten am Eingang haben stehn sehn? Er war alt genug, um zu wissen, was er tat... Mitten in der Nacht bei Vater und Mutter einzubrechen, nachdem man gerade einen Raubmord begangen hat! Man kann sich doch an seinen fünf Fingern abzählen, daß sie gerade das Haus, wo sein Vater und seine Mutter wohnen, beobachten, nicht wahr? Und außerdem – gut, er ist mein Kind – aber es gibt doch irgendwo eine Grenze, finden Sie nicht? Wir hatten ihn seit Wochen nicht gesehen. Auch wenn es das eigene Kind ist, kann man doch wohl nicht alles gutheißen? Und dann – man hat ihn sich ja schließlich nicht ausgesucht. (*Er seufzt.*) – Gut, ich habe ihn gefragt, was er hier so mitten in der Nacht will – und er stand da wie taub, mit den Händen vorm Gesicht. Dann dachte ich, uns kann ja hier jeder mitten in der Nacht im Licht sehen, also mach ich das Licht aus – und frage ihn noch mal, was er hier will – und meine Frau fing an zu weinen ... Also ich sage zu ihm, Junge, hör mal gut zu, was du tust, mußt du selbst wissen, dafür können wir keine Verantwortung mehr übernehmen, also laß jetzt deine Mutter und deinen Vater in Ruhe, verstanden? Wir haben deinetwegen schon genug Ärger gehabt ... Und da ließ er seine Arme sinken – durch die Lampe auf der Galerie konnte man das alles sehen – und – da fängt er so 'n bißchen an zu brummen, gibt so 'ne Art Stöhnen von sich ... Ja, wenn man das jemand erzählt, dann denkt man ... (*Er schüttelt den Kopf.*) Und meine Frau flennt noch lauter ... Und ich sage noch mal, Junge, geh sofort weg, du machst alles noch schlimmer, als es schon ist ... Und dann macht meine Tochter die Tür von ihrem Zimmer auf ... Ja, und die fängt an zu kreischen ... Ja, da konnte man nun überhaupt nicht mehr folgen ... Und da fängt er mir doch auch noch an zu schreien ... Er riß die Mäntel vom Garderobenständer und warf sie auf die Erde, und – er schlug den Spiegel kaputt, und so einen Rahmen ... Ja, und dann rufe ich, Junge, geh weg jetzt, ganz ruhig – und drohe so 'n bißchen mit der Stange, nicht, aber nur so, natürlich, man steht da bloß und sieht zu, wie einem so 'n Junge die Diele einreißt, und – ja – dann haut er ganz plötzlich ab. Er knallte noch die Tür so zu, daß das halbe Haus davon wach wurde ... Ja, es ist schon eine ganze Weile her, aber schöner wird das alles dadurch nicht."

Im Polizeiprotokoll steht, daß die Wohnung von Dürers Eltern gegen Mittag unter Aufsicht gestellt wurde. Um zwölf Uhr nachts wurden die Kriminalbeamten, die in einem VW in der hintersten Ecke des Parkplatzes saßen, von zwei Kollegen abgelöst. Diese sahen nicht, daß Dürer ins Haus ging; wahrscheinlich konnte er durch eins der offenstehenden Fenster der Abstellräume im Erdgeschoß in das Gebäude gelangen. Die beiden Beamten bemerkten ihn dann jedoch, als er nach dem Besuch bei seinen Eltern im hell erleuchteten Treppenhaus nach unten rannte. Sie verließen sofort ihren Wagen und liefen schnell zum Eingang des Treppenhauses, den Dürer noch vor ihnen erreichte. Einer der Beamten rief ihm zu, er solle stehenbleiben, aber Dürer reagierte nicht auf diese Aufforderung und rannte die Straße entlang, gefolgt von den beiden Polizisten. Es fiel ihnen nicht schwer, ihm allmählich näher zu kommen; es war unverkennbar, daß sich Dürer in schlechter Verfassung befand; er lief mit wild schwingenden Armen und stolperte immer wieder. Als Dürer den neueren Teil des Stadtviertels erreichte, beschlossen die Kriminalbeamten, ihn einzuschließen. Dürer betrat durch ein Loch im Zaun das Baugelände und versuchte zwischen Zementmischern und in Reihen aufgestellten Türrahmen einen Fluchtweg zu finden, jedoch warfen die großen Scheinwerfer, die das Gelände nachts beleuchteten, ihr Licht durch die im Rohbau befindlichen Häuser, so daß sich Dürer nirgends richtig verstecken konnte. Einer der Polizisten folgte ihm auf das Gelände, der andere lief an der Umzäunung entlang in der Dunkelheit mit ihm mit. Die Polizisten erkannten ihre Chance, als Dürer auf der anderen Seite des Geländes wiederum durch den Zaun kroch. Sie schlossen schnell zu ihm auf und riefen ihm zu, er solle sich nicht bewegen, sonst würden sie schießen. Die kurze Zeit der Verwirrung, die Dürer befiel, genügte den Beamten, um den auf dem Bauch liegenden Verdächtigen, der immer noch versuchte, unter der Umzäunung hindurchzukommen, festzunehmen. Dürer wurde aufgefordert, sich außerhalb des Baugeländes zu erheben, wo einer der Kriminalbeamten mit Handschellen bereitstand. Dürer, der sich langsam erhob und sich in die Festnahme zu fügen schien, wehrte sich plötzlich wie rasend gegen die Handschellen. Der Polizist hatte viel Mühe mit ihm; erst als sein Kollege unter der Umzäunung hindurchgekrochen war, gelang es ihnen, Dürer die Handschellen anzulegen. Sie versuchten dann, den Verdächtigen zu ihrem Wagen zu führen, der auf dem Parkplatz neben dem Hochhaus stand, Dürer jedoch weigerte sich, mitzugehen; er ließ sich auf die Erde fallen und reagierte heftig auf jeden Versuch der Polizisten, ihn auf die Beine zu stellen. Daraufhin schleppten sie ihn über den Boden zu dem Aluminiumpfahl eines der Scheinwerfer und banden ihn mit einem zweiten Paar Handschellen daran fest. Einer der Polizisten ging danach zum VW, der andere blieb bei Dürer, der nun laut brüllte und vergebens versuchte, sich loszureißen. Nachdem der VW vorgefahren war, erwies es sich als unmöglich, Dürer in den Wagen zu bekommen. Die Beamten beschlossen hierauf, Verstärkung anzufordern, aber noch während sie warteten, warfen sie eine schwere Plane, die unmittelbar hinter dem Zaun einen Stapel

Steine vor dem Regen schützte, über Dürer und konnten ihn auf diese Weise, noch bevor die angeforderte Verstärkung eintraf, in den VW transportieren, worauf sie, wie sie berichten, zum Polizeipräsidium fuhren, um den Verdächtigen in Gewahrsam nehmen zu lassen. Noch vor Sonnenaufgang mußte Dürer in die Krankenstation der Untersuchungshaftanstalt gebracht werden; dies geschah auf dringendes Anraten des Polizeiarztes, der befürchtete, daß der tobende und schreiende Verdächtige sich selbst verletzen könnte.

Später wurde der neunzehnjährige Verdächtige auf unbestimmte Zeit unter Sicherungsverwahrung gestellt.

Joyce: „Vor ein paar Wochen bekam ich einen Brief von dem Arzt, der ihn behandelt und der mich fragte, ob ich ihn mal besuchen würde. Na ja, ich habe das dann mit meinem Mann besprochen, und – so ein Arzt weiß natürlich, was er tut – wenn es ihm dadurch besser gehen würde ... Also sind wir dann an einem Sonntagnachmittag hingefahren, und es war doch ein bißchen unheimlich. *(Sie lacht.)* Alles in Weiß, nicht wahr, und auch noch bewacht und so. Und dann saß er da in so einem großen Saal. Mein Mann war im Auto geblieben, ich war da mit einem Pfleger – na ja, was soll man da sagen, zu so einem Kerl? Er war noch immer ein hübscher Junge, aber, na ja, ich kannte ihn doch eigentlich kaum. Ja, ich war ihm mal begegnet, hatte mit ihm ein bißchen gequatscht. Ich sage also, he, hallo, wie geht's dir, aber er reagiert überhaupt nicht, sitzt da und starrt vor sich hin, nach innen irgendwie.

Wir haben da so ungefähr zehn Minuten gestanden, dann sagte der Pfleger, gehen Sie nur, er reagiert nicht.

Ja, da sind wir wieder gegangen – da stehen und zu einem Tauben reden, das hat auch wenig Sinn."

Dürers Mutter: „Ja, wir gehen ihn regelmäßig besuchen. Erst dachte ich, daß er nur so tut, als wenn er uns nicht sieht, aber der Doktor hat gesagt, er sieht uns wirklich nicht.

Und dann liegt man im Bett und grübelt so vor sich hin. Und auch auf Arbeit muß ich immer daran denken: Wie ist es bloß dazu gekommen? Und jedesmal fühlt man dann plötzlich, was er vielleicht gefühlt hat ... Manchmal gibt es Tage, wo man auf einmal aufsässig wird, wo man denkt, war das nötig ... Da wird einem dann so schrecklich zumute, und man will dann alles schnell wieder vergessen, weil ..."

DÜRER KAM ZUR RUHE.
Er läßt sich nun willig leiten. Aber er reagiert nicht mehr auf Worte, nur sein Name scheint etwas in ihm zu berühren; er blickt auf den, der die Laute hervorbringt, und sinkt dann nach wenigen Worten in seinen Zustand zurück. Er blickt nach draußen, in welchem Raum er sich auch befindet; er stellt sich vor das Fenster und starrt in den Himmel oder auf den Rasen oder auf eine blinde Mauer. In den ersten Wochen konnte er nicht mehr selbständig essen, sich waschen oder sein Bedürfnis verrichten; das alles wurde ihm neu beigebracht, er hantiert jetzt mit dem Besteck wie ein vierjähriges Kind und führt voller Staunen die Nahrung zum Mund. Wenn das Wetter schön ist, macht er mit einem Pfleger einen Spaziergang im Garten der Einrichtung. Einmal verrichtete er sein Bedürfnis noch in die Hose, aber das ist nun zur Ausnahme geworden. Woran er denkt oder wovon er träumt, ist nicht nachzuvollziehen. Es wird intensiv versucht, ihm eine Anzahl einfacher Handlungen und

Spiele beizubringen, jedoch sind alle diese Versuche bisher ohne Erfolg geblieben. Er erschrickt vor seinem Spiegelbild, zeigt kein Interesse für das Fernsehen, schreit, wenn er Radio hört; aber in der Regel ist er still, fast wie eine Pflanze. Er scheint auch wetterfühlig zu sein. Vor Gewittern und Stürmen ist er angespannt, geht nervös vor dem Fenster hin und her. Zweimal fing er nachts an zu schreien, eine Injektion brachte ihn zur Ruhe. Ab und zu gibt er einen leise brummenden Laut von sich, der einem Summen ähnelt. Er onaniert häufig, kratzt sich manchmal bis ins Blut. An manchen Tagen weigert er sich, aus dem Bett aufzustehen, klammert sich an der Matratze fest; eine Regelmäßigkeit konnte darin bis jetzt nicht festgestellt werden.

Vor wenigen Wochen hat Dürer einen großen Fortschritt erzielt. Er hat etwas zu einem Besucher gesagt. Die Ärzte waren hell begeistert: Die Therapie trug die ersten Früchte.

(Plötzlich dreht er seinen Kopf nach dem Besucher um, seine Augen suchen die des Besuchers, und er sagt: *Alles ist gut.*

Der Besucher erschrickt, schluckt, antwortet: *Ja, sicher, alles, alles ist gut,* weil Schweigen schmerzhaft ist und Worte beruhigen; Dürer wendet darauf den Blick ab und scheint zufrieden, als habe er auf diese Lüge gewartet, als sei seine Bemerkung einfach nur ein Test gewesen.)

Doch wenn man mich fragt, kehrte Dürer, nachdem er sich von einer letzten Lüge gelöst hatte, dieser Welt triumphierend den Rücken, und fortan soll er schweigen wie ein Grab.